이 책 골라주신 독자님
백년 동안 놔주지 않아
괴로운 독자님과
백년 해로 하겠습니다.

2021 가을. 박래교

^신新 전래특급

<ruby>新<rt>신</rt></ruby> 전래특급

초판 1쇄 인쇄 | 2021년 10월 28일
초판 1쇄 발행 | 2021년 11월 4일

지은이 | 박해로
펴낸이 | 박영욱
펴낸곳 | 북오션

편 집 | 권기우
마케팅 | 최석진
디자인 | 서정희·민영선·임진형
SNS 마케팅 | 박현빈·박가빈
유튜브 마케팅 | 정지은

주 소 | 서울시 마포구 월드컵로 14길 62
이메일 | bookocean@naver.com
네이버포스트 | post.naver.com/bookocean
페이스북 | facebook.com/bookocean.book
인스타그램 | instagram.com/bookocean777
유튜브 | 쏠쏠TV·쏠쏠라이프TV
전 화 | 편집문의: 02-325-9172   영업문의: 02-322-6709
팩 스 | 02-3143-3964

출판신고번호 | 제 2007-000197호

ISBN 978-89-6799-642-0 (03810)

너무나 낯익지만 잔혹한 이야기

신
新 전래특급

박/해/로

Bookocean

❀ 차 례 ❀

이몽룡과 겟 아웃 ··· 6

해와 달이 된 오누이와 우주의 침입자 ··· 84

심 봉사와 이창 ··· 160

도깨비 감투와 X레이 눈의 사나이 ··· 244

이몽룡과 겟 아웃

1

"사또, 암행어사로 의심되는 사람이 또 출현했나이다."

"뭐야! 또?"

이방의 보고에 변학도가 펄쩍 뛰었다.

"죽장망혜 단표자(竹杖芒鞋 單瓢子, 대지팡이와 짚신 차림에 표주박을 멘 모습) 차림으로 나타난 삿갓쟁이입니다. 허나 말투나 몸가짐이 예사롭지 않은 게 신분을 숨긴 암행어사 같습니다."

"어허, 이 사람! 모두가 솥뚜껑만 봐도 놀라는 이 마당에 자네만은 자라를 봐도 놀라지 말아야지! 두 눈을 크게 뜨고 보란 말일세, 겁먹지 말고! 겉만 보고 그자가 진짜 어사인지 이몽룡 소문을 듣고 나타난 사기꾼인지 어찌 안단 말인가?"

"이번엔 진짜 같사옵니다."

"어째서?"

이방의 목소리가 모기처럼 작아졌다.

"그자가 읊어대는 시구가 유려했고 현실비판적이었습니다."

"어떤 비판?"

변학도의 등줄기로 식은땀이 흘러내렸다. 이방은 이마로 땀을 흘렸다.

"괜찮으니 말해보게."

"권력 가진 사또께서 여염집 처녀를 옥에 가두어 어떻게 해보려다가…."

"됐어, 그만!"

변학도가 손을 들었다. 얼굴이 홍당무처럼 붉어졌다.

"그 작자, 지금 어디 있나?"

"동헌에 들어와 있습니다."

"뭐? 이미 동헌에 들어왔다고?"

"예. 사또 뵙기를 거듭 청하고 있나이다."

변학도는 침을 꿀꺽 삼켰다. 이거 정말 새 암행어사가 온 건지도 모르겠구나. 지난번 사건 때문에. 상투 속 머리카락을 북북 긁던 그가 고개를 들었다.

"이리 들라 해라. 이제 나는 마패가 진짜인지 가짜인지 구별할 줄 안다. 이몽룡이한테 톡톡히 당한 덕이지. 그자가 사기꾼인지 진짜 암행어사인지 내 머리를 짜내 알아내리라."

이방이 바깥을 향해 손짓하자 구실아치 하나가 어떤 나그네를 데리고 나타났다. 대나무 지팡이에 때 묻은 바랑, 여기저기 흠집이 난 삿갓을 쓴 나그네였다. 불안으로 얼었던 변학도의 얼굴이 안도로 녹아내렸다.

"아니! 자네가 여긴 웬일인가?"

"남원 땅을 밟은 김에 자네 생각이 나서 술 한잔 얻어 마시려고 들렀지. 그런데 자네 얼굴에 왜 핏기가 없나?"

"암행어사가 온 줄 알았거든."

"들리는 소문에 의하면 강직하기로 이름난 자네가 여인 하나때문에 남원에서 패가망신하게 생겼다고……."

"그만! 그만하게. 그 소문을 어디서 들었나?"

"주막집에서."

변학도의 표정이 곤혹스러워졌다.

"사또, 이분은 뉘시옵니까?" 이방이 물었다.

"아, 이 친구는 암행어사가 아니야. 물론 사기꾼도 아니지. 남산 흑적동에서 같이 글공부한 내 오랜 친구 허생이라고 하네."

변학도가 허생의 팔을 잡았다.

"아랫것들 앞에서 날 그만 망신 주고 일단 안으로 드세. 내가하나부터 열까지 다 얘기해주겠네. 보게 이방, 하인들 시켜 술상 좀 들여보내게. 술잔은 하나만 보내야 하네. 기생들도 부르지 말고."

2

김치 한 보시기에 생선 반 토막이 전부인 술상이 변학도의 내
실에 놓였다. 괜히 산해진미를 차렸다가 암행어사가 들이닥치
면 '그러고도 정신을 못 차렸다고' 가중 처벌을 받을 수도 있다
는 게 변학도의 생각이었다. 거친 음식에 익숙한 방랑자 허생은
개의치 않았다.

"자네를 파멸로 몰아넣은 그 여인 이름이 춘향이인가?"

"맞아."

"예끼 이 사람! 그 여인한테는 이몽룡이란 정인(情人)이 있었
다면서?"

"부탁이야. 두 번 다시 그 이름을 꺼내지 말게. 이몽룡이란 이
름 석 자에 내 피가 거꾸로 흐른다네."

변학도가 허생에게 술을 따라 주었다. 그리고 당했던 일을 알
려주었다.

일주일 전, 경기도 장호원에서 남원 부사로 발령받은 변학도
는 그네 타는 춘향을 처음 보자마자 하늘의 선녀를 본 줄 알았
다. 어떤 남자든 살아가면서 선녀로 보이는 여인이 하나 이상씩

은 있을 것이다. 문제는 변학도가 춘향에게서 느낀 감정이 사랑의 설레임이 아니라 비뚤어진 소유욕이었고, 그 같은 욕망의 실현에 권력을 악용했다는 점이다. 그는 신관사또 답지 않게 고을의 행정 상황을 파악하려 들지 않았다. 오직 춘향이란 한 여자의 신상 정보를 알아내는 데만 모든 정보력을 집중했다. 남원의 육방관속은 신임 사또가 이상한 정열을 가진 별종이란 걸 눈치챘으나 '가는 날까지 모셔야 할 상전'이기에 울며 겨자먹기로 협조할 수밖에 없었다.

변학도는 이방에게서 춘향의 정인은 이몽룡이란 사람인데 1년 전부터 한양에 올라간 뒤 소식이 끊겼다는 이야기를 들었다.

"춘향이가 월매라는 기생의 딸이라면서? 못된 사대부 놈. 춘향이를 제 맘대로 갖고 놀다가 버리고 갔구만."

"그게 좀 이상하옵니다, 사또."

"뭐가?"

"이몽룡이가 돌아오지 않는 이유가 한양에 가서 정감록에 심취했다는 소문이 있는가 하면, 사교(邪敎)의 교주가 되었다는 소문도 있거든요."

"과거에 낙방하고 이상한 종교에 빠진 놈이 어디 한둘인가? 어쨌거나 놈이 안 돌아올 건 확실해 보이는데."

"춘향이는 이몽룡이 돌아올 걸로 굳게 믿고 있습니다요."

"그래? 춘향이란 아이가 점점 마음에 드는구나!"

변학도는 그 길로 월매가 운영하는 기루를 찾았다. 월매는 정염으로 넘치는 신관사또의 얼굴을 보고 파랗게 질렸다. 춘향이를 당장 대령하라는 사또의 요구에 불길한 예감은 적중했다.

"사또! 제 딸아이는 지아비가 있사옵니다."

"1년째 안 돌아오고 있다면서?"

"며칠 내로 올 것이옵니다."

"기방 언약 지킬 남자 놈 없음은 기생인 자네가 더 잘 알 터인데?"

변학도는 어린아이에게 술을 팔았다는 죄목을 뒤집어씌워, 얼토당토않게 월매가 아닌 그녀의 딸 춘향을 붙들어 갔다. 그녀를 옥에 가두고 끈질기게 지켜보았다. 춘향은 고개를 들지 않았고 변학도와 눈을 마주치지 않았다. 아리땁고 지조 있는 모습에 변학도는 더욱 마음이 흔들렸다. 협박도 하고 애원도 하면서 수청을 강요했다. 춘향은 아무런 대꾸도 하지 않았다. 다급해진 변학도는 체면도 잊고 춘향의 귀에 대고 '나는 숫총각이다. 네가 나의 첫 여자가 되었으면 한다. 나는 너를 진심으로 원한다. 오지 않는 네 서방 대신 나를 따르면 부귀영화를 누릴 수 있다'고 말하기까지 했다. 춘향은 처음으로 고개를 들고 변학도를 노려보다가, "숫총각?" 하고 비웃더니 변학도의 얼굴에 침을 뱉었다.

"이런 고얀 것을 봤나?"

변학도는 격분했으나 이틀 뒤면 부임을 축하하는 잔칫날이라 참기로 했다. 지역 유지들 모두가 모인 앞에서 그녀를 벌하여 기강을 세우고 누가 남원에서 가장 무서운 사람인지 확실히 보여주겠다고 속으로 맹세했다. 그는 옥을 나서면서 옥졸에게 횃불을 끄라고 지시했다. 어둠 속에서 공포에 실컷 질려보거라, 춘향아. 널 도울 수 있는 이는 나밖에 없다는 걸 알 테니.

춘향은 어둠 속에 갇혔다. 아무도 그녀를 찾지 않았다. 월매, 향단이는 면회 금지 대상자였다.

이틀 뒤, 신관 사또를 맞이하는 성대한 잔치가 벌어졌다. 지역 유지들이 불려오고 인근의 관리들도 초대를 받아 왔다. 모두가 변학도에게 충성을 맹세하고 아부를 퍼부었다. 잔치가 절정에 이를 무렵 술이 불콰해진 변학도가 춘향을 끌고 오라 명했다. 머리를 풀어헤친 채 목에 칼이 씌인 춘향이 끌려나왔다. 옥에 갇혀 햇볕을 받지 못한 그녀는 피부가 하얘졌는데 이는 변학도의 욕망에 더욱 불을 지폈다.

"마지막으로 묻겠다! 춘향이 너는 본관의 수청을 들겠느냐, 말겠느냐!"

사또의 불호령에 사방은 쥐죽은 듯 고요해졌다. 춘향이 고개를 들고 산발한 머리카락 사이로 귀신같은 얼굴을 드러냈다.

"네가 숫총각이라고?"

"뭐, 뭣이!"

변학도는 얼굴이 벌게져 분노를 있는 대로 드러냈다.

"저년을 매우 쳐라! 치도곤에도 그따위 망발이 나오는지 어디 보자!"

그 말에 대답이라도 하듯 담장 밖에서 천둥 같은 고함 소리가 들려왔다.

"암행어사 출두요!"

"뭐라고!"

변학도가 술상을 엎으며 벌떡 일어섰다. 그는 동헌으로 밀물처럼 몰려드는 흰옷 입은 대군을 보고 썰물처럼 빠져나가는 술기운을 느꼈다. 암행어사가 데리고 온 관군들이었다. 흰옷으로 구별도 쉬운 그들은 손에 든 몽둥이로 남원의 관리들을 닥치는 대로 후려쳤다. 잔치에 동원된 백성은 대항할 엄두를 못냈고 남원의 군노들은 기강이 해이해진 데다가 잔치 술까지 들어가서 너도나도 무기를 버리고 항복했다. 부패관리들은 담을 넘거나 백성의 옷으로 변장해 각자의 방법으로 도망치기 바빴다.

"이제 난 죽었구나!"

변학도의 다리에 힘이 풀렸다. 춘향이 고개를 들고 소리쳤다.

"향단아! 나를 풀어다오!"

참새처럼 날렵한 여인 하나가 담을 사뿐 넘어와 춘향의 구속 장비를 해제시켰다. 그녀 역시 흰옷을 입고 있었다. 춘향이 긴 머리를 풀어헤치며 일어섰다. 변학도는 그 모습조차 아름다워 도망칠 생각도 잊고 얼빠지게 바라보았다. 춘향이 손가락으로 정자 위를 겨누었다.

"저놈이 변학도다! 숫총각 변학도!"

"잡아라! 탐관오리를 잡아라!"

흰옷의 대군이 오리 떼처럼 정자 위로 우루루 올라갔다. 그제야 변학도도 잊고 있던 뒷감당을 깨닫고 도망치려 했으나 때는 늦었다. 탐관오리를 징벌하는 정의의 매질이 시작되었다. 온 몸 구석구석으로 무자비한 몽둥이질 발길질이 날아들었다. 두 손으로 얼굴을 가린 변학도는 쪼그려 앉아 소나기처럼 쏟아지는 매를 감내했다. 눈 안에서 번갯불이 번쩍번쩍했다. 그는 고통을 못 견디고 소리쳤다.

"그만하시오! 암행어사면 암행어사지 왜 사람을 개 패듯 팬단 말요? 지금이 때가 어느 땐데."

"매질을 그만두어라."

누군가 명령했다. 난장(亂杖, 마구 매로 치는 고문)이 끝났을 때 갓은 납작해지고, 상투는 풀리고, 수염은 잘리고, 눈은 멍들고, 비단 재질의 구군복은 여기저기가 찢긴 채 일으켜 세워진 변학도의 모습은 현령인지 남사당패인지 분간할 수 없게 되었다.

"탐관오리를 형틀에 묶어라!"

변학도는 겁에 질린 채로 물었다.

"정말 당신 암행어사요?"

"그렇다. 내가 바로 암행어사 이몽룡이다."

"이몽룡!"

백옥 피부의 훤칠한 대장부 이몽룡이 품속에서 동그란 쇠붙이를 꺼내 들이밀었다. 진품 마패임을 알아본 변학도가 땅에 머리를 쾅쾅 박았다.

"살려주십시오! 죽을죄를 지었습니다!"

"네 이놈! 목민관 된 자로서 어려운 백성을 살피지 않고 부녀자나 농락하다니! 너 같은 놈은 죽어 마땅하다!"

"잘못했습니다, 어사 나리! 사실 저는 그런 놈이 아닙니다! 술이 죄입니다. 술에 취해 기억이 잘 나지 않습니다만 저 부인께서 불쾌감을 느끼셨다면 소인 사과드리겠습니다요!"

춘향이 다가왔다. 변학도는 그녀와 눈을 마주치지 못했다. 춘향이 말했다.

"내 귀에 대고 숫총각이라더니 그것도 기억 안 나?"

변학도는 가슴이 철렁하면서도 그녀의 아름다움에 압도당해 정신이 혼미해졌다.

'이 여자를 어떻게든 내 옆에 두고 싶어……'

그의 기억은 거기까지였다. 춘향이 휘두른 몽둥이에 이마를 강타당한 그는 그대로 실신해버렸다.

허생이 물었다.

"그럼 자넨 옥에 갇히거나 의금부로 압송되어야 인과관계가 맞을 것 같은데 어떻게 이렇게 멀쩡하게 있나?"

"그 암행어사 놈은 가짜였어."

허생이 내용을 이해하는 데는 한참이나 걸렸다.

"장원급제자 이몽룡이 아니란 말이지?"

"사교 교주 이몽룡이었지."

"그가 데리고 온 대군은 사교 신도들이고?"

"맞아."

변학도는 싫은 기억을 되새겨야만 했다.

"내가 깨어났을 때는 형옥이 아니라 우리가 지금 앉아 있는 이 내실이었다네. 관리들이 와서 내게 고하더군. '암행어사의 사병들 중에 충북 보은의 산적 두목 임쭉정이 있었습니다', '이마에 도둑 盜자, 자자형 문신을 새긴 놈도 있었습니다', '그들의 무기는 관가의 육모방망이가 아니었습니다. 무기로 개조한 선장(禪杖, 승려의 지팡이)이었습니다. 절대 관병들이 아닙니다', '놈들이 부적과 지전(紙錢)을 뿌리면서 돌아갔습니다.' …… 내가 속아 넘어간 걸세. 자넨 유랑 생활을 오래 했으니 최근 들어 전국각지에 들불처럼 번지는 사교에 대해 들어본 적이 있을 걸세.

물의 신 하백(河伯)을 자처하는 놈이 교주인 사교 말일세. 그놈들은 흰옷을 입고 다니지."

"나도 알아. 사해태평교(四海太平敎) 말이지?"

"그래. 이몽룡이가 바로 그 사해태평교의 교주 하백이었어."

"그럼 춘향이는 하백의 정인인가?"

"그런 셈이지."

"이런! 자네가 호피 방석이 아니라 살아있는 호랑이 등에 앉았구먼! 살아있는 게 다행이야! 사해태평교도는 사람을 제물로 바친다는 소문이 돌 정도로 무서운 이들이라고 들었네."

"무서운 놈들이지. 최근 보은 관아를 습격해 죄수들을 해방시킨 후 자기 세력으로 규합시킨 것들도 그놈들이야. 산적 두목 임쭉정과 수하들도 거기 갇혀 있었거든."

"난 사해태평교의 격문을 본 적이 있어. '울퉁불퉁한 땅 위에선 높은 놈 가진 놈 서열이 있지만 흐르는 물속에선 모두가 평등하다. 황하의 신이며 물의 왕인 하백을 따르라. 평등한 세상이 온다…….'"

"잘도 외우는군. 자네도 사교의 신도는 아니겠지?"

"난 자네 친구 허생일 뿐일세. 그렇다면 이몽룡이란 자는 보기보다 만만한 자가 아니로군그래?"

"거물이지."

"왜 자네를 살려줬을까? 탐관오리인데다가 자기 여인까지 욕

보이려 한 자네라면 능지처참을 시키고도 남았을 텐데?"

"농담이라도 그런 소리 말게. 아마도 한 고을의 현령을 살려 줘 자기네가 관대하다는 걸 보여주려고 그랬던 것 같아. 최근 들어 개나 소나 신도들이 되다 보니 마구잡이 약탈에 방화까지 일삼는다고 백성들 지탄을 받았잖아. 좋은 평판을 유지해 지지 자들을 더 만들려는 거겠지. 큰일일세. 그런 것들이 백성의 관심 을 끌면 나라가 어지러워져."

허생이 술잔을 비우고 물었다.

"그런데 이상하군. 마패를 보았다면서?"

"진품이었지."

"어떻게 사교 교주가 진품 마패를 갖고 있나?"

"그날 남원 땅에는 정말로 암행어사가 와 있었다네. 그는 이 틀 후에 합류할 군병들을 기다리느라 주막에 머물러 있었어."

"암행어사가 와 있었다고?"

"그래. 전임지 장호원의 뇌물 사건으로 내 뒤를 밟던 놈이지. 이몽룡 때문에 난리를 겪은 우리가 뒷수습을 하는데 웬 발가벗 은 놈 하나가 이불로 몸을 가리고 동헌을 찾아오지 않았겠나?"

변학도는 허생에게 알몸의 남자와 나누었던 대화도 들려주 었다.

알몸 남자: 여기 책임자가 누구냐!

변학도: 난데 털 빠진 닭 같은 네 놈은 뭐냐?

알몸 남자: 이런 못난 위인을 봤나! 이곳 치안이 얼마나 엉망이길래 암행어사의 마패를 도둑질해가는 놈이 다 있더란 말이냐?

변학도: 당신이 암행어사라고?

알몸 남자: 그렇다. 변 아무개 그대를 조사하라고 이조에서 보낸 암행어사다.

변학도: 이몽룡이가 날 속이더니 이번엔 봉이 김선달인가?

알몸 남자: 이놈! 어디서 어사를 능멸하고 있느냐! 내 한양으로 돌아가면 주상전하께 고해 널 가만두지 않으리라.

변학도: 정말 암행어사란 말이요?

알몸 남자: 그렇다! 이틀 전부터 남원에 잠입한 이조의 암행어사다! 내게 술을 먹여 잠을 재운 후 마패도 옷도 몽땅 훔쳐 간 향단이란 계집을 당장 잡아와라!

변학도: 잠깐만! 여자하고 술을 마셨다고?

알몸 남자: (아차 하는 표정)

변학도: 암행어사면 감찰을 해야지 왜 여자하고 술을 먹었는데?

알몸 남자: …….

변학도가 허생에게 말했다.

"그 사람은 진짜 암행어사였어. 나는 그를 극진히 대접하고 돌려보냈지. 서로 약점을 잡은 마당에 우리 둘 사이에는 입을 맞춘 거래가 좀 있었다네. 춘향이 사건은 사해태평교 폭도들의 관아 습격으로 바꾸었고, 마패의 분실은 물에 빠진 노인을 구하다가 떠내려간 걸로 말일세. 그는 위에다 잘 말해 내가 가벼운 징계를 받을 수 있게 해준댔어. 곧 그가 보낸 파발이나 다른 암행어사가 도착할 거야."

"그래서 날 보고 새파랗게 질린 거군."

허생은 새로 술 한 잔을 마시고 물었다.

"이몽룡, 아니 하백 일당은 어찌 됐나?"

"사라졌어. 춘향이도 월매도 향단이도. 흰옷 입은 것들도."

"어디서 또 세력을 늘리고 있겠구면."

"그렇겠지."

"자네가 벌집을 쑤신 셈이야. 왜 하필 그런 무서운 인간의 여자를 건드려 이 사단을 만들었나? 여자한테 집착하면 끝이 좋지 않아. 나를 보게. 집을 나서게 된 것도 마누라 잔소리 때문이었잖아."

변학도가 이를 갈았다.

"이몽룡 그놈을 잡으면 가만두지 않겠어. 놈을 잡아서 위기를 기회로 만들 걸세. 놈을 의금부로 압송시키고 춘향이는……."

"춘향이는?"

"되찾아야지!"

"아직도 정신을 못 차리고! 그러다가 또 당하려고!"

변학도가 싱긋 웃었다.

"흥, 한번 당하지 두 번은 안 당해. 난 진짜 숫총각이야. 춘향이한테는 내가 필요……."

"그만해 이 친구야! 체통을 지키라구!"

"흥, 체통이고 밥통이고 그것들을 반드시 잡겠어."

"자네 큰 소리를 보니 믿을만한 구석이라도 있나?"

"나도 어리보기는 아니야. 당하지만은 않았다구. 이몽룡의 제갈공명을 붙잡아놨지."

"호, 그게 누군데?"

마치 그 말을 기다리기라도 한 것처럼 옥사를 담당하는 형방이 찾아왔다.

"사또! 놈이 자백했사옵니다."

"정말이냐?"

"그러하옵니다."

변학도가 기쁜 얼굴을 하고 허생에게 말했다.

"자네 잠시 혼자 술 좀 마시고 있게."

"어딜 가려고?"

"그 제갈공명이 매질에 못 이겨 입을 열었다네."

"구경 가도 되겠나?" 허생이 잔을 놓고 일어섰다.

"보고 싶나? 좋아, 따라오게."

변학도와 허생이 형방과 군노들을 대령하고 동헌 뒤뜰을 돌아 해가 들지 않는 목조 건물로 이동했다. 사또가 오자 옥사장이 옥졸에게 문을 따게 했다. 풍겨오는 악취에 허생이 코를 막았다. 어두컴컴한 감옥 안에 죄수들이 갇혀 있었다. 대부분이 여러 명씩 쓰는 감옥 중에서 유독 홀로 갇힌 사람이 있었다. 악취는 피투성이가 되어 쓰러져있는 이 사람에서 풍겨왔다.

"이놈이 그 제갈공명, 방자란 놈일세."

변학도가 싱긋 웃었다. 청년이 고개를 들었다. 옥사장이 안으로 들어가 청년의 머리칼을 움켜쥐었다.

"자, 이놈아. 다시 말해 보아라. 네 상전이 어디로 갔다고?"

청년의 고통스런 얼굴에 주저하는 표정이 생겨났다. 매 앞에 장사 없음을 제대로 보여준 얼굴이었다. 허생은 변학도의 친구이기는 했지만 인권을 고려치 않은 강압적인 법 집행에 인상을 찌푸렸다. 옛날에는 착했던 친구가 권력을 잡으니 어찌 이리도 변할 수 있을까……

옥사장이 방자의 머리를 흔들었다.

"말해라. 그렇지 않으면 네 부모가 죽는다. 거짓을 고해도 네 부모는 죽는다. 이몽룡은 어디로 갔나?"

"섭주로 갔소."

방자가 모기만 한 소리로 답했다.

"뭐? 섭주? 그곳은 경상북도 산골짝이 아니냐!"

변학도가 소리쳤다.

"그것들이 그곳엔 왜 갔어?"

"하백께서 관장하시는 교단의 본거지가 거기요."

"하백은 무슨 놈의 하백! 이몽룡이라고 불러라!"

옥리들이 방자를 일으켜 앉혔다. 그들의 폭력적인 취조에 방자는 이몽룡이 설계한 무장 산성이 섭주의 어느 산 밑에 있는지 따위를 세세하게 실토했다.

"사해태평교 본거지를 급습하여 내 명예를 회복하고 큰 벼슬도 얻으면 일석이조 아닌가!"

변학도가 방자를 보고 혀를 찼다.

"이몽룡이도 불쌍하구나. 너 같은 배신자 때문에 끝장이 나려니……."

방자가 고개를 떨구었다. 변학도가 뒷짐을 졌다.

"에이잉, 중요한 정보를 알아냈는데 남원에 있는 내가 어떻게 그곳까지 가서 복수를 한다지?"

"파발이오!"

바깥에서 말발굽 소리가 들려왔다. 모두 나가보니 땀으로 범벅이 된 파발꾼 하나가 말에서 급히 내리고 있었다. 그의 옆구리에는 둘둘 말린 장부가 끼어 있었다. 변학도의 간이 철렁했다.

"이조에서 온 파발이오. 남원부사 변학도는 사령장을 받으시오."

"사령장! 아, 올 것이 왔구나!"

사령장은 공직에 있는 사람의 임명장이다. 암행어사가 직접 오지 않고 파발마가 왔다. 나쁜 징조일지도 모른다. 변학도는 섬 같은 곳으로 유배를 가지나 않을까 하는 생각에 앞이 캄캄했다. 벌거숭이 암행어사 놈이 배신하면 안 되는데……. 그는 정신이 아득했지만 북쪽을 향해 네 번 절하고 사령장을 받았다. 파발꾼이 목청을 높였다.

"남원부사 변학도는 나라를 어지럽히는 사교 폭도들의 침탈(侵奪)에 남원의 최고 책임자로서 대비하는 마음이 게을러 방어에 소홀했다. 유비무환의 조처는 없이 이 흉년에 잔치마저 벌여 탐관오리의 진면목을 보여주었다. 삭탈관직이 마땅하나, 일전에 북방 오랑캐를 격퇴한 용맹함을 참작해 초진포 현감으로 강등해 보내니 어촌 백성들을 오랑캐의 칼로부터 안전하게 보호해 공을 세우라."

"초, 초진포!"

변학도의 얼굴이 새하얘졌다.

"자네 왜 그리 겁을 내나?" 허생이 물었다.

"몰라서 물어? 초진포에 가는 관리는 매번 징계를 받네."

"아니, 어째서?"

"생산되는 물고기가 없으니까! 어촌 마을은 매년 나라에 수산물을 진상해야 하는데 초진포에는 물고기가 나질 않아! 몇 년째 물고기가 없어 그물이 썩어나가는 곳이란 말일세! 나라에선 그런 사정을 알아주지도 않아! 그러니 '임무 소홀' 넉 자를 달고 징계를 받을 수밖에 없지! 그 어사 놈이 장난친 거야! 먼저 강등 징계를 받고 초진포로 가서 또 징계를 받으라는 수작이 아니고 뭔가!"

"어촌인데 왜 물고기가 없어?"

"나도 몰라! 들은 얘기니까! 하지만 어물 진상을 못해서 징계받은 현감 놈들을 실제로 봤단 말일세!"

파발꾼이 허생에게 말했다.

"청나라 어부들이 몰려와 물고기를 싹쓸이해가기 때문입니다."

"아니, 그럼 자네를 그리로 보내는 게……."

허생의 말에 오히려 얼굴이 노래진 건 변학도였다. 몰랐던 사실을 파발꾼 덕에 알았으니까.

"왜 오랑캐한테서 백성을 보호하랬는지 알겠군! 청나라 수적들하고 싸우다 죽으라는 소리야!"

"어허, 북방 오랑캐를 격퇴했던 대장부인 자네가 무슨 오랑캐 걱정이야?"

"그건 내가 아니라 부관이 세운 공이야. 장계에 내 이름 석 자만 같이 써넣어 허위로 공적을 올렸다고! 아, 청나라 수적하고 싸우라니!"

그는 하늘을 향해 한숨을 토하다가 파발꾼의 사령장을 빼앗았다. 이조의 붉은 관인이 찍혀 '빼도 박도 못하는' 사령장이었다. 초진포 현감으로 보낸다는 내용이 검은 먹물로 진하게 씌여 있었다. 되돌릴 수 없는 진실이었다.

"거긴 시골 중에 시골이야. 아무것도 없을 거야. 으리으리한 기와집도 없고, 풍악 소리도 없고, 예쁜 기생들도 없을 거고……. 아, 무지막지한 청나라 수적들과는 어떻게 싸운다지……."

허생은 경멸에 찬 눈으로 변학도를 바라보다가 뭔가 생각난 듯 그의 어깨를 툭 쳤다.

"이보게, 지금 막 생각난 건데 내가 방랑생활을 오래 했잖은가? 그 초진포라는 곳 말일세……."

"거기가 왜?"

"섭주하고 엎어지면 코 닿을 데야."

"뭐라고? 그게 정말이야?"

변학도가 공방을 시켜 지도를 가져오게 했다. 지도를 노려보는 변학도의 얼굴에 먹구름을 뚫고 나타난 햇살 같은 광채가 살아났다.

"그렇구만! 초진포는 섭주하고 완전 지척이네."

"청나라 수적도 수적이지만 이몽룡을 잡으면 자네는 사교의

일망타진을 인정받아 더 큰 벼슬로 상승할 수도 있어. 달리 생
각하면 이건 하늘이 배려한 기회 같은데?"

그렇구나! 이 몸을 향한 천지신명의 뜻이 있었구나!

변학도가 희망의 주먹을 불끈 쥐었다.

3

남원을 출발한 변학도는 닷새 만에 경상도 초진포에 도착했다. 이몽룡을 잡는 일에 혈안이 되어 있는 그를 따르는 이는 하인 열 명뿐이었다. 변학도는 기강이 해이한 남원 관아에 비해, 청나라 수적을 매일 상대하는 초진포 관아는 일당백의 용맹스런 관헌들이 넘칠 것이라고 생각했다. 그 힘을 이용해 이몽룡을 잡는 거다, 숫총각 변학도를 서방님으로 모시게 될 걸 영광으로 알거라, 춘향아. 그는 히죽 웃었다.

허생도 동행했다. 그는 변학도라는 한 인간을 탐구하는 데 이 계절을 소비하기로 한 것 같았다. 변학도 또한 친구의 동행을 거절하지 않았다. 단, 남원에서 당한 망신을 함부로 떠벌리면 삿갓 대신 무쇠솥을 머리에 쓰게 될 거라고 으름장을 놓았다.

초진포 동해바다의 파도 소리가 처음 들려올 때 '드디어 도착했다!'는 그들의 기쁨은 오래가지 못했다. 바닷바람에 악취가 섞여 있었기 때문이다. 백사장 앞 주춧돌 격인 큰 바위에는 분명 초진포라고 쓰여 있었지만 마중 나온 관리는 단 한 명도 없었다.

생선이 썩는 건지 아니면 다른 무언가가 썩는 건지 알 수 없는 악취였다. 모두가 코를 막았다. 초진포 관내로 들어서니 배가 하나둘 보였다. 물 위에 있지 않고 모래사장에 처박힌 배들이었다. 대부분 활대가 부러지거나 돛이 찢어졌고 나무판이 부서져 정상적인 것이 없었다. 장기간 어로 활동이 행해지지 않은 모습이었다.

변학도는 인상을 찡그리며 나아갔다. 어시장으로 보이는 커다란 목조건물이 앞을 가로막았다. 생선도 상인도 보이지 않았다. 역병이 휩쓸고 간 것처럼 파리만 날아다니는 시장이었다. 악취가 넘치는 황량한 모습에 변학도는 눈썹을 찡그렸다.

"젠장, 초진포가 이런 곳이었나?"

"귀신 나올 것 같구먼그래."

허생은 주위를 둘러보았는데 무너진 건물 여기저기서 보이지 않는 눈이 그들을 탐색한다는 느낌을 받았다. 변학도는 심기가 불편했다.

"몽땅 청나라 수적에게 잡혀갔나? 백성들이 코빼기도 안 보여."

"저기 누가 오네."

허생이 부채로 어시장 끝을 가리켰다. 스무 명쯤 되는 백성들이 한 덩어리가 되어 이쪽으로 오고 있었다. 새카맣게 탄 얼굴에 때 묻고 찢어진 옷은 한바탕 난리를 겪은 모습이었다. 변학도가 여태껏 부임한 곳에선 백성들이 길을 깨끗이 닦고 절을 올리며 맞이했는데 이런 푸대접은 처음이었다. 맨 앞에 선 노인이 넙죽 허리를 굽히자 뒤에 선 사람들도 일제히 땅에 머리를 조아렸다.

"사또, 미천한 것들이 눈이 까마득하여 마중이 늦었습니다요."

"너는 누구냐?"

변학도가 말에 앉은 채로 노인을 가리켰다.

"마을 촌장입니다요."

변학도는 못마땅한 눈으로 거지꼴인 백성들을 살펴보았다. 관헌은 하나도 보이지 않았다.

"에잉, 남원부 대고을의 수령이었던 내가 이런 시골구석으로 부임했거늘 어째 환영하는 모양새가 이따위더냐? 천총(千摠), 파총(把摠), 초관(哨官, 천총, 파총, 초관은 속오군의 지휘관)은 어딜 갔으며, 기패관(旗牌官, 기수)은 어디로 내뺐느냐? 내 천리 길을 멀다 않고 너희를 위해 일찍이 당도했거늘 풍악 잡는 악공 놈도 없으며 하다못해 북이나 장구라도 쳐야 도리가 아니더냐? 관헌은 그렇다 쳐도 풍헌, 약정 들조차 보이질 않으니 버르장머리를 알 만하겠다. 내 부임하는 대로 네 이놈들 기강을 바로 세우리라!"

"사또, 관헌들도 백성들도 창칼 쥘 줄 아는 사람은 모두 초진포 앞바다에 나가 있습니다요."

"첫 부임길부터 바다로 피해 있다니 본관을 의도적으로 무시하는 처사가 아니고 뭐란 말이더냐?"

"그렇지 않습니다요. 오늘 새벽에 청나라 배가 또 침입했습니다요. 그들 때문에 초진포 물고기들이 씨가 마르고 있습니다요."

청나라 배 말을 듣는 순간 변학도는 뜨끔하였으나 내색하진
않았다.

"오랑캐들이 자주 침범하느냐?"

"그러합니다요."

"상륙하여 너희를 해치기도 해?"

"부녀자를 잡아가고 아이들을 해치기도 합니다요."

"전임 현감은 뭘 했길래 그깟 오랑캐 놈들도 못 막아?"

"임기가 다 되셔서 어제 남원으로 떠나셨습니다요."

"그자가 남원으로 갔다고?"

변학도의 눈앞에 불이 번쩍했다. 그는 징계를 받아 초진포로
강등되어 왔지만 전임 현감은 승진하여 간 것이다! 그가 있던
남원으로!

"그렇습니다요. 갓에 공작새 깃털을 높이 꽂고 꽃가마를 타
고 가셨습니다요."

"뭣이! 공작새 깃털에 꽃가마? 초진포 촌놈 주제에 내 자리
를 차고 들어오다니! 분명 윗선에 줄이 닿는 놈일 거야!"

"그만하게."

허생이 변학도에게 말했다. 노인이 울먹였다.

"오랑캐뿐이 아니올시다. 인근 섭주에서 못된 믿음을 내세우
는 사교의 종자들이 무단히 침범해 간특한 가르침을 전파하면
서 어촌 백성들을 괴롭히고 있습니다요."

"너는 그 사교의 이름을 알고 있느냐?"

"사해태평교라고 했습니다요."

"그게 정말이냐? 그놈들이 언제부터 그랬느냐?"

"두어 달쯤 됩니다요. 듣기로 섭주에 산성을 구축하고 점점 세력을 불려가고 있다 합니다요."

"너는 그 사교의 교주를 본 적이 있느냐?"

"그렇습니다요. 물의 신을 자처하는 하백이라는 잡니다요."

하백! 이몽룡!

그는 이성을 잃고 소리쳤다.

"초진 앞바다의 군사들을 모아라! 당장 그놈을 치러 가야겠다!"

허생이 변학도의 팔을 찔렀다.

"눈이 있으면 이 백성들을 좀 보게. 이미 시달릴 대로 시달린 모습이 아닌가? 자네마저 부임하자마자 이들을 더 시달려 죽게 만들 셈이야? 섭주는 자네 관할도 아니잖아. 진정하고 일단 초진포 관아로 가 업무의 인계인수부터 하고 오랑캐의 침입이 어떤지 백성의 피해가 어떤지 방어 전략은 어떤지 돌아가는 모양새부터 파악하는 게 순서일세. 원, 사람이 아무리 성격이 물불 안 가리기로서니……."

"아, 그렇지. 그래, 그래."

변학도가 애써 흥분을 가라앉히며 촌장에게 관아로 안내하라고 일렀다. 허리가 구부정한 촌장은 힘겹게 걸으며 변학도 일행을 이끌었다. 백성들은 맨 뒤에서 그들을 따랐다. 중간에 위치한 변학도의 하인들은 으스스한 어촌 마을도 기분 나쁜데 청나라 수적의 침입 소식까지 들으니 잔뜩 겁먹은 모양새였다. 허생도 마을의 기류에 긴장했다. 오직 변학도만 이몽룡과 춘향이 생각에 흥분할 뿐이었다.

'잡히기만 해봐라. 물의 신이 아니라 불의 신을 알게 해줄 테니……'

4

어시장을 벗어나 악취가 덜한 폐허 길을 나아가자 민가가 등장했다. 파도치는 바다를 배경으로 제주도에서나 볼 수 있는 돌담 집이 줄지어 나타났다. 바닷바람의 소금기를 막아줄 용도였지만 별로 기분 좋은 분위기는 아니었다. 쌓은 돌무더기 사이로 몇 군데 채광 구멍을 낸 집은 감옥을, 지붕에 얹힌 무성한 짚은 망나니의 머리칼을 연상시켰다. 밝은 대낮에 바다 풍경까지 더해도 을씨년스러움은 줄지 않았다. 조개 줍는 아이, 미역 따는 아낙 등 사람의 모습이 전혀 보이지 않았기 때문이다.

"초진포가 원래부터 물고기가 흉년인가?" 변학도가 촌장에게 물었다.

"아닙니다요. 2년 전부터 이렇습니다요."

"청나라 수적 때문에?"

"그렇습니다요."

변학도가 혀를 끌끌 찼다. 허생은 깊은 생각에 잠겨 무심코 혼잣말을 했다.

"청나라 수적이라……."

갑자기 그는 홱 뒤를 돌아보았다. 돌담집의 채광 구멍으로 누가 쳐다보고 있는 것 같았다. 그러나 검은 구멍 안에는 아무도 없었다.

길을 나아갈수록 돌담집은 늘어났다. 촘촘히 모인 집은 누에 고치 같은 느낌을 주었다. 파도가 가끔 지상을 때려 돌담집에 바닷물을 튀겼다. 마당마다 잡초가 무성했는데 물고기 뼈가 대롱대롱 매달린 집도 있어 흉가처럼 보였다. 사람은 찾아볼 수 없었다.

'뭐야, 이 기분 나쁜 느낌은?'

허생은 채광 구멍 사이로 보이지 않는 눈이 그들을 관찰하고 있다는 기분 나쁜 예감을 지울 수 없었다. 해안가에서 남자 둘이 아이의 시체를 치우고 있었다. 벌거벗은 아이는 비쩍 말라 백골에 가까웠다. 허생은 손으로 갓을 들어 올리며 그곳을 보는 척하다가 갑자기 반대편으로 고개를 홱 돌렸다.

그의 오른편 돌담집 채광 구멍에서 소머리만큼이나 큰 뱀의 머리가 자신을 노려보고 있었다. 그는 비명을 지르며 말 위에서 휘청거렸다.

"으앗!"

"왜 그러나?"

변학도가 허생을 돌아보았다.

"저기! 저기……."

"저기 뭐?"

"아, 아닐세……."

허생은 자세를 바로잡으며 얼버무렸다. 채광 구멍에는 어둠

밖에 없었기 때문이다. 헛것을 보았다. 돌담집 뒤편으로 어부 둘이 거대한 생선을 나르고 있었다. 상어라는 물고기라고 했는데 그 머리를 뱀으로 잘못 본 모양이었다.

"질기고 짜기만 해서 먹지 못하는 물고기인데 오히려 저놈들이 사람을 공격해 잡아먹기도 합니다요."

변학도와 허생은 상어라는 희귀한 물고기를 설명하는 촌장을 놀란 눈으로 바라보았다. 허생이 물었다.

"이보오, 촌장. 왜 집에 사람들이 없소?"

"청나라 수적이 몰려오면 따로 대피를 시키는 장소가 있는데 거기 가 있습니다요."

"대피소는 전임 사또가 만든 건가?" 변학도가 물었다.

"북곽 선생이라는 훈장이 만들었습니다요."

"북곽 선생?"

"예. 과거에 여러 차례 낙방해서 훈장질로 여생을 보내는 사람인데 유학보다 실학에 능통해서 여러 가지 발명품을 낸 우리 고을의, 아니 조선의 인재입니다요."

"대피소는 어디 있는데?"

"저기 보이는 산속에 있는 동굴입니다요."

촌장의 손가락이 바다 반대쪽, 녹림이 우거진 산을 가리켰다.

"소도(蘇塗)라는 이름을 붙였습지요."

"허, 소도라! 북곽이란 자는 나랑 손발이 잘 맞을지도 모르겠군. 나는 인재를 등용할 줄 아는 사람이라네."

"훌륭한 사람입니다요. 써보시면 후회 안 하실 것입니다요."

촌장은 변학도가 이곳 사람을 칭찬하자 덩실덩실 춤을 추었다. 허생이 눈빛을 번득이며 물었다.

"소도라면 도망자가 거기 들어가 숨어도 잡아가지 않는 거요?"

"이 늙은이도 삼한 시대의 소도는 도망자가 숨어도 잡아가지 않는다고 들었습니다. 초진포의 소도는 어민들이 숨어 있다가 수적에게 걸려도 잡혀 가지 말라는 의미에서 같은 이름을 붙인 겝니다."

"그런 의미의 소도였군. 촌장 당신은 배운 사람 같구려."

"아, 아닙니다요."

촌장이 급히 고개를 숙였다. 허생은 기시감 같은 게 느껴져 무심코 왼편 돌담집으로 고개를 돌리다가 심장이 내려앉는 줄 알았다. 거대한 토끼 대가리가 채광 구멍에서 어둠 속으로 사라지고 있었다. 너무나 순식간의 일이어서 진짜인지 환각인지 구별할 수 없었다. 허생이 당황한 목소리로 말했다.

"저게 뭐요!"

"예, 무엇 말씀입니까요?"

"토끼머리 말이오!"

촌장이 어리둥절한 표정을 지었다. 변학도도 마찬가지였다. 허생이 고함을 쳤다.

"방금 저 집에서 황소만 한 토끼 머리를 봤소!"

"자네 왜 그래? 닷새나 강한 햇볕을 쬐며 걸어왔더니 머리가 돌았나?"

"저 안을 뒤져보라 하게! 이상한 짐승이 있다니까."

"저긴 무당이 기거하는 사당입니다요."

촌장이 지시하자 백성들 중 하나가 달려가 돌담집 문을 두들겼다. 잠시 후 비단 한복 차림의 여인 하나가 가슴에 손을 얹은 채 걸어 나왔다. 변학도의 입이 쩍 벌어졌다. 어촌이 아닌 대처에서나 어울릴 미인이었다.

"이 사람! 허생! 저 아낙을 토끼라고 표현한 건가?"

"아니……. 내가 본 건 진짜 토끼일세!"

"무슨 소리! 저 무당이야말로 새하얀 한 마리 옥토끼가 아닌가!"

변학도는 음탕한 눈길로 여인의 잘 빠진 몸매를 감상했다. 여인은 생긋 미소 짓더니 사또에게 공손히 허리를 굽혔다.

"자네 이름이 무엇인가?"

"옥화라 하옵니다."

"오오, 이름만으로도 구슬처럼 아름답도다. 곁에 두고 싶은 그대가 무녀인 게 한스럽구나. 내게 좋은 기운을 불어넣어 주게. 나는 이 고을과 인근 섭주 고을을 위해 할 일이 무궁무진하다네."

"저는 무녀가 아닙니다. 제 어머니가 무녀이옵니다."

무녀가 아니라는 말에 변학도의 가슴이 뛰었다.

"그러니까 어머니가 무녀이고 자네는 아니란 말이지?"

"그러하옵니다."

옥화는 바람에 일렁이는 꽃처럼 미소 짓더니 변학도를 정면으로 바라보았다. 변학도는 눈길 한번 안 주던 춘향이에 비해 남자에게 직접 시선을 주는 그녀에게서 깊은 감명을 받았다. 두 사람을 살피던 촌장이 변학도에게 말했다.

"저, 사또. 그러잖아도 이방 어른이 청나라 수적들하고 싸우면 늦게 돌아올지 모른다고 저한테 지시해둔 게 있습니다요."

"이방이 뭘 지시했는데?"

"사또의 여독을 풀어드리라 했습지요."

"여독을 풀어?"

"예. 가장 아리따운 기생들과 주안상을 준비하라 이르셨습니다요."

허생의 얼굴이 분노로 붉으락푸르락해졌다. 변학도는 싱글벙글이었다.

"이런 촌구석에 아리따운 기생이 있을 턱이 있나? 저 무녀의 딸 정도라면 또 모르지만……."

"사또께서 부임하신다고 일부러 먼 고을에서 돈을 주고 데려왔습니다요."

"그게 정말인가? 그 이방 뭘 좀 아는 사람이구먼!"

변학도의 얼굴이 환해졌다.

허생이 끼어들었다.

"이방 그 작자가 정신이 나갔군그래! 오랑캐하고 전쟁이 벌어지는 판국에 무슨 여독이고 기생질이란 말인가? 돌아오면 마땅히 야단을 쳐야 할 인간이야!"

변학도가 자존심 상한 눈길로 허생을 돌아보았다.

"자넨 주제 파악부터 좀 하게! 수령도 아니면서 무슨 야단을 쳐? 내 지금까지는 눈감아줬으나 내 관할인 초진포에 들어왔으니 더 이상 공식적인 상황에서 입을 열지 말게."

방랑자 따위에게 체면을 구긴 변학도의 분노는 컸다. 허생은 기세에 눌렸지만 친구를 위한 충고를 잊지 않았다.

"이봐, 여색을 탐하면 안돼. 자네가 어째서 이곳으로 날려왔는지 잊지 말라고."

"뭐? 날려와? 이 사람이 어디서 훈계를 하고 있어! 아랫것들 보는 앞에서! 어릴 적 친구라고 봐줬더니, 나는 관리고 자네는 백성이란 걸 잊지 마! 여우 주제에 호랑이 위세를 빌려 호기를 부리지 말란 말일세!"

허생은 변학도의 돌변이 섬뜩하기도 하고 기분도 상해 더 이상 입을 열지 않았다. 그때 어딘가 멀리서 징 치는 소리, 북 치는 소리가 칭칭쾡쾡 들려왔다. 변학도가 깜짝 놀랐다.

"저게 무슨 소리야?"

"전투가 시작되었나 봅니다요, 사또."

"가봅시다! 거기부터 가야 하오!"

허생이 재촉했다. 촌장이 팔을 들어 말렸다.

"부임 첫날부터 사또께서 직접 모습을 드러내시면 적들이 우리 군을 가벼이 여길 것입니다요. 게다가 아직 이곳 지리에 익숙지 않을 것이오니 오히려 작전 지휘에 혼선만 초래할 것입니다요. 전황을 파악한 후 태산처럼 천천히 가셔도 늦지 않습니다요."

"전장터에 최고 책임자가 모습을 드러내는 것을 두고 어찌 적들이 가벼이 여긴다 말하오?"

"얼마나 아랫사람들을 못 믿으면 첫날부터 싸움판에 직접 나와 하나부터 열까지 참견하냐고 여길 것이 아닙니까요?"

"그럼! 그럼! 촌장 말이 옳아."

변학도가 고개를 끄덕였다. 위험한 전장터에 안 가도 된다는 안도감이 얼굴에 흘렀다.

"촌장, 당신은 전혀 어부 같지가 않소."

허생이 눈을 가늘게 떴다. 촌장이 얼른 고개를 숙였다.

"당치 않습니다요! 이 몸은 그저 무식한 어부일 뿐입니다요!"

"허생, 자네는 저 뒤로 가게."

변학도가 결심했다는 듯 말했다. 허생이 눈을 동그랗게 떴다.

"무슨 말인가?"

"나랑 나란히 걷지 말고 하인들하고 부대껴서 오란 말이야. 지금부터 내 곁에 올 생각은 하지 마."

"이봐, 내 말은……."

"한마디만 더 하면 쫓아낼 것이야. 무슨 구실이라도 씌워서."

변학도가 수염을 부르르 떨며 허생을 바라보았다. 허생은 한숨을 내쉰 뒤 말고삐를 잡아당겨 뒤편의 하인들과 합류했다.

"돈 못 벌어 마누라한테 쫓겨난 주제에 무슨 방랑이고 팔도 유람이야……."

변학도가 가래침을 뱉었다. 하인들 뒤의 초진포 백성들의 눈길은 모두 변학도의 등을 향했다. 어두컴컴하니 기분 나쁜 눈빛이다. 허생이 돌아보자 그들은 얼른 고개를 숙였다.

5

일행은 다시 이동했다. 쾅쾅쾅쾅 징소리 북소리가 더 커졌다. 변학도가 말을 멈추고 소리가 나는 쪽을 바라보았다. 촌장이 말했다.

"우리 군이 청나라 수적을 몰아붙이는 모양입니다요."

"전멸당하고 있는 건 아니겠지?"

옥화가 옆에 나타났다.

"저 소리는 승리의 신호입니다. 밀리고 있을 때의 소리는 다르옵니다."

"무녀 딸 옥화! 아, 한 송이 꽃을 보는 듯하이! 자네 언제 나를 따라왔나!"

"신관 사또께서 부임하셨는데 제 어찌 집안에 가만히 있을 수 있겠나이까?"

"자네같이 연약한 여인을 걷게 하다니 말이 안 되지. 나랑 같이 이 말을 타고 가세. 자, 내 손을 잡고……."

변학도가 옥화를 자기 앞에 태우려고 했다. 그러다가 허생의 성난 눈길과 마주치자 손을 거두었다.

'만백성 앞에서 여자와 함께 말을 탈 수는 없지.'

옥화는 사또의 입장을 알아챘는지 공손히 손을 거두고 걸음을 옮겼다. 변학도는 어흠어흠 헛기침을 하고 촌장을 돌아보왔다.

"그건 그렇고 이몽룡이라는 놈은 자네 마을에 어떻게 해를 끼쳤나?"

"이몽룡이 누굽니까요?"

"사해태평교의 하백 말일세."

"아, 예. 물의 신인 자기를 따르면 일년 내내 어업에 대풍이 올 것이라고 했습니다요."

"그래서 그놈을 따라간 자들이 있나?"

"아닙니다요. 전임 사또께서 그놈들을 쫓아내고 잡아내 따라간 자가 아무도 없었습니다요."

"쫓아내고 잡아냈다고?"

"예. 한 30명쯤 잡아 몽땅 상투를 자른 뒤 경상 감사께 압송시켰지요."

"공작새 깃털 꽂고 꽃가마 타고 갔다는 그 촌놈이?"

"예."

"그래서 남원 부사로 승진했구면."

"예. 전임 사또께서 임기가 다 된 걸 태평교 놈들이 알기에 걱정입니다요."

나도 그 사람처럼 잘 해내야 할 텐데, 변학도는 걱정했다. 촌장이 안심시키듯 말했다.

"청나라 수적은 무지막지해 상대하기가 벅찹니다만 하백 일당은 초진포 속오군의 상대가 되지 않았습니다요. 훈련이 안 된 오합지졸들이었습죠. 아마 사또께선 별다른 조치를 취하지 않으셔도 이곳 군사들의 실력에 사교 놈들이 감히 우리 고을을 넘보지 못할 겝니다요."

그래, 역시 이곳 병사들이 일당백이로구나! 공작새 깃털에 꽂 가마 탄 놈이 잘난 게 아니라 토착 속오군이 바닷놈들답게 거칠고 용맹한 거야! 변학도는 안심했다.

"하백은 물의 신이 아니더냐? 고구려 주몽 신화처럼 물을 가르는 기적이라도 너희한테 보이질 않더냐?"

"아이구 사또, 신화 따위 허황된 이야길 누가 믿겠습니까요? 그런 사특한 교리를 믿을 사람은 우리 고을에 단 한 명도 없습니다요. 북곽 선생이 하백이란 놈을 직접 만나 사해태평교를 믿을 테니 당장 물고기를 그물 가득 잡게 해보라고 소리쳤습니다요. 보시다시피 물고기가 한 마리도 안 잡히잖습니까요? 하백 놈은 톡톡히 망신만 당했지요."

"아까는 촌장이 사교 놈들이 괴롭힌다길래 큰 골칫거리인 줄 알았는데, 문제는 청나라지 그놈들은 별것도 아니로구먼! 수적들만 격퇴시키면 너희들은 다시 풍어의 기회를 잡을 수 있을 것이다."

초진포 속오군의 실력을 우려했던 변학도는 다소 안심이 되었다.

'나는 전임 사또가 못한 특수전을 전개할 것이다. 인근 수군 별장들을 불러 병력을 증강시켜 합동 공격 방안을 내세울 것이야. 청나라 수적들부터 격퇴시켜 조정의 환심을 산 후 섭주로의 진격을 청해 이몽룡 일당을 일망타진하는 것이다. 춘향이가 보는 앞에서 이몽룡이를……..'

"저기가 관아입니다."

촌장의 목소리에 변학도는 흐뭇한 상념에서 깨어났다. 커다란 건물이 그들을 맞이하고 있었다. 칠이 벗겨지고 군데군데 깨지기도 한 관아는 흉가처럼 보였다. 변학도가 돌아보니 허생과 하인들이 걱정스런 기색으로 관아 건물을 바라보고 있었다.

"이게 관아라고?"

변학도가 어이없다는 투로 말했다.

"수적들 침입이 하도 잦아서 재건에 신경 쓸 틈이 없었습니다요."

"여기서도 전투가 벌어진 게요?"

허생이 물었다. 촌장은 뒤로 밀려난 허생을 무시해버린 후 동헌의 정자를 가리키며 변학도에게 말했다.

"저기를 보십시오."

"아무것도 없는데?"

변학도가 코를 후볐다. 촌장이 박수를 탁 치니 아름드리 한복을 입은 기생들이 십여 명이나 솟아올라 일제히 허리 굽혀 인사했다. 그녀들의 뒤편으로 상다리가 휘어질 정도로 차려놓은 주안상도 보였다. 변학도는 눈알이 튀어나오는 줄 알았다. 기생들은 한양에서나 볼 수 있을 정도로 맵시가 고왔다.

'여기 이방 놈이 누군진 몰라도 아주 마음에 드는군. 이 변학도의 악명을 듣긴 들은 모양이지? 처음부터 나한테 찍혔다가는 다른 곳으로 부임 갈 때까지 개처럼 고생한다는 걸.'

변학도는 육방 관속이 청나라 수적보다 신관 사또를 더 두려워한다는 점이 마음에 들었다. 그게 아니라면 싸우러 가는 마당에도 이렇게 접대 상을 푸짐히 차려놓고 갈 리가 없다.

"마음에 들어! 아주 마음에 들어!"

박수를 치는 변학도의 태도가 허생은 영 못마땅했다.

"보시오 촌장! 내 물었잖소! 여기서도 전투가 벌어졌냐고……."

이상한 기척에 허생이 급히 고개를 틀다가 소스라치게 놀랐다. 사람 크기의 거대한 토끼가 나무 사이로 후다닥 사라지는 걸 본 것이다. 촌장이 머리를 조아렸다.

"예? 예! 그렇습니다요! 여기서도 전투가 벌어졌습니다만 사또께서 방어를 훌륭히 해내셨습니다요!"

변학도가 질투심으로 입술을 깨물었다.

"공작새 깃털을 머리에 꽂고 꽃가마 타고 간 그 촌놈?"

"예! 하지만 신관 변 사또께선 더 용맹하실 것입니다요!"

"그럼, 당연하지! 잘 들었나, 허생?"

허생은 듣지 않았다. 그는 몸을 떨며 곁의 하인에게 방금 이상한 형상을 띤 존재를 보지 못했느냐고 물었다. 남원에서부터 걸어오느라 피곤에 지친 하인들은 아무 대답도 하지 않았다. 그들에게 허생은 '힘든 일 안 하고 말이나 타고 온, 원님 덕에 나팔 부는 속 편한 놈'일 뿐이었다. 허생은 초진포 백성들에게도 요상한 짐승을 보지 못했냐 물었지만 돌아오는 대답은 못 봤다는 소리뿐이었다.

그는 말에서 내려 변학도에게로 갔다.

"이보게, 잔치도 좋지만 지금은 때가 아닐세. 탐관오리 소리 듣고 싶지 않으려면 내 말대로 하게. 적들이 바다에 있으니 경계태세를 갖춰야 하네."

"거 참 나서기 좋아하는구면."

변학도의 높은 언성에 그들은 이제 친구 사이가 아니었다.

"이봐 허생, 김칫국물 마시지 말게."

"김칫국물이라니?"

"자네는 저 주안상에 앉을 수 없단 말이지."

"당연하지. 나 같은 필부가 어찌 고을 수령인 자네와 겸상을 하겠나? 단 지금은 때가 아니란 말일세. 자네는 이제 막 부임한 수령이잖아!"

"앞으로 영원히 겸상할 일 없을 거라고! 이 삿갓 쓴 천한 놈아!"

"아니, 여보게. 말이 좀 심하지 않나?"

"백성의 땀 흘린 정성을 무시하지 않는 것이야말로 참 목민관의 모습이야! 고기가 안 잡히는 이 판국에도 백성들이 힘들게 한 상을 차려냈는데 파흥을 하라고? 초진포 군대가 당나라 군대인 줄 알아? 그저 입 다물고 있으면 될 것을 왜 우리를 이간질시켜? 여기 있지 말고 물러가! 가서 쉬기나 하란 말이야. 단, 자네 방은 따로 없어. 하인들하고 같은 방을 써야 할 거야!"

"저…… 저는 잠시 음식을 살피고 오겠습니다요."

겁먹어 눈치 살피던 촌장이 자리를 피했다. 변학도는 허생을 하인들과 동급으로 만들어버린 후 거친 기세로 갓끈을 풀었다. 옥화가 다가와 공손히 갓을 받았다. 변학도의 얼굴이 다시 밝아졌다.

"오오, 무녀의 따님! 자네가 밝으니 이 초진포도 더 밝아 보이는구먼!"

"이제부터는 쇤네가 사또를 모시겠사옵니다."

"아, 좋지, 좋아. 촌장은 나이도 있으니 오지 말고 쉬라고 전해주게."

누군가 촌장에게 전하러 갔으나 노인은 어디로 사라졌는지 보이지 않았다.

옥화는 이슬 머금은 아침 꽃 같은 미소로 변학도를 정자 위로 모셨다. 화단의 장미처럼 기생들이 일제히 미소 지으며 신관 사또의 도임을 경축했다. 변학도는 다시 한 번 위기를 기회로 만

들어 초진포에서 모든 일을 멋지게 해내리라 다짐했다. 단, 오늘은 즐기고 내일부터.

촌장은 돌아오지 않았다.

허생과 하인들 10명은 객청의 커다란 방에 함께 들어가게 되었다. 메주 냄새가 밴, 머슴들이 쓰는 방이었다. 긴 여정에 지친 그들은 다리를 주무르고 어깨를 주무르고 드러눕느라 정신이 없었다. 모두가 잔치에 끼워주지 않은 변학도를 욕했다. 잠시 후 백성들이 거대한 술상을 운반해왔다. 남원에서 온 손님들을 환영한다는 잔칫상이었다. 해산물은 없었지만 수육에 꿩고기까지 있었다. 하인들은 우루루 상으로 달려들어 걸신들린 것처럼 먹어댔다. 허생은 구석에 앉아 벽을 보고 돌아앉았다. 아무것도 먹지 않았다. 그는 사또를 데리고 온 백성들이 객청 바깥에 원을 그리며 서 있다는 걸 방문에 비친 그림자로 알아냈다. 방에 있는 이방인들을 감시하는 것 같았다. 허생은 눈을 감고 면벽(面壁)에 들어가 이 고을에 들어설 때부터 놓아주지 않는 찜찜한 기분을 알아내려 했다.

해가 점점 지고 있었다.

6

흰옷 입은 사람들이 촌장을 질질 끌고 갔다. 그들이 멈춘 곳은 낭떠러지 앞이었다. 눈을 가린 천은 치워졌으나 입을 막은 재갈은 그대로였다. 그래서 촌장은 비명을 지르지 못했다. 촌장의 앞에 서 있던 사람이 장검을 뽑았다. 촌장은 이제 막 지고 있는 해를 바라보았다. 장검이 태양 앞에 놓이며 빛을 반사했다. 태양이 내는 빛이 장검의 빛과 합세해 촌장의 눈으로 깊숙이 들어왔다. 눈을 감으려 했으나 사람들이 강제로 벌려 눈을 감지 못하게 했다. 징소리 북소리가 바닷가에서 계속 들려왔다. 촌장의 눈가에서 연기가 솟았다. 비명이 터졌지만 입을 막은 재갈 때문에 소리로 나오지는 않았다. 장검의 위협적인 광채는 계속되었다. 마침내 촌장이 장님이 되고 나서야 장검은 다시 검집으로 들어갔다. 태양은 임무를 마쳤다는 듯 사라졌고 어둠이 빠르게 다가왔다.

7

변학도는 주지육림에 빠졌다. 기생들은 그가 자리에 앉자마자 찰싹 달라붙어 입안에 술을 붓고 안주를 집어넣느라 바빴다. 지금까지의 고생이 보상받는 기분이라 변학도는 향락을 실컷 즐겼다. 자신은 그럴 만한 자격을 갖춘 인물이라고 여겼다. 기생들 역시 '그럴 만한 자격이 된다'고 여기는지 정성을 아끼지 않았다. 하나같이 경국지색의 미인들이라 변학도는 정신이 혼미해졌다. 여태껏 많은 술을 마셔온 그였지만 초진포의 술은 마시면 마실수록 기분이 좋아지는 희한한 감로수였다.

"약이라도 탔나?"

변학도의 질문에 옆에 앉은 옥화가 놀란 표정을 지었다.

"약이라니오, 사또?"

"이렇게 기분이 좋은 술은 처음이어서!"

"그거야 주기(酒氣)가 사또와 궁합이 맞는 것이지, 어찌 술에 약을 탔겠습니까?"

"그렇지? 나도 그렇게 생각한다. 으하하하하!"

옥화가 변학도의 눈을 바라보며 아뢰었다.

"사또, 흥도 돋울 겸 우리 연산군 놀이나 하면 어떨까요?"

"연산군 놀이가 무엇이더냐?"

"한 방에 저희들이 숨어 있고 나리께선 눈을 가린 채 술래가 되셔서 저희들을 잡아내는 놀이이옵니다."

"아하, 그것! 아주 재밌겠구나! 연산군 놀이라고 했느냐!"

연산군의 엽기적인 유희는 그도 들은 적이 있었다. 상감마마 정도의 권력을 쥔 자도 아닌 내가, 그것도 이런 어촌구석에서 구중궁궐의 극락을 맛보다니! 변학도는 취기를 떨쳐버리려는 듯 고개를 힘있게 쳐들었다. 잔칫상의 산해진미 안주는 바닥 났고 술도 거의 바닥났다. 변학도 혼자만이 거의 다 해치웠다. 기생들은 감히 사또의 음식에 손댈 수 없다며 먹여주기만 했다. 하늘이 빙빙 돌았다. 어느새 날은 어둑해지고 있었다. 기생들은 하나같이 하늘의 선녀를 모아놓은 듯 아름다웠다. 저 아이들이 나랑 술래잡기 놀이를 한다는 거지? 정신이 아득했다.

"지금 바로 하시겠습니까?" 옥화가 물었다.

"어디서?"

"향교를 개조해 술래잡기 용도로 만든 큰 방이 있사옵니다."

"자네도 참가하는가?"

옥화가 손으로 입을 가리고 웃었다. 변학도가 저도 모르게 옥화의 뺨으로 손을 가져갔다.

"자네 피부는 그야말로 백옥일세. 서양 여인을 본 적이 있는데 이렇듯 하얀 얼굴은 그 여인을 떠올리게 하네."

옥화가 기겁을 하고 고개를 뒤로 물렸다. 변학도가 당황하자 옥화가 다시 과장되게 미소 지었다.

"일어서시지요, 사또."

"그래. 가자. 좋다. 좋아."

변학도가 일어서다가 약간 비틀거렸다. 옥화와 다른 기생이 양팔을 꽉 붙잡았다. 숫총각의 기분이 만장이나 치솟았다. 쾅쾅 쾅쾅 징소리가 멀리서 들려왔다. 어쩌면 자신의 심장 박동인지도 모른다. 기분이 우쭐했다.

"그래! 앞으로! 진격 앞으로! 청나라 놈들을 쫓아내 승전고를 두드려라!"

날이 빠르게 어두워지고 있었다.

8

허생은 선달님도 한잔하라는 하인들의 권주에 끝내 응하지 않았다. 시간이 얼마나 지난 줄도 모른 채 그는 면벽에만 집중했다. 소란도 잡념도 방해도 떨쳐버리는 정신일도 하사불성(精神一到 何事不成)이었다. 그는 거대한 뱀과 토끼의 머리에 골몰했다. 그건 도대체 뭘까? 난 헛것을 본 게 아닌데……. 그리고 수상쩍은 촌장과 수상쩍은 초진포 백성들…….

'뭔가 잘못되었어. 그러나 그게 뭔지 모르겠어.'

그는 자제심을 잃은 변학도를 걱정했다. 그는 쉽게 속아 넘어가고, 아부와 여색에 약한 사람이었다. 탐관오리다운 기질이었다. 초진포 백성들이 어딘가 그런 속성을 악용하는 것 같았다.

왁자지껄한 하인들의 술주정도 사라지고 코고는 소리가 대포 소리처럼 집중을 방해했다. 그럼에도 허생은 면벽한 채 눈을 뜨지 않았다.

쾅쾅쾅쾅!

바닷가에서 들려오는 징소리에 그는 눈을 번쩍 떴다. 어느새 주위가 어둑해졌다. 그는 하인들이 들으라는 듯 큰소리로 말했다.

"언제 수적들이 마을로 몰려올지 모르는데 술이나 퍼마시고 있다니!"

열 명의 하인은 단 하나도 예외 없이 잠에 빠져 코를 골고 있었다.

"일어나라, 당장! 이 작자들아! 수적! 청나라 수적 말이다!"

허생이 눈을 커다랗게 떴다. 잘못된 게 무엇인지 서서히 깨달음이 왔다.

"처음부터 이상했어. 청나라 수적이라니……. 서해바다라면 몰라도 청나라 수적이 어떻게 동해바다까지 멀리 노략질을 온단 말인가? 차라리 왜나라 수적이라야 그럴듯하잖아."

그는 하인들을 바라보았다. 술병이 나뒹굴었고 뒤집어진 그릇도 있었다. 술에 취해 잠든 것이 아니라 약에 취해 쓰러져 정신을 잃은 모습 같았다. 예상대로 아무리 흔들어도 깨어나는 이가 하나도 없었다.

허생은 바깥으로 시선을 돌렸다. 아까처럼 창호지 바른 문에 사람들의 그림자가 비쳤다. 그들이 감시자라는 의심이 한층 더해졌다.

어둠이 내려 그림자들은 희미하지만 어딘가 묘한 변화가 있었다. 그들의 키가 더 커졌고 머리통이 더 커진 듯했다. 문을 열려던 허생은, 어떤 위기감, 혹은 예감 같은 것을 느끼고 갑자기 하인들이 메고 온 짐을 뒤지기 시작했다. 한참을 뒤진 끝에 원하던 것을 찾아냈다. 초진포 현감으로 발령을 명하는 이조의 사령장이었다.

"이럴 수가……."

두루마리 사령장을 활짝 편 허생은 아연실색했다. 이조의 관인은 여전히 찍혀 있었지만 초진포 현감으로 제수하라는 사령장의 내용은 깨끗이 지워져 있었다.

문이 벌컥 열리면서 초진포 백성들이 들어왔다. 낫과 도끼를 든 그들은 키가 커지고 머리가 커진 채 허생을 둥그렇게 에워쌌다.

허생은 극도의 공포에 사로잡혔다. 그들이 머리에 쓴 거대한 탈 때문이었다. 하나같이 머리에 토끼 아니면 거북이의 탈을 쓰고 있었다. 돌담집 채광 구멍에서 본 괴물의 얼굴은 바로 이 탈이었다. 뱀이라고 착각했던 머리가 사실은 거북이임을 알아채자마자 허생의 입에서 탄식이 쏟아졌다.

"별주부전이로구나. 이제 변학도는 간을 잃게 생겼어……."

토끼와 거북이 탈을 쓴 무리들이 허생을 난폭하게 끌고 나왔다. 허생은 저항하지 않았다. 바깥에는 더 많은 토끼와 거북이 탈을 쓴 인간들이 칼과 창으로 무장하고 있었다.

어둠이 오면서 횃불이 켜졌다. 마을을 가득 에워싼 탈 쓴 인간들, 멀리서 들려오는 징소리 북소리, 그것은 실로 기괴한 광경이었다.

대포 소리나 조총 소리가 들려오지 않았다. 화약 연기도 오르지 않았다. 전장터의 징소리가 아닌 게 분명했다. 약에 취해 곯아떨어진 하인들은 저항도 못하고 하나하나 묶였다. 거대한 토끼와 거북이의 눈이 자신을 바라볼 때, 허생은 호랑이 굴에 잡혀가도 정신만 차리면 된다고 거듭 다짐했지만 사시나무처럼 떨리는 몸을 어쩔 수 없었다.

9

천으로 눈을 가린 변학도는 술래가 되어 크게 팔을 휘저었다. 여자들의 웃음 소리가 귀로 날아 들어왔다. 분가루 냄새도 강력하게, 또 아련하게 코로 들어왔다. 가슴이 터질 것 같았다. 극락이 따로 없었다.

'초진포에 평생토록 있고 싶어! 다른 데는 가고 싶지 않아! 죽어도 좋아!'

여인들의 웃음이 멀어졌다가 작아졌다. 그 사이에 징소리 북소리가 끼어들었다. 전장의 소리조차 위대한 목민관을 환영하는 아악 같았다. 분위기에 취해 그는 소리쳤다.

"앞으로! 진격 앞으로! 수적들을 죽여라! 으하하하! 하백아, 아니 몽룡아, 기다려라, 다음 차례는 내게 수치심을 안겨준 네놈이다!"

그의 손가락에 여인들은 닿지 않았다. 그러나 웃음 소리들은 그의 귀를 음란하게 자극했다. 그는 점점 이성을 상실했다. 당장 수건을 풀어 그녀들을 붙잡고 싶었다. 그러나 쾌락은 점진적으로 다스려야 오래간다는 생각에 그는 수건을 풀지 않았다. 기생들과의 약속을 지켜 자신이 얼마나 의지가 강한 사람인지 보여주고 싶었다.

웃음 소리들이 멈추지 않고 변학도를 유인했다. 한때 향교의 강의실이었던 큰 방은 변태적인 유희를 위한 장소로 탈바꿈했다. 모든 가구와 물건을 치운 후 음란한 그림을 붙이고 오감을 자극하는 향을 피워놓았다. 변학도는 정말 연산군이 된 기분이었다.

"잡았다!"

변학도가 드디어 여인의 팔 하나를 붙잡았다.

"아니, 너는 왜 남자들이 입는 훈련복을 입었느냐?"

"죄송하옵니다, 사또. 전시 중이라서요."

여인의 목소리는 입을 천으로 가린 듯 아득하게 울려나왔다. 변학도는 서슴없이 팔을 올려 여인의 얼굴을 어루만졌다.

"이상하구나……. 너는 얼굴에 탈을 쓰고 있어. 짐승 털까지 묻어있는 탈 말이야."

"그러하옵니다. 오늘 밤에 제천행사가 있기 때문입니다."

"제천행사? 그런데 네 목소리가 낯이 익구나."

"그러하옵니다. 쇤네는 나리를 뵌 적이 있사옵니다."

"어디서? 나는 여기에 아는 사람이 없는데……."

"쇤네는 압니다. 나리가 숫총각이란 것도 잘 알지요. 호호호."

"뭣이!"

변학도가 눈을 가린 수건을 풀었다. 기생들은 없었다. 거대한 토끼 머리와 거북이 머리들이 그를 겹겹이 에워싸고 있었다. 그가 잡은 여인은 한 마리 거대한 옥토끼였다. 체면이고 뭐고 상실한 그는 턱이 빠지도록 비명을 질렀다. 극락의 놀이터가 저승의 고문장으로 바뀌는 순간이었다.

"요망한 것들! 대체 이 무슨 해괴한 짓거리란 말이더냐!"

여인이 토끼 탈을 벗었다. 변학도는 충격에 말조차 제대로 나오지 않았다.

"숫총각! 잘 있었어?"

"너는…… 그래 그 향단이란 계집이로구나!"

향단이 변학도의 낭심을 걷어찼다. 숨넘어가는 비명과 함께 변학도가 경중경중 뛰었다.

문이 열리며 흰옷 입은 사람들이 들어왔다. 경극 배우처럼 무섭게 화장을 한 그들의 얼굴은 남자인지 여자인지 분간할 수 없었다. 맨 앞에는 시체처럼 허연 얼굴의 옥화가 있었다. 변학도는 고통을 참으며 외쳤다.

"네 정체가 뭐냐! 감히 본관을 우롱하다니 법의 지엄함이 무섭지 않으냐?"

옥화가 입에 물고 있던 쇳조각을 뱉고 물수건으로 얼굴의 분가루를 지우자, 변조한 음성과 변장한 피부가 사라졌다. 변학도가 입을 쩍 벌렸다.

"너! 너는 춘향이로구나!"

"내 어찌 네 놈을 잊을 수 있으리? 숫총각!"

사람들이 달려들었고 집단폭행이 시작되었다. 또다시 변학도

는 상투가 끊어지고 눈은 멍들고 수염은 훼손되고 팔다리는 골
절되고 눈에선 번갯불이 번쩍번쩍했다. 그 번쩍임의 와중에 변
학도는 춘향의 곁에 선 사교의 우두머리, 이몽룡을 알아보았다.
유비 곁의 제갈공명처럼 촌장이 그의 옆에 서서 웃고 있었다.
제대로 뜨인 그의 눈은 변학도의 고통을 샅샅이 목격하고 있었
다. 웃음 소리들이 공간을 가득 메웠다. 토끼와 거북이의 무표정
한 가면 속에서도 웃음이 새어나왔다. 변학도는 귀를 파고드는
웃음 소리에 귀를 막고 주저앉았다. 토끼와 거북이들이 몰려들
어 변학도의 옷을 벗기기 시작했다.

10

토끼와 거북이 탈들에게 연행되어 나오던 허생은 향교로 보이는 건물 안에서 역시 토끼와 거북이 떼에 질질 끌려나오는 여자 하나를 보다가 깜짝 놀랐다. 여자는 머리에 은비녀를 꽂고 보라색 치마저고리를 걸쳤는데 얼굴에는 잘리다 만 수염이 붙어있었다.

"학도! 자네 무슨 봉변을 당했나? 왜 여장을 하고 있어?"

"이것들이 연산군 놀이를 하자더니 나를 이렇게 만들어놨네!"

뒤로 손이 묶인 변학도는 마구 얻어맞아 얼굴이 크게 부풀어 있었다. 허생이 소리쳤다.

"학도! 속았네! 사령장은 가짜였다네!"

고개 든 변학도는 무슨 소린지 모르겠다는 표정을 지었다가 이내 의미를 짐작했다.

"하지만 분명 이조의 관인이 있었는데……."

"사령장은 진짜인데 내용이 가짜야! 오징어 먹물로 쓰인 것이었어! 오징어 먹물은 시간이 지나면 저절로 지워져! 이미 내용이 사라졌네! 누군가 자네를 이리로 유인하려고 벌인 짓이 틀림없네!"

변학도는 옆에 서 있는 이몽룡을 노려보았다.

"네놈이 그런 거지?"

"제지업을 핑계로 이조의 아는 사람한테 사령장 하나만 며칠 빌리자고 했지."

허옇게 분칠을 하고 볼에 붉은 연지를 넣은 이몽룡은 사교의 교주다웠다. 그는 더 이상 사랑에 빠진 철없는 선비가 아니었다. 토끼와 거북이 탈들이 이몽룡과 변학도를 빙 둘러쌌다. 그들이 손에 쥔 횃불이 활활 타올랐다. 저녁이 밤으로 변하는 시간조차 그들 마음대로 태워버린 것 같았는데, 실제로 타 지역과 다른 초진포에서의 시간 변화는 초현실적인 면이 있었다. 이몽룡은 무서운 술법을 소유한 마성의 얼굴을 드러냈고, 횃불 아래 여장을 한 변학도의 모습마저도 기괴해 허생은 겁이 나 오줌을 쌀 지경이었다.

변학도가 이몽룡에게 으르렁거렸다.

"그때 남원에서 그냥 날 죽이지 그랬느냐? 네 계집을 탐했다고 기어이 이 꼴로 분장시켜 수모를 당하게 하느냐?"

"끝이 아니오, 변 사또. 시작은 이제부터입니다."

"넌 네게 여러 번 수치를 안겼어. 저 짐승의 탈들은 별주부전의 암시야. 난 너에게 속아 여기까지 왔지. 이만하면 됐으니 그만 놀리고 죽여라."

"방자는 당신을 내가 있는 곳으로 오게 하려고 일부러 붙잡혀 순교를 택했소. 그 결과 당신은 용의주도함을 상실했소. 방자가 아니었다면 당신은 전라 관찰사에게 문의해 초진포 발령의 사령장을 확인부터 했을 거요."

"그래서 방자의 복수를 하겠다는 거냐?"

"진정한 목민관이 되게 해드리려는 겁니다!"

사해태평교주 하백인 이몽룡의 입술이 미소를 그렸다. 멀리서 들려오는 징소리 북소리는 아직도 끝날 기색이 없다.

"어서 날 풀어라, 이놈! 청나라 수적을 궤멸시킨 초진포 관군이 곧 이리로 귀환한다! 그러면 오합지졸인 네놈들은 살아남지 못한다! 지금 날 풀어준다면 내 네놈의 감형을 고려할 수도 있다!"

촌장이 다가왔다.

"오합지졸은 초진포 관군이오. 사또가 아는 게 뭐 있소? 지금까지 내 말만 곧이곧대로 믿은 주제에. 저 징소리 북소리가 군졸들이 내는 소리라고 믿으시오?"

"네놈은 누구야? 촌장이 아니지?"

"내가 바로 북곽 선생이오. 위대하신 하백께서 내리신 법력을 직접 목격하고 그분을 위해 이 한 몸 바치기로 한 훈장 말이오."

"이…… 이…… 고얀 놈들 같으니……."

변학도가 이를 뿌드득 갈았다. 허생이 이몽룡에게 물었다.

"이 교주, 우릴 어떻게 할 거요?"

이몽룡은 허생을 가만히 바라보다가 수하들에게 손짓했다. 동헌 한 귀퉁이에서 황소가 끄는 수레가 다가왔는데 수레는 이

동식 감옥의 일종인 함거였다. 춘향이 변학도에게 말했다.

"이렇게 치장해놓으니 숫총각이 아닌 숫처녀로군!"

아무도 웃지 않았다. 농담을 한 춘향조차 웃지 않았다.

"두 놈을 태워라." 이몽룡이 말했다.

변학도와 허생이 탈 쓴 이들에 의해 강제로 함거에 실렸다. 흰옷 입은 젊은이 하나가 황소를 끌기 시작했다.

"머슴 열 놈은 죽여서 파묻어라."

북곽 선생이 명하자 향단과 몇 명의 신도들이 잠든 하인들을 끌고 처형 작업에 들어갔다. 변학도와 허생은 힘없이 고개를 떨구었다.

"소도로 가자."

이몽룡이 말했다. 신속히 다가오는 밤하늘에 징소리 북소리가 널리 퍼졌다.

11

자연의 절기가 이곳에서는 통하지 않았다. 밤은 너무나도 빨리 다가왔다. 산 곳곳에 횃불을 붙인 나무가 표지판처럼 섰다. 함거는 횃불을 따라 움직였다. 파도 소리에 낮에는 느끼지 못했던 생명력이 넘쳤다. 허생은 나무 창살 사이로 초진포 밤하늘을 둘러보았다. 하늘은 그가 거쳐온 방랑지들과 똑같았으나 하늘 아래 가득 찬 토끼 머리 거북이 머리는 낯설었다. 그는 변학도에게 물었다.

"이놈들이 왜 별주부전 흉내를 내는 걸까?"

"나를 향한 희롱이겠지. 관리를 향한 불손한 짓은 질서에의 전복이고, 나라에의 반항이라고 믿고 있거든."

여자처럼 댕기머리를 하고 치마저고리에 화장까지 한 변학도는 그 어느 때보다 섬뜩하고 괴이해 보였다. 아예 여자 같은 남자에게 여장을 시켰다면 그럭저럭 봐줄 수 있겠지만, 탄탄한 근골을 지닌 대장부에게 억지 분장을 시켜놓으니 정상과 어긋나기도 하거니와 뭔가 극악무도한 목적이 엿보였기 때문이다. 초진포는 미지의 영역으로, 알 수 없는 곳은 그 무엇보다 공포가 우선하는 법이다.

변학도는 저 멀리 바다 쪽으로 눈길을 두고 있었다. 인근의 수군에서 우연히 순찰이라도 와서 구조해주길 바라는 시선이었다. 이글거리는 그의 눈빛 역시 정상은 아니었다.

변학도와 허생을 끌고 가는 일행은 이제 두 패로 나뉘었다. 하나는 거대한 거북과 토끼탈을 얼굴에 덮어쓴 사람들이고, 하나는 남원 관아 습격의 주범들처럼 흰옷을 입은 사람들이었다. 사해평등교의 교의(教衣)였다. 탈 쓴 자들이 함거 주변을 돌면서 춤을 추었다. 흰옷의 사도들은 허옇게 화장한 얼굴에 표정도 없이 걷기만 했다.

"흰옷 입은 자들과 탈 쓴 자들이 왠지 동패 같지가 않아." 허생이 말했다.

"동패가 아니면 우릴 이렇게 같이 끌고 갈까?"

함거 옆을 걷던 거북이 탈이 조용히 하라며 손에 든 봉으로 변학도를 찔렀다. 변학도가 봉을 붙잡자 토끼 탈 두 명이 달려와 몽둥이로 변학도의 손을 내리쳤다.

변학도가 아픈 손을 비비다 말고 고개를 들었다.

"산속에 동굴이 있군."

"저기가 바로 소도인 모양이야."

과연 산으로 들어간 함거는 나무를 자르고 돌을 치워 인위적으로 닦아놓은 길을 거침없이 나아갔다. 파도 소리가 약간 멀어졌다. 열십자 모양으로 선 횃불이 거대한 동굴의 입구를 가리켰다.

신도들 십여 명이 다가와 수레에서 나무 감옥을 내렸다. 포획

틀 안의 고양이처럼 두 사람은 우리에 갇힌 채 동굴 안으로 밀어 넣어졌다. 앞이 안 보일 정도까지 깊숙이 들어오자 신도들은 그들을 두고 가버렸다.

허생과 변학도는 동굴에 미리 놓여 있던 또 다른 나무 감옥을 보았다. 거기에도 사람이 갇혀 있었다. 누워 있던 남자가 벌떡 일어나 나무 창살을 붙잡고 여장한 변학도의 모습을 놀란 눈으로 바라보았다. 변학도 또한 괴이한 상대방의 모습을 바라보았다. 둘 사이에 보이지 않는 교류가 통했다. 허생은 그 사람이 갇힌 우리를 주목했다. 그 우리는 갇힌 사람을 놀릴 의도인 듯 꽃이 수북이 붙어 있었는데 마치 꽃가마를 연상케 했다. 안에 갇힌 남자는 온통 멍이 든 얼굴이지만, 여장은 하지 않은 대신 공작새 깃털이 꽂힌 갓을 쓰고 있었다.

"꽃가마 타고 남원에 갔다더니 당신이 바로 초진포 현감이로군." 변학도가 말했다.

"당신은 누구야? 왜 수염을 자르고 여자 옷을 입고 있지?"

"난 남원 부사야."

"웃기는 소리! 남원 부사가 경상도 어촌에 어인 일이란 말인가?"

"토끼한테 속았어. 곧 간을 뺏기겠지."

둘 사이에 냉랭한 기운이 감돌자 허생이 나섰다.

"이분은 가짜 사령장에 속아 이곳까지 온 남원 부사가 맞습니다. 보세요, 초진포 사또. 왜 거기 갇혀 있는 겁니까?"

초진포 현감은 땅이 꺼져라 한숨을 내쉬더니 말했다.

"사해태평교라고 들어봤소? 그 사교의 교주인 하백이 폭도들을 이끌고 며칠 전 관아를 습격했소. 군노 사령들은 저항 한번 못해보고 붙잡혀 처형당했고 나는 이렇게 잡힌 거요."

"그래서 관아가 부서진 거로군요."

"북곽 선생이라는 훈장놈의 첩자들이 약을 탄 술을 먹여 우리 속오군들을 재우고 손쉽게 관아를 접수했소."

"우리한테는 촌장 행세를 했습니다."

"진짜 촌장은 어디론가 끌려갔어요. 죽었는지 살았는지 모르겠소."

"저자들이 왜 별주부 흉내를 내는지 아십니까?"

"우리 고장은 대대로 용왕 치성제를 지내왔어요. 내일이 바로 그날인데 토끼와 거북이로 분장을 하고 치성을 올리는 전통이지요. 남원 부사께서 왜 이런 궁벽한 어촌까지 왕림했는지는 모르겠으나 저렇게 토끼 탈을 썼다고 멀쩡한 사람 간을 빼가지는 않소. 사교 놈들에게 포섭당했을 뿐 내 고을 사람들이 근본부터 악한 이들은 아니란 말이오. 저건 그냥 연례 제천행사의 한 모습일 뿐이오."

"청나라 수적은 출몰한 적 없소?" 변학도가 퉁명스럽게 물었다.

"청나라요? 그런 건 함경도 같은 북방에나 있는 것 아니오?"

"그럼 저 징소리 북소리는 악공들이 전투를 독려하는 신호가 아니오?"

"전투라니요? 저건 용왕제를 준비하는 무악일 뿐이에요. 초
진포는 외적의 침입이 극히 드물었어요. 특히 2년 전부터는. 왜
그런지 아시오?"

"물고기가 한 마리도 안 잡히니까!" 허생이 탄식했다.

"맞아요. 훔쳐갈 게 없으니 오랑캐가 올 일도 없는 게요. 용
왕제를 그 어느 때보다 성대하게 열어도 물고기는 잡히지 않았
어요. 아마 내일은 더 성대하게 열 거요. 하지만 그런 제천행사
따위는 솔직히 아무 쓸모도 없소. 자칭 물의 신이라고 주장하는
놈 하나만을 백성들이 따르는 걸 보면 말이오."

"하백이 그물 가득히 물고기라도 잡게 해줬나요?"

"아니오. 하지만 그렇게 해줄 거라고 믿고 있지요."

초진포 현감과 허생이 대화를 나누는데 하백의 부하들이 창
을 들고 나타나 쿡쿡 찔러댔다.

"떠들지 마!"

변학도가 불안한 목소리로 말했다.

"우릴 어떻게 하려는 걸까?"

12

변학도는 깜빡 잠이 들었는데 눈을 뜨니 밝은 햇살이 동굴 안까지 들어왔다. 아침이 온 모양이었다. 허생과 초진포 현감은 이미 깨어 있었다. 탈을 쓴 자들과 흰옷 입은 자들이 동굴로 들이닥쳤다. 이몽룡이 말했다.

"놈들을 끌어내라."

수십 명이 달려들어 세 사람을 우리에서 빼냈다. 변학도는 비녀가 떨어졌고, 초진포 현감은 공작새 깃털이 부러졌다. 셋은 묶인 채로 끌려가 동굴 밖으로 나왔다. 밝은 아침에 보는 토끼 탈, 거북이 탈은 밤보다 더 무섭고 해괴망측했다. 세 사람은 창칼로 무장한 백성들에게 연행되어 한참을 걸었다. 산길은 곧 오르막으로 변했다. 다리가 아프고 숨이 가빠왔다. 초진포에서 평생을 살아온 백성들은 지치지도 않고 빠르게 산을 올랐다. 서서히 파도 소리가 귀에 가까워지고 북소리도 생생해졌다.

검은 기암 위로 바닷물이 철썩철썩 튀었다. 낭떠러지 앞에 제천행사를 위한 개활지가 있었다. 징소리 북소리는 거기서 나왔다. 진격과 후퇴를 알리고, 싸움을 격려하는 음향이 아니었다. 거대한 굿판의 무악이었다. 징을 치고 북을 치는 악공들도 별주부와 토선생의 탈을 쓰고 있었다.

상다리가 휘어질 잔칫상이 낭떠러지 바로 앞에 놓였고 다양한 색깔의 깃발이 우뚝 섰다. 하지만 무녀는 보이지 않았다. 산속을 가득 채운 토끼 탈과 거북이 탈이 연신 절을 했다. 흰옷 입은 사도들은 얼음 같은 표정으로 주위를 둘러보며 경계에 만전을 기했다.

이몽룡이 춘향과 향단을 대동하고 나타났다. 모두 흰옷을 입고 흰 끈을 머리에 맸으며 허옇게 화장했다. 이몽룡은 가장 먼저 초진포 현감에게 말을 건넸다.

"자, 현감. 드디어 약속의 날이 왔소. 당신의 신앙은 정말 변함이 없는 거요?"

"죽여라. 이 한 몸 죽더라도 사교를 뿌리 뽑을 관리는 우후죽순 생겨날 것이다."

"내 물음을 이해하지 못하는군. 기적을 실제로 보여주면 날 믿겠느냐는 말이오?"

"떠난 물고기를 사람의 힘으로 돌아오게 할 수는 없어."

"우린 사람 이상의 존재요."

이몽룡이 초진포 현감의 얼굴로 고개를 들이밀었다.

"이제 용왕제를 지낼 시간이 되었소. 나는 물의 신 하백으로 사해 바다의 유일신이오. 별주부와 토끼 탈춤 같은 미신 숭배는 없애려 했으나 이 고을의 유서 깊은 전통을 무시할 수 없었고, 게다가 저 변가 놈을 이 마을로 유인한 작전을 감안하면 별주부전과 매우 흡사한 구석이 있기에 금년에 한해서 용왕제에 기존의 토끼와 거북이를 허용한 거요. 하지만 이제 하백의 기적을 접하면 다른 모든 우상숭배는 잊게 될 거요."

"네놈도 우상이야. 기적을 보여도 너 같은 사이비는 믿지 않을 것이다."

향단이 채찍으로 초진포 현감을 내리쳤다. 현감이 신음을 참는 사이, 이몽룡은 이번엔 허생에게 고개를 돌렸다.

"당신의 이름을 들은 적 있소. 당신은 실사구시에 능하고 글에도 뛰어난 재야의 학자라고 들었소."

춘향도 거들었다.

"부인의 잔소리를 못 견뎌 방랑 생활을 시작한 사람이기도 하죠. 우리한테 협력하면 좋은 자리를 줄 수도 있는데."

허생은 이몽룡과 춘향을 번갈아 바라보며 말했다.

"이름 석 자가 뭐 그리 중요하겠소만 우릴 풀어주길 간곡히 부탁드리겠소. 고을 수령들을 해친다면 당신들도 더 큰 범죄자가 됩니다. 왜 더 위험한 화를 사서 만들려고 합니까? 우리가 당한 일은 어딜 가도 발설하지 않겠소. 저 친구가 못난 구석이 있어 두 분께 원한을 산 것도 잘 압니다. 내 단단히 훈계해 두 번 다시 나쁜 짓을 못하게 하겠소이다."

이몽룡이 씩 웃었다. 그의 투명한 눈에서 소용돌이 같은 빛이 나와 허생은 어지러웠다.

"나는 풀어주려고 허생 당신의 이름을 언급한 게 아니오. 내가 보일 기적이 당신의 명필로 기록되어 역사에 남길 원한다 그 말이오."

변학도가 소리쳤다.

"그래, 이 사기꾼 놈아! 어디 기적을 보여 봐라. 물고기가 가득 잡히면 내가 제일 먼저 너의 수제자가 되어 주마."

"걱정 마시오. 그러잖아도 가장 먼저 기적을 접할 사람은 당신일 테니."

"숫총각 변학도."

춘향이 웃었다.

"사악한 믿음으로 위아래도 부정하고 삼강오륜도 잡아먹은 미친놈들아! 조정에서 너희들을 가만두지 않을 것이다!"

아무도 변학도의 절규에 관심 기울이지 않았다. 해가 바다 위로 떠올랐다. 북이 울리면서 엄숙한 분위기가 번져갔다. 허생은 시간의 섭리가 제멋대로인 초진포의 기이함에 몸을 떨었다.

"때가 되었소." 초진포 현감이 말했다.

"용왕제가 시작된 겁니까?" 허생이 물었다.

"그래요. 그런데 이상해요."

"뭐가요?"

"원래 무당이 있어야 하는데 치성을 올릴 무녀가 안 보여요."

이몽룡이 대좌에 올라 사람들에게 소리쳤다.

"여러분! 초진포의 백성 여러분! 그간 물고기가 잡히지 않아 얼마나 생계에 고생이 많으셨습니까! 나랏일 하는 놈들의 폭정도 모자라 그에 부화뇌동하는 탐관오리들의 가렴주구에 얼마나 힘이 드셨습니까? 여러분을 구제하기 위해 사해용왕이 이 하백을 보냈습니다. 여러분 앞에 서 있는 이 사람은 바로 물의 신 하백의 현존이올시다. 아직까지 초진포 백성 여러분이 이 사람을 온전히 믿지 않는다는 사실을 알고 있습니다. 저는 여러분 편입니다. 초진포의 현감을 끝내 처형하지 않은 것도 그가 여느 탐관오리와 달리 선정을 베풀었다는 여러분의 의견을 무겁게 받아들였기 때문입니다. 이제 이 하백이 기적을 보여 다시 물고기를 돌아오게 하겠습니다. 그럼으로써 여러분은 사해태평교와 하나가 되는 동시에 잘못된 이 나라를 뒤집어엎고 천년만년 풍요로운 삶을 살 수 있습니다. 고난에 허덕이던 지금의 삶은 끝이 나는 것입니다."

변학도가 소리쳤다.

"가짜들아! 이 가짜들아! 어디서 사람들을 현혹시키느냐! 사라진 물고기를 돌아오게 하는 건 불가능하다. 모두 듣거라! 나는 남원 부사다! 저놈은 거짓말로 너희들을 속이고 있다!"

"촌장을 데려와."

이몽룡이 손짓하자 향단이 어딘가로 신호를 보냈다. 그러자 흰옷 입은 사도들이 구석에서 노인 하나를 데려왔다. 그는 허생이 알던 북곽 선생이 아니었다. 처음 보는 노인이었다. 노인은 눈이 안 보이는지 앞을 더듬으며 간신히 걸음을 옮겼다. 그가 초진포 마을의 진짜 촌장이었는데 눈가의 깊은 상처는 그가 최근에 시력을 잃었음을 가르쳐주고 있었다. 춘향이 허생에게 붓을 쥐여주었다.

"사이비가 아님을 직접 보일 터이니 당신의 글 실력을 최대한 발휘하세요."

허생은 변학도를 돌아보았다. 변학도가 촌장 옆으로 끌려가고 있었다. 순간 허생은 그들이 무엇을 하려는지 알았다. 노인은 심 봉사였고 여장을 한 변학도는 심청이었던 것이다. 자신들의 동화 심청전을 인정받기 위해 다른 동화 별주부전을 부정한 하백 일파. 그들이야말로 진정 '자신들의 목소리만이 선택받은 목소리라고 부르짖는' 사이비 중의 사이비들이었다. 그들은 공존과 소통을 허용하는 척하면서 자기 목소리만이 우선이었다.

변학도가 사도들에게 끌려가 낭떠러지 앞에 강제로 꿇어 앉혀졌을 때 징소리 북소리는 최대의 소리를 냈다. 무녀가 없는 게 당연했다. 여장을 한 그가 무녀 역할까지 떠맡은 것이니까. 바람이 깃발을 한 방향으로 날렸고 높이 솟은 해가 온 사위를 밝혔다.

허생이 소리쳤다.

"그 사람을 풀어줘!"

토끼 탈과 거북이 탈이 허생을 강제로 앉히고 붓을 놓지 못하게 했다.

이몽룡이 까마득한 낭떠러지 아래의 물을 향해 소리쳤다.

"물의 신 하백이 동해 용왕에게 급보를 보내노라! 그대가 돌보지 않은 정사로 초진포의 백성들이 굶주림으로 죽어가고 나라에 진상을 못해 괴롭힘을 당하는 이중의 고달픔에 시달리고 있다. 이제 이 선택받은 '숫처녀'를 제물로 바치노니 그대는 응당 초진포 바다에 물고기들을 보내야 한다! 이것은 부탁이 아니다! 물의 신 하백의 명령이다! 그대의 협조는 우리 물의 신앙을 크게 넓히는 동시에 이 나라 백성을 구제할 것이다!"

"그만둬, 이 가짜들아!"

허생이 소리치다가 탈 쓴 괴물들의 육모방망이에 무참하게 얻어맞았다. 또다시 그의 손에 붓이 쥐어졌다.

"기록해! 잘 보고 기록하란 말야!"

춘향이 표독스럽게 외쳤다. 변학도가 고개 들어 춘향을 바라보았다.

"그렇구나! 네가 숫총각을 강조한 게 바로 이런 이유였구나!"

춘향이 깔깔거리며 웃었다.

"아래를 봐. 거기가 바로 인당수야!"

변학도가 혼신의 힘을 다해 외쳤다.

"이걸로 끝나지 않는다! 결코 이걸로 끝나지 않아! 너희 사교의 종자들은 끝내 근절될 것이다! 이 나라에는 나 같은 탐관오리만 있지 않아! 사물을 바라보는 눈이 탁월하고 참과 거짓을 분별할 줄 아는 훨씬 능력 좋은 인재들이 넘치고 넘쳐난다! 인재들이 사이비 너희들을 척결하고 이 나라를 정상으로 돌려놓을 것이다! 이미 네놈들을 향한 추격은 시작되었다. 이 조선이 너희 같은 것들에게 무릎 꿇을 허약한 나라가 아니야!"

징소리 북소리가 다급해졌다. 변학도, 허생, 초진포 현감의 심장도 둥둥둥 뛰었다.

이몽룡의 얼굴에 광신적인 환희가 넘쳤다.

"동해 용왕이여! 심청이를 받고 그 대가로 물고기를 보내라!"

북곽 선생과 흰옷 입은 심판관들이 변학도를 일으켜 세웠다. 수염이 붙은 채 여장을 한 남자의 충혈된 절규는 무시무시했다.

"나는 그냥 죽지 않는다! 물귀신이 되어 절대로 물고기들이 모이지 못하게 할 것이야! 악귀가 되어 네놈들 꿈에 나타날 것이야! 그래서 네놈들 가족에 친척에 이웃에 사돈까지 몽땅 죽여버릴 것이야!"

더 이상의 말은 없었다. 심판관들이 변학도를 떠민 것이다. 변학도의 몸은 잠시 허공에서 멈추나 싶더니 곧 맹렬한 기세로 추락했다. 그는 푸른 물결이 눈 깜빡할 사이에 세상을 잡아먹을 정도로 커지는 광경을 보았다. 풍덩! 하는 마지막 순간, 그는 심연 속에 숨어 있는 검은 그림자를 보았다. 그것은 살아오면서 부정도 인정도 할 수 없었던 미지의 존재였다.

바람이 멎었다. 징소리 북소리가 멈추었다. 양팔을 흔들며 격앙된 설교를 늘어놓던 이몽룡도 입을 다물었다. 하얀 거품이 일고 변학도는 두 번 다시 떠오르지 않았다. 온 세상은 침묵 속에 잠겼고 출렁거리는 파도 소리만이 간헐적으로 들려왔다. 그때 누군가 소리쳤다.

"물고기다!"

"물고기들이 몰려들고 있어!"

초진포 현감이 천천히 일어나 걸음을 옮겼다. 아무도 그를 막지 않았다. 낭떠러지 아래를 본 순간 그는 털썩 무릎을 꿇었다. 수천 마리나 될 물고기들이 온 바다 표면을 가득 메운 채 입을 뻐끔거리고 있었다. 군중들의 환호성이 온 세상을 메웠다. 사람들이 벗어던진 토끼 탈 거북이 탈이 축하 꽃다발처럼 낭떠러지 아래로 떨어졌다. 초진포의 전설은 종말을 맞았고 이몽룡 하백의 전설은 새롭게 시작되었다. 세상은 서로가 전설이라 우기는 이런 싸움의 연속이며 지금은 이몽룡이 승리한 상태였다. 초진포 현감은 눈물을 흘리며 큰절을 올렸다.

"그동안 나는 믿지 않고 살아왔습니다. 하지만 이제는 믿습니다."

태양이 찬란하게 타올랐다. 사도들에게 납치당해 실명했던 촌장이 태양을 향해 소리쳤다.

"보인다! 아아, 다시 눈이 보인다!"

그를 납치해 시험에 처하게 했던 이들이 이젠 용서한다는 듯 다시 촌장을 껴안고 그간의 고생을 위로했다.

탈을 벗어던진 백성들이 덩실덩실 춤을 추었다.

북곽 선생이 선창했다.

"하백! 하백!"

모든 사람들이 따라했다.

"하백! 하백! 하백! 하백!"

초진포의 어부들이 앞다투어 해안가로 달려갔다. 펄떡거리는 물고기들이 그물마다 가득찼다. 변학도가 입고 있던 치마저고리도 그물에 걸려 올라왔지만 옷의 주인은 발견되지 않았다.

이것은 광기가 아니었다. 엄연한 기적이었다. 허생의 손에는 여전히 붓이 쥐여 있었지만 그는 단 한 글자도 쓰지 못했다. 두 눈 뜨고 접한 기적 앞에서 몸을 부들부들 떨 뿐이었다. 손을 잡은 이몽룡과 춘향이 허생을 향해 밝게 웃었다. 두 사람의 뒤편에서는 태양이 광채를 내뿜었다. 그러자 마침내 붓은 움직였다. 허생은 정신을 가다듬고 눈으로 보았던 광경을 기록하기 시작했다.

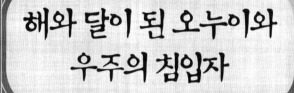

해와 달이 된 오누이와
우주의 침입자

1

　조선 시대 사람 중 그 누구도 지구 바깥에 다른 생명체가 산다는 생각을 하지 않았다. 그들에겐 지구라는 개념 자체가 없었다. 과학 문명이 발달하지 않은 그 시대에 세상은 천하라는 이름으로 칭해졌고, 외계 즉 천상의 존재는 옥황상제나 염라대왕 등 허황된 이름에 국한되었다. 사람들의 시야는 가까운 동네가 전부였고, 외국에 나가 견문을 넓힐 수 있는 이조차 극히 일부분이었다. 지배층들은 이해할 수 없는 사건이 생기면 백성의 무지를 윽박질렀고 신비로운 일이 벌어지면 귀신의 소행을 언급했다.

　오직 선택받은 자들만이 오관을 초월하는 별천지를 신비의 환각 속에서 보았을 뿐이다. 뱀 껍질의 선비 탁정암은 선천적인 초능력으로 외계 존재를 직접 보았고 그들의 목적을 알고 나서는 후세에의 경고로 기록을 남겼다.《귀경잡록(鬼境雜錄)》이 그것인데, 이 책에서 그는 침략과 학살의 오랑캐 적 속성을 지닌 외계 존재를 '먼 곳에 사는 기린 인간', 즉 원린자(遠麟者)라 이름 불렀다. 사악한 원린자들이 하늘 끝에서 내려와 언젠가 이 세상을 집어삼킬 것이라는 예언서《귀경잡록》은 불안한 시대의 사람들에게 절망적인 공포를 심어주는 한편, 압제 받는 사람들에게 체제 전복의 희망을 일깨워줘 반란과 혁명의 근거가 되었다.

평온한 세상에 풍파를 일으킨다는 불온의 논란이 있자《귀경잡록》은 금서 처분을 받았고 탁정암은 의금부로 끌려가 혹독한 고문을 받고 죽었다. 세상은 위에서 아래로의 질서를 강조했고 수차, 측우기, 해시계 등의 소소한 기술 발명만을 크게 강조해 스스로 만물의 영장임을 착각 속에서 자랑스러워했다.

《귀경잡록》의 저자가 죽은 후에도 정상적인 사리분별력으로 풀 수 없는 괴이한 일은 조선 팔도에 끊이질 않았다. '괴상한 존재를 보았다', '그들에게 납치된 자가 있다', '풀려나서 그들한테서 터득한 신비의 힘을 행사했다', '수백 명 관군을 상대로 활약하다가 화살을 맞고 죽었는데 그 수가 500발에 이른다' 따위 숨죽인 소문들이 여기저기서 돌았다. 나라에서는《귀경잡록》의 귀자만 들먹여도 잡아가 처형해 혼돈을 막고 질서를 유지하려 했다. 하지만 책 한 권이 사라졌다고 진실마저 사라지는 법은 없다.《귀경잡록》의 필사와 유포는 끈덕지게 이어져 저자보다 유구한 천수를 누렸다. 단속에 숨죽이고 탄압에 피 흘리면서도 이

계가 실재한다는 믿음은 이어졌다. 믿음은 모든 문제의 원인이 나랏놈 양반들에게 있다는 무정부주의를 낳았고, 우리도 현실을 다른 세상(異界)으로 바꿀 수 있다는 낙관론을 낳았다.

오늘날에도 실재한다고 믿는 것처럼, 원린자(외계인)는 여전히 하늘 끝 별천지에 존재하고 호시탐탐 이 세상을 넘보고 있다. 지금부터 들려줄 이야기 역시 원린자가 결부된, 우리에겐 동화로만 순화되었던 이야기의 실체적 진실이다.

z

아침 햇살이 밝았다. 이제 나가야 할 시간이었다. 그녀는 머리를 매만지고 옷매무새를 단정히했다. 부정 탈 일이 없도록 목욕재계까지 마쳤다. 그녀 말고도 모든 일꾼들이 몸과 마음을 깨끗이 해오라고 지시받았었다.

간만에 치장한 모습이 거울에 비쳤다. 생활에 찌든 아낙의 모습은 감춰지고 아직 젊음의 매력이 남아있는 여인이 나타났다. 아쉬움 같은 한숨이 새어 나왔다. 그녀는 아직 28세였다. 문득 뒤돌아보니 남매가 바라보고 있었다. 여덟 살 아들 햇님이와 여섯 살 딸 월녀는 새끼고양이들 같았다. 부잣집에서 먹이를 받아 먹는 반려 고양이가 아닌 위험이 도사리는 자연 한복판에 놓인 길고양이. 그녀의 가슴에서 인생을 옥죄는 덫의 무력감과 가슴 찢어지는 사랑의 감정이 동시에 솟았다. 그 마음을 아는지 딸아이가 물었다.

"엄마, 오늘 안 가면 안 돼?"

"이리 와."

엄마의 손짓에 월녀가 쪼르르 달려가 안겼다.

"엄마 어디 간다고 했지?"

"곰보 할머니."

"그렇게 부르면 안 된다고 했지?"

"천왕보살 할머니."

"그래. 천왕보살 할머니 굿하는 일 도와주고 떡을 받아서 올 거야."

"무슨 떡?"

"우리 월녀 제일 좋아하는 인절미."

"얼만큼?"

"이만크음."

동산을 그리는 엄마의 손짓에 월녀가 활짝 미소 지었다. 햇님이 동생에게 손짓했다.

"월녀야, 엄마 가시게 이리와."

월녀가 엄마 무릎에서 일어나 오빠 옆에 앉았다.

"일찍 올 테니 동생 잘 보고 있거라, 햇님아."

"네."

"누가 와도 절대 문 열어주면 안 돼, 알지?"

"알았어요."

"나 없을 때 무슨 일 생기면 어떡하라 그랬지?"

"언덕 위의 장화 홍련 누나들한테 간다."

"가장 잊지 말아야 할 건?"

"무슨 일이 있어도 월녀 곁에 있는다."

눈치 빠르고 영특한 게 천상 지 아버지다. 그녀의 남편은 지금 옥에 갇혀 있다. 죽었는지 살았는지도 모른다. 가족들까지 잡아 가두라는 포도청의 엄명에 그녀는 아이들을 데리고 경기도 양평에서 경상도 섭주의 깊은 산속까지 도망쳐왔다.

"햇님아, 잘 들어. 우리가 사는 데는 사람 구경을 할 수 없는 깊은 산이잖아. 근데 어제 엄마가 어떤 사람을 봤어."

"누구요?"

햇님의 눈알이 불안한 듯 좌우로 움직거렸다.

"나도 모르겠어. 통영갓에 하얀 두루마기를 입은 남자였어. 어쩌면 아버지 때문에 우릴 찾는 사람일지도 몰라. 나 없을 때 누가 문을 두드려도 대답하지 마. 아예 신발도 감추고 있고. 알았지?"

"네. 집 안에 아무도 없는 것처럼 행동한다."

아들의 영특함에 그녀가 미소지었다. 그녀는 이번엔 딸을 바라보았다.

"월녀야, 오빠 말 잘 들어야 해. 안 들으면 어쩐댔지?"

"호랑이가 잡아가."

월녀가 과장된 동작으로 고갯짓을 반복했다.

"그럼 다녀오마."

그녀가 문을 열었다. 쇠붙이로 만든 문은 나무 오두막과 전혀 어울리지 않았다. 요새와 감옥의 분위기를 동시에 갖춘 이 문의 골격은 쇠창살이었다. 안에서 잠근다면 힘센 남자라도 강제로 뜯어낼 수 없었다. 종이를 뚫고 팔을 뻗칠 수는 있어도 잠금 고리를 침입자의 팔이 닿지 않는 위치에 달아놓았다. 아이들의 어미인 안성댁은 작년 겨울에 나그네를 가장하고 나타난 괴한 때문에 쇠붙이를 구해와 하나밖에 없는 출입문을 개조했다. 나그네는 하룻밤 묵어가길 청하면서 안성댁에게 음심을 품었다. 왜 산속에 숨어사는지 추궁하면서 시키는 대로 하지 않으면 관가에 알리겠다고 했다. 나그네는 겁탈하려 했고 안성댁은 저항했다.

위험이 닥치려는 순간 어깨에 칼을 멘 두 여자가 나타났다. 세 여자는 합심해 나그네를 처치했고 시체는 산속에 파묻었다. 나그네는 이마에 간(姦) 자 문신이 새겨진 탈옥수였고 장화, 홍련 자매라고 이름을 밝힌 두 여자는 아버지가 역적으로 몰려 도망치는 사람들이라고 했다. 안성댁은 구명지은에 감사의 예를 올리고 자신 역시 숨어 사는 처지임을 밝혔다. 언덕 하나만 넘으면 무당이 살다 죽은 당집이 하나 있는데 두 사람만 좋다면 거기서 살아도 좋다고 알려주었다. 비슷한 처지에 같은 여자들이었고 서로 간에 도움도 될 수 있을 것 같아 안성댁의 제안은 차라리 간청에 가까웠다.

장화, 홍련은 기쁜 마음으로 승낙하고 버려진 당집에 가재도구를 가져와 살림을 차렸다. 그녀들은 안성댁과 약초를 캐고 사냥도 나갔고 가끔 아이들에게 글도 가르쳐주었다. 그렇게 해서 섭주 통악산 첩첩산중에는 나라의 눈을 피해 도망 다니는 두 가구가 언덕 하나를 사이에 두고 살게 된 것이다.

안성댁은 아이들을 남겨둔 채 밖으로 나왔다. 알아볼 사람이 없을 거란 믿음으로 가끔 마을로 내려가 길쌈을 했고 쌀이나 음식을 얻어왔다. 산을 내려가기 전 그녀는 오두막의 문을 흘끗 바라보았다. 어떤 괴력의 소유자도 저 철창문을 뜯어내 아이들에게 해를 끼치진 못할 것이었다. 호랑이라도.

그녀는 어제 오후, 약초를 캐러 깊은 골짝까지 들어갔다가 먼 거리에서 본 통영갓에 하얀 두루마기 차림의 남자를 떠올렸다. 그녀는 나무 뒤에 숨어 기척을 내지 않았고 남자는 그녀를 보지 못하고 지나갔다.

'부디 우릴 찾는 사람이 아니어야 할 텐데.'

3

시간은 빠르게 흘렀다. 점심이 지나고 오후가 되도록 안성댁은 돌아오지 않았다. 햇님은 월녀를 데리고 마당에서 잠깐 놀다가 방에 들어가 문을 잠갔다. 엄마의 지시대로였다. 월녀가 투정을 부렸으나 햇님은 동생을 더 놀게 하지 않았다. 햇님의 초롱초롱한 눈은 무성한 숲속에 무엇이 숨어 있지 않을까 항상 살폈다. 어린 고양이는 생존법을 스스로 터득해나가는 야생 고양이이자, 스스로 동생을 돌볼 줄 아는 어미 고양이의 면모를 동시에 갖추었다. 그러나 햇님 역시 여덟 살 어린아이였다. 엄마가 없을 때면 늘 그랬듯 그는 긴장하고 겁먹었다. 모르는 사람이 나타날까봐, 호랑이가 나타날까봐, 엄마가 돌아오지 않을까봐.

장화와 홍련은 오전부터 버섯을 찾고 있었는데, 홍련이 산약(山藥, 마)을 여러 뿌리 발견하는 바람에 돌아갈 시간도 잊었다. 광주리가 간만에 가득 찼다. 장화가 막 캐어 올린 덩이줄기를 호미로 몇 번 쳐 끊어내고는 털썩 앉아 이마의 땀을 닦았다.

"벌써 날이 이만치 저물었네."

"그러게. 이러다 길도 못 찾겠다."

홍련이 깊이 들어온 산길과 어두워지는 하늘을 번갈아 바라보았다.

"남매네 엄마 오늘 마을 내려갔다며? 천왕보살 굿 도와주러 갔다던데."

"안성댁 음식 솜씨가 좋잖아."

"그러다 누가 알아보기라도 하면 어쩌려구?"

"어쩌겠어? 애들이 둘이나 딸린 신센데."

"우리한테까지 불똥이 튈까봐 그러지. 다 같은 도망자 아니냐고?"

"살 거처를 마련해준 사람이야. 그런 소리 하지 마."

장화가 언니답게 홍련을 나무랐다.

"그런데 돌아왔으려나? 애들 저녁도 못 먹고 있는 거 아냐?"

"앞가림 잘하는 애들인데 뭘 걱정해?"

"남편이 대체 무슨 죄를 지었을까?"

"모르지. 아무리 물어도 얘길 안 하니."

"그거 아니, 홍련아? 어제 안성댁이 어떤 남자를 봤다는 거."

"통영갓에 하얀 두루마기 남자? 길 잃은 선비겠지."

"우릴 잡으려는 사람은 아니겠지?"

"재수 없는 소리 하지 마."

울창한 수풀 사이로 큰 트림 같은 소리가 들려왔다. 새 소리일 수도 있지만 아닐 수도 있다. 날이 빠르게 어두워져 가고 있었다.

"돌아가자. 얼룩이(호랑이)라도 만나면 큰일이야."

"그래. 산삼이 나와도 목숨 부지가 낫지."

자매가 흙을 털며 일어섰다. 평안도 철산 박 좌수의 고운 두 딸은 산악 생활 1년 만에 사람이 변했다. 아버지의 영향으로 원래부터 무예는 익힌 몸이었지만, 그녀들은 수를 놓고 바느질 하고 분을 바르던 신부 수업을 잊고 호미로 약초 캐고 돌을 쌓아 집도 짓고 사냥감도 쫓아가 때려죽이는 여장부들로 거듭났다.

박 좌수는 나라에서 금하는 《귀경잡록》을 은밀히 연구하는 모임 '토린결(討麟結)'의 회원이었는데 행적이 드러나 의금부에 잡혀갔다. 그는 원린자를 부정하면 살려준다는 말에 굴하지 않고 "대비를 하지 않으면 원린자의 침공에 천하가 스러진다!"며 의지를 굽히지 않다가 귀양을 가고 말았다. 멸문지화를 맞은 가족들은 노비가 되거나 도망쳐 뿔뿔이 흩어졌다.

"저잣거리 그립지 않아, 언니?"

"그립지."

"아직도 아버지 원망스러워?"

"쓸데없는 소리 마."

그녀들의 걸음이 빨라졌고 의미 없는 잡담이 많아졌다. 알 수 없는 불안 때문이었다. 등 뒤에서 뭔가가 따라오는 것 같았다. 호랑이일 수도 아닐 수도 있었다. 갑자기 그녀들이 나아가는 어두운 길이 밝아졌다. 촛불이 조명의 전부인 그 시대에 대낮보다도 더 밝은 강력한 빛이 생겨났다. 빛은 그녀들의 뒤편 하늘에서부터 나타나 빠르게 앞으로 몰려왔다. 엄청난 굉음이 귀를 때려, 놀란 자매가 바구니를 놓치며 동시에 엎드렸다. 그녀들의 머리 위로 거대하고 밝은 빛이 비스듬한 각도로 추락했다. 빛은 나무가 빽빽한 골짜기 아래로 사라지면서 다시 어둠뿐인 밤 배경을 회복했다.

"저게 뭐지?"

"별이 떨어진 건가?"

난생처음 접한 빛에 두 사람은 놀랐다. 어찌나 밝았던지 그녀들이 길 표시로 나무에 매어놨던 붉은 끈까지도 고스란히 비춰주었다. 밤 산책을 나온 승냥이, 여우 따위 짐승들도 빛에 놀라 후다닥 숲속으로 뛰어들었다. 비정상적으로 밝은 빛이 사라진 길은 더 어두워 보였다.

"그러고 보니 오늘이 단오지, 언니?" 홍련이 불쑥 물었다.

"단오든 뭐든 저게 산불로 번지면 큰일인데……. 빨리 들어가자."

"별이 아닐 수도 있어, 언니……. 오늘이 단오야……."

홍련의 음성에 공포가 묻어 있었다. 자매는 서둘러 집으로 돌아갔다.

4

빛은 금속으로 만든 기구에서 발한 것이었다. 이 기구는 일종의 비행 물체로 인적이 끊어진 산골짝에 떨어졌다. 나무 몇 그루가 부서졌고 기구도 훼손을 당했다. 거대한 가마솥을 연상케 하는 그 기구에는 동심원 문양과 만(卍) 자와 비슷한 선이 여기저기로 나 있었다. 수학이나 기하학을 떠올리게 하는 무늬였으나 기구가 불시착한 곳은 과학이 미개한 시대의 조선이었다.

기구의 뚜껑이 양쪽으로 갈라져 덜컹 하고 벌어졌다. 가스를 실은 허연 연기가 안에서 힘차게 솟구쳤다. 원형 뚜껑이 밥주걱처럼 생긴 반원형의 좌우로 분리되어 벌어지다가 세로로 세워졌다. 밤잠을 깬 사슴 한 마리가 신기한 듯 서서 이 광경을 바라보았다. 기구 안에서 액체도 아니고 고체도 아닌 끈적끈적한 물질이 턱턱 바닥을 짚으면서 흘러내렸다. 검은 물질이었는데 점성에 비해 흙이 붙지도 않았고 바닥에 흔적을 남기지도 않았다. 문어의 다리처럼 무수한 흡반(吸盤)이 이곳저곳에서 솟아 숨을 쉬듯 벌름거렸다. 사슴이 코를 킁킁대며 다가왔다. 액체도 아니고 고체도 아닌 검은 물질은 낯선 짐승의 접근에 뒤로 몸을 물렸다. 사슴 역시 주춤했으나 다시 머리를 숙이고 코를 들이밀었다. 순간 그 물질이 빳빳하게 일어섰다. 거대한 쥐치포가 일어선 형상이었다. 사슴은 뭔가 잘못됐음을 깨닫고 도망치려 했으나 늦었다. 그물이 큰 물고기를 덮치듯 검은 물질이 사슴을 덮쳤다. 흡반에 머리가 빨려 들어가면서 사슴은 고통스럽게 몸부림쳤다. 검은 물질 속으로 짐승의 전신이 빨려 들어가는 '흡수'였다. 완전한 흡수가 끝나자 검은 물질은 원형의 덩어리로 요동쳤다. 요동은 천천히 각 부위를 생겨나게 해, 점차 사슴의 모습을 갖추기 시작했다. 검은 타르로 조각품을 만든 것처럼 검은 사슴이 생겨났다. 눈코입부터 털까지 세심한 부분이 생겨날 때는 검은 물질도 사라졌고, 뿔이 돋아나올 때에는 진짜와 구별할 수 없는 사슴 한 마리가 탄생했다. 완벽한 복제였다. 이제 추락한 기구 앞에 남은 것은 전혀 사슴처럼 움직이지 않는 새로운 사슴 한 마리였다.

사슴은 미지의 대륙을 처음 밟은 이방인처럼 주위를 두리번거리다가 산 위로 달리기 시작했다. 잠자리에 들어야 할 동물답지 않게 네 다리를 활기차게 움직였는데 마치 새로 얻은 도구의 성능을 시험하는 모습이었다. 그러나 숲 한켠에는 추락한 기구의 굉음 때문에 밤잠을 설친 또 하나의 짐승이 있었다. 그 짐승이 일어나 사슴의 뒤를 쫓기 시작했다.

5

전직 내수사 별좌였던 김 대감의 오구굿(죽은 사람의 혼백을 위해 일정 기간 동안 하는 굿)은 성황리에 끝났다. 대감 아버지의 혼백이 저승에서 평온을 찾았으니 손자는 병을 털고 일어날 것이고 이제 집안에는 좋은 일들만 가득할 거라고 천왕보살은 자신 있게 말했다. 실제로 열병을 앓던 대감의 아들에게서 해열의 차도가 보이자 그녀는 복채를 많이 받았다. 천왕보살은 굿을 보조한 다섯 명의 아낙을 불렀다.

"오늘 수고들 하셨네."

음식 나르고 전물상 차리고 무녀의 몽두리(옷) 준비하고 금구(악기)도 나르는 온갖 잡일을 한 사람들이 이 다섯 여자였다. 그중에는 안성댁도 끼어 있었다. 천왕보살은 그들에게 충분한 보수를 나눠준 다음 따로 안성댁을 불렀다.

"포목점 주인을 통해 자네를 소개받았네. 이 마을 사람이 아니구먼."

햇님 어미는 고개를 들지 못하고 손을 다소곳이 모았다.

"과거를 물으려는 게 아니네. 난 자네 눈치와 일솜씨를 칭찬하려는 거야. 큰 박수 작은 박수도 하나같이 자네 준비에 전혀 실수가 없다고 하네. 어떻게 나하고 같이 계속 일해보지 않겠나?"

"팔도를 돌아야 하는 일이 아닙니까?" 안성댁이 입을 열었다.

"그렇지."

"말씀은 감사하나 제겐 아이들이 있습니다. 아이들을 두고는 어디로도 갈 수 없습니다."

"무슨 이유로 찾기도 힘든 산속에서 지내는지 모르지만 아이들을 위해서라면 마땅히 서당에 보내야 하고 사람들과도 지내게 해야 해."

안성댁은 대답하지 않았다. 천왕보살은 손가락으로 안성댁이 내려온 산을 가리켰다.

"초저녁에 저기 별이 떨어졌어. 문곡성이야. 좋지 않아."

안성댁이 불안한 눈으로 산을 돌아보았다. 천왕보살이 빙그레 웃었다.

"걱정할 정도는 아니고 그냥 그렇다는 말이야. 하지만 내 말을 가벼이 여기진 말게. 저런 산속은 아이들한테 좋지 않으니까. 자, 더 어두워지기 전에 가보게."

천왕보살은 굿판에 쓴 떡을 안성댁에겐 한 보따리나 더 싸주었다.

"무겁지 않겠나?"

"무슨 떡을 이렇게나 많이 주세요?"

"이까짓 떡이 대수인가? 내 오늘 귀한 사람을 알아보았는데. 언제든 내 제안을 받아들이겠다면 포목점 주인한테 귀띔을 주게."

천왕보살이 떡 보퉁이를 건넸고 안성댁이 받았다. 두 사람의 손이 닿았다. 순간 천왕보살의 눈에 차가운 빛이 흐르고 전신에 한기가 일었다.

"헉!"

"왜 그러세요?"

천왕보살의 비녀가 떨어지고 머리가 풀렸다. 까뒤집힌 눈으로 그녀는 떨면서 말했다.

"자네한테서 죽음의 기운이 보이네! 오늘 그 산을 오르지 말게!"

"죽음의 기운이라뇨! 무슨 말씀이셔요?"

천왕보살은 눈을 감고 휘파람을 불다가 주문까지 읊었다.

"산속에 모진 기운이 자네를 기다리고 있어! 덩치가 큰 짐승이야…… 두 발로 걷는 짐승……. 그건…… 아무래도 호랑이 같아! 말을 하는 호랑이야!"

"말을 하는 호랑이요?"

"정체를 모르겠어! 아주 위험한 기운이야!"

천왕보살이 비틀거렸다. 눈이 정상으로 돌아오고 몸 떨림도 가라앉았다. 박수들이 그녀를 부축했다.

"괜찮아, 이제 괜찮아. 방금 본 게 뭔지 모르겠어. 자네 손을 잡으니까 그 호랑이 같은 것이 보였어. 두 발로 걷는 호랑이. '떡 하나 주면 안 잡아먹지!' 하고 말했어."

긴장하던 안성댁이 이 말에 픽 웃음을 터뜨렸다.

"떡 하나 주면 안 잡아먹는다구요?"

"모르겠네. 어쩌면 내가 잘못 본 것일지도 모르겠어."

보고 겪었던 것과 달리 안성댁은 천왕보살이 돌팔이 무당은 아닐까 하고 생각했다. 하지만 함부로 말하지는 않았다.

"이 떡을 하나씩 주면서 보내달라고 하면 되겠네요."

"이보게, 농담이 아닐세. 조심이 최고니 오늘은 여기서 자고 내일 밝을 때 돌아가게. 응?"

"안 됩니다. 집에 애들 둘밖에 없습니다."

천왕보살은 밤길을 가야 할 안성댁을 위해 그녀가 보았던 것을 다 이야기하지 않았다. 떡이 떨어지면 호랑이는 안성댁의 팔을, 다리를…… 차례로 몸 구석구석을 산 채로 뜯어먹었다.

"그 호랑이는 아마 산신령인지도 몰라. 하지만 내가 본 산신령 중에 그렇게 악한 습성을 가진 분은 없어."

안성댁은 떡 보퉁이를 들고 자신 있게 말했다.

"제가 저 산에 오래 살아봤는데 곰은 있어도 호랑이는 없어요."

그녀는 만일을 위해 등롱을 하나 빌렸다. 산짐승은 불빛을 무서워하니까. 기다리고 있을 아이들을 위해 서둘러 길을 나섰다. 고집을 꺾을 수 없자 천왕보살도 보내주는 수밖에 없었다. 저녁은 빠르게 밤이 되고 있었다.

6

안성댁의 예상은 틀렸다. 그 산에는 호랑이가 살고 있었다. 호랑이는 조금 전에 보았던 그 이상한 사슴을 한 시간째 쫓고 있었다. 호랑이가 일격을 위해 발소리를 죽이고 접근하면 사슴은 빠르게 나아가 거리를 둔 후 고개를 두리번거렸다. 호랑이에게 그 모습은 매우 낯설었다. 이제까지 잡아먹은 네 발 짐승과는 움직임이 달랐기 때문이다. 특히나 사슴의 고갯짓은 사람이란 짐승이 어이없다는 식으로 젓는 고갯짓과 흡사했다. 호랑이는 다른 짐승은 두렵지 않았지만 사람은 겁을 냈다.

어쩌면 호랑이는 유인을 당하고 있는지도 몰랐다. 사람이란 것들은 늘 함정을 파왔으니까. 이번에도 사슴은 보란 듯 고개를 왼쪽으로 한 번 척 돌리더니 오른쪽 버드나무 뒤로 모습을 감추었다. 저놈이 사냥개 역할을 하고 있는 건 아닐까, 갈까말까 망설이던 호랑이는 사슴이 잎을 뜯어먹는 소리를 들었다. 그러자 이틀이나 굶은 처지가 생각나 배에서 꼬르륵 소리가 났다. 사슴의 주의가 분산된 틈을 노리고 호랑이는 걸음을 옮겼다. 이번에는 반드시 습격에 성공해 배를 채울 터였다.

달빛에 버드나무 잎이 귀신 머리칼처럼 하늘거렸다. 호랑이가 으르렁거리며 몸을 들이밀었을 때 예상과 달리 사슴은 보이지 않았다. 잎을 씹고 있는 것은 놈보다 덩치가 작은 고라니일 뿐이었다.

'놈이 어딜 갔지?'

호랑이를 본 고라니가 기겁하고 도망치려 했다.

'젠장, 꿩 대신 닭이다!'

호랑이가 고라니를 향해 몸을 틀었다. 막 발톱을 내뻗으려는 순간 호랑이는 얼굴을 덮는 커다란 그림자를 깨닫고 고개를 위로 쳐들었다. 점액질의 검은 물체가 몸을 활짝 편 채 공중에 흐물흐물 떠 있었다. 점액질 윗부분에 솟은 사슴 대가리가 이빨로 가지를 물고 있었던 것이다. 피할 사이도 없이 흐물거리는 점액질이 호랑이의 몸을 덮었다. 호랑이는 발버둥쳤으나 소용없었다. 사슴이 당했던 것처럼 호랑이도 점액질 안에 흡수당했다. 바닥을 질질 끌던 앞발까지 사라지자 검은 물체는 또다시 신체를 변형했다.

7

집에 달려 들어온 장화 홍련은 몸을 오들오들 떨었다. 그녀들
이 캔 약초바구니는 방 한구석에 내동댕이쳐졌다. 장화가 겁먹
은 목소리로 말했다.

"어쩌지! 산불이 나면 어쩌지! 마을로 내려갈 수도 없는데!"

"언니! 난 그게 뭔지 알아. 그건 별이 아니야."

"별이 아니면 뭐야?"

"원린자야! 원린자가 타고 다니는 날틀(비행기구)이야!"

"대체 무슨 헛소리야?"

"《귀경잡록》에서 읽은 적 있어!"

"너 지금 아버지가 우리 가문을 망친 그 미친 책을 얘기하는
거니?"

"미친 책이 아니야! 아버지가 공직에 계실 때 산속에서 발견
하신 것도 저런 기구였단 말야! 원린자는 실제로 있어!"

"그만해! 그건 그냥 별일 뿐이야. 우리가 지금 신경 써야 할
건 오늘밤 산불이 나냐 안 나냐 이 문제야."

홍련은 언니의 말을 무시하고 광기 어린 눈을 번득였다.

"조정은 세상이 어지러워진다고 아버지의 입을 막았어! 그
래서 아버진 '토린결'에 가입해 뜻이 맞는 사람들하고만 방비를
하신 거야! 진실을 대하고도 억울하게 옥살이를 하신 거라고!"

"'토린결'은 나라에서 금하는 비밀 활동이었어. 너도 알고 있잖아."

"실제로 저런 게 하늘을 떠다니는 걸 보기 전까진 나도 아버질 원망했지."

"별똥별이라니까!"

"오늘이 5월 5일 단오야, 언니!"

"산속에서만 살았더니 네 머리가 이상해졌구나. 정신 차려, 홍련아. 우린 역적의 자식이야. 그걸 합리화하기 위해 어처구니없는 걸 맹신할 필요는 없어."

"합리화? 누명 벗을 생각은 안 하고 계속 여기서만 살 거야?"

"명심해. 우린 이미 사람을 죽였어."

"안성댁을 겁간하려던 놈이었지. 죽어 마땅한 놈이었어."

홍련이 벌떡 일어났다. 장화는 피난 갈 짐이라도 꾸릴 태세였다.

"어딜 가? 애들한테?"

홍련은 대답 없이 마당으로 나갔다. 삽을 가져와 마당 한 귀퉁이를 파기 시작했다. 저 멀리 남매의 집에는 촛불이 희미하게 빛나고 있었지만 홍련의 관심을 끌진 못했다.

8

안성댁이 산 중턱까지 올랐을 때 저녁은 밤이 되었다. 길은 익숙했으나 어둠은 무서웠다. 보살이 준 등롱으로 앞을 밝히며 그녀는 나아갔다. 산짐승도 이 불빛 앞에서는 감히 접근하지 못 하리라. 남편이 곁에 있을 때 안성댁은 겁 많고 세상사와 무관 한 여자였다. 하지만 두 아이의 어미이자 세상을 적으로 둔 지 금 그녀는 강인했다. 그녀는 발걸음을 서둘렀다. 마을에 묵다니 안 될 말이었다.

여인은 약했지만 어머니는 강했다.

그녀의 남편은 스테파노라는 세례명까지 얻은 천주학 신자였 다. 가족을 속여가면서까지 신앙에 몰두하다가 혼자 죽지 않고 가족들까지 잡고 말았다. 연좌(緣坐)의 형벌을 피해 안성댁은 아 이들을 데리고 그녀의 친정이 있던 섭주의 통악산으로 도망쳤 다. 집안은 몰락했지만 노비들이 누에를 키우던 잠실(蠶室)은 아 직 남아 있었다. 그녀는 잠실을 오두막으로 만들었다. 아이들과 숨어 지내며 친정집에도 거의 가지 않았다. 그녀는 무자비한 세 상을 용서하지 않았고 무책임한 남편을 용서하지 않았다. 자신 은 물론 아이들의 미래까지 옥에 가둬버렸으니까.

그녀는 어둠이 주는 공포를 잊기 위해 생각에 잠겼다.

장화 홍련 자매도 나라에서 금하는 짓을 한 아비 때문에 산으로 도망쳐왔다고 했다. 동생인 홍련은 원린자라는 이름을 언급했는데 그건 천주학보다 더 해괴망측한 이름이었다. 자매는 용모가 아름답고 지식도 쌓은 인걸들인데다가 목숨의 은인이기도 했다. 그렇지만 집을 주는 것으로 대신하고 안성댁은 자신의 과거를 털어놓지 않았다. 원린자니 《귀경잡록》이니 이상한 얘기를 해 믿음이 가지 않았기 때문이다.

툭 하는 소리가 등 뒤에서 들려왔다. 안성댁이 걸음을 멈추었다.

'그냥 솔방울이 떨어진 거겠지.'

그녀는 다시 걸음을 옮겼다. 네 걸음쯤 옮겼을까, 또 툭 하고 솔방울 떨어지는 소리가 났다. 서서히 긴장이 차올랐다. 산짐승은 지형지물을 잘 알기 때문에 몸을 숨기는 데 능숙하다. 지금처럼 미숙하게 소리를 내서 일부러 정체를 알리는 짐승은 없다.

'산적일지도 몰라.'

통영갓에 두루마기 차림 남자가 생각났다. 설마 그자는 아니겠지. 그녀는 아까보다 걸음을 빨리했다. 몇 걸음 못 가 또 툭하고 솔방울 떨어지는 소리가 났다. 멈춰선 그녀는 갑자기 몸을 틀어 등롱을 앞으로 들이댔다. 급히 도망치는 기척이 있었지만 어둠 속에서는 아무도 나타나지 않았다. 그러나 수풀이 흔들리고 있었다. 그 안에 어떤 존재가 숨어 있는지 몰라 안성댁의 얼굴은 공포로 굳어졌다.

"누구냐! 짐승이든 사람이든 썩 물러가라!"

그녀가 달리기 시작했다. 등 뒤에서 육중한 몸이 달려오는 소리가 들려왔다. 등롱도, 떡 보퉁이도 무거웠다. 따라오는 발소리가 커졌다. 미행당하는 이가 내지른 소리에 더 이상 정체를 숨기지 않기로 작정한 게 분명했다. 가쁜 호흡소리, 다가닥 거리는 발소리, 안성댁의 발달한 귀는 뒤를 쫓는 자가 산에 사는 맹수임을 알려주었다.

그녀가 멈춰 서서 다시 몸을 돌렸다. 이 산은 온통 수풀이 무성해 쫓아오는 존재는 몸을 숨기기 좋았다. 안성댁의 눈에 흔들거리는 풀숲 한 귀퉁이가 포착되었다. 길게 뻗은 사슴의 뿔은 수풀로도 가리지 못했다. 그 뿔이 닿으며 솔방울이나 열매 따위를 떨어지게 한 것이다. 그런데 이상했다.

'사슴이 어떻게 호랑이처럼 사람을 미행해?'

그녀는 시선을 풀숲으로 두고 뒷걸음질로 움직이기 시작했다. 그러자 따라오는 움직임은 없었다. 뿔은 숲속에 가만히 서 있었다.

'놈이 나를 보고 있어! 제 모습을 드러내지 않으려는 거야! 이건 사슴이 아냐!'

발부리에 뭔가가 걸리면서 엉덩방아를 찧었다. 등롱이 꺼졌다. 풀숲에서 거대한 네발짐승이 파파팍 하고 뛰어나왔다. 안성댁은 비명을 지르며 일어나 떡 보퉁이를 들고 달렸다. 등뒤에서 나무가 부러지고 풀이 꺾이는 소리가 잇따라 들려왔다. 상대가 될 경기가 아니었다. 승자는 정해져 있었다. 놈은 그녀를 데리고 심심풀이로, 혹은 호기심으로 이 짓을 하고 있었던 것이다. 안성댁은 보퉁이를 뒤로 던짐과 동시에 몸이 가벼워지자 필사적으로 달렸다. 갑자기 아무 소리도 들려오지 않았다. 안성댁은 미친 듯이 도망치다가 그래도 소리가 들려오지 않자 뒤돌아서면서 가쁜 숨을 몰아쉬었다.

휘영청 뜬 달이 그녀를 쫓아온 악당을 비추었다. 그것은 처음 보는 네 발의 괴물이었다. 호랑이도 아니고 사슴도 아닌 그것은 지금 안성댁이 던진 보퉁이에서 떡을 꺼내먹고 있었다. 정확히 표현하자면 호랑이의 몸집과 줄무늬에 사슴의 뿔과 눈을 가진 괴물이었다. 천왕보살의 예언은 사실이었다.

안성댁이 비명을 지르자 떡에 관심 쏟던 괴물이 고개를 들었다. 검은 사슴 눈이 안성댁을 발견하자 호랑이의 입이 떡을 내뱉었다.

떡 하나가 아니라 전부를 줘도 소용없었다. 호랑이와 사슴의 질주 능력을 보유한 맹수가 질풍처럼 달려와 어둠의 대지를 박차고 올라 안성댁을 덮쳤다. 눈앞에서 공중에 뜬 짐승을 얼핏 본 안성댁은 생을 단념했다. 그러나 그녀의 예상은 틀렸다. 공중에 뜬 네 발 짐승의 몸에서 뱃가죽이 여덟 갈래로 찢어지더니 시뻘건 내장과 그 안에 눈알처럼 매달린 흡반들이 드러났던 것이다. 여덟 갈래의 뱃살이 안성댁을 집어삼키며 원래대로 붙었다. 사슴과 호랑이에 안성댁까지 합쳐진 그것은 또다시 검은 본체로 변해 잠시 요동을 치더니 새로운 형태를 갖춰 두 발로 일어서게 되었다. 호랑이 털의 앞발에서 사람 손가락 다섯 개가 펴졌다. 여자의 얼굴을 닮은 괴물은 두 손의 변형을 보다가 신기한 듯 입을 툭툭 쳤다. 그 입에서 처음으로 언어가 나왔다.

"아이가 있어요. 살려주세요."

짐승 아닌 존재까지 흡수한 괴물은 이제 사람의 언어도 쓸 수 있게 되었다. 또한 그 사람이 갖고 있던 두뇌는 어린아이 둘이 근처에 산다는 정보까지 제공했다. 괴물은 천천히 그리로 걸음을 옮겼다.

9

햇님은 불안한 눈을 문에다 갖다댔다. 쇠붙이를 창살처럼 붙여 개조했기에 문으로 바깥을 볼 수 있는 구멍은 하나밖에 없었다. 어둠만이 보일 뿐이었다. 엄마는 아직도 돌아오지 않았다.

'여우나 늑대라도 만났다면 어쩌지?'

'통영갓에 두루마기 입은 남자가 엄마한테 나쁜 짓을 하면 어쩌지?'

'호랑이가 나타나면 어쩌지!'

장화 홍련 누나도 들리지 않았다. 옆을 돌아보니 배고픔에 지친 월녀가 베개를 끌어안고 쌔근쌔근 자고 있었다. 햇님은 갑자기 이 세상에 혼자 남았다는 생각에 사로잡혔다. 동생을 내려다보는 그의 가슴은 미어지는 것 같았다. 왜 가슴이 미어지는 거지?

아이의 눈이 휘둥그레졌다. 예감 때문이었다.

산속 생활에 지친 엄마가 우리만 놔두고 영원히 돌아오지 않는다는 예감. 엄마는 아침에 치장을 하고 거울 속 자신의 모습을 그윽히 바라보다가 남매를 돌아보았다. 햇님은 그 눈길을 잊을 수 없었다.

'우린 엄마의 발목을 잡는 짐이었어!'

겁에 질린 햇님이 일어나 방안을 빙빙 돌다가 다시 문가로 달려갔다. 이 같은 행동이 계속 되풀이되었다.

겁에 질린 여덟 살 어린아이는 문구멍에서 언제까지나 눈을 떼지 않았다. 조금이라도 외면하면 엄마가 돌아오지 않는다는 불길함 때문에. 동생이 깨어 있을 때는 보일 수 없었던 눈물이 뺨을 타고 흘러내렸다.

그 순간 아이의 눈이 커졌다. 통영갓에 두루마기를 걸친 그림자가 이쪽으로 다가오고 있었다. 촛불 아끼려고 불은 켜지 않은 상태였다. 햇님은 입을 꼭 다물고 구석으로 가 쪼그려 앉았다.

"거기 안에 아무도 없소?"

남자의 목소리가 들려왔다. 철문이라서 그림자는 비치지 않았다.

"사람 사는 집인 것 같은데 아무도 없소?"

햇님은 잔뜩 겁에 질려 손으로 입을 막은 채 가만히 있었다. 월녀는 잠에서 깨어나지 못하고 있었다. 잠시 후 "아무도 없나 보군" 하면서 돌아가는 발걸음 소리가 들렸다. 햇님은 달려가 구멍에 눈을 갖다댔다. 남자의 모습이 멀어지고 있었다. 마치 아버지의 뒷모습을 보는 것 같았다. 그러나 누가 와도 대꾸하지 말라는 엄마의 교육 때문에 햇님은 아무 소리도 낼 수 없었다.

10

"찾았어!"

홍련이 땅속에서 꺼낸 단지의 뚜껑을 열자 책이 한 권 나왔다. 장화가 기겁했다.

"너! 어떻게 그 책을 갖고 있었어?"

"아버지의 유품이나 마찬가지잖아!"

"너나 아버지나 똑같아! 가족은 안중에도 없지?"

"언니, 아버진 죄가 없어. 누명을 썼을 뿐이야. 입을 막은 나랏놈들이 더 나빠."

"아버지 때문에 우린 멸문지화를 맞았어! 지금 니가 손에 쥔 그 책 때문에!"

홍련은 개의치 않았다. 그녀는 환경에 적응하는 능력이 언니보다 탁월한 처녀였다.

"아버지가 그랬어. 5월 5일 문곡성 쪽에서 별이 떨어지면 둔갑원린자를 의심하라고. 그런 밝은 빛을 내는 별은 평생 본 적이 없어. 원린자가 타고 온 하늘 나는 수레라구. 사실을 확인해보면 아버지 누명도 벗길 수 있을지 몰라."

"아버지랑 그런 대화까지 나눴다고? 부녀가 어쩜 그리도 똑같니! 망령된 학문에나 물들고! 젊은 우리가 이런 산속에 들어와 사는 신세가 처량하지도 않니?"

장화가 장탄식을 했다. 동생이 싫어진 그녀는 문득 안성댁의 아이들이 무사한지 확인하고 싶어졌다. 홍련은 개의치 않고 단지에서 꺼낸《귀경잡록》의 책장을 넘겼다. 그녀는 빠르게 8장을 읽고 9장마저 읽었다.

귀경잡록(鬼境雜錄)

제 9장 찰흡반원린자(察吸盤遠麟者)편

흡반을 가진 원린자 살피기

변화무쌍한 둔갑술을 갖고 있는 원린자는 크게 두 가지 종자(種子)가 있다. 8장에서 다룬 일신십두 기문둔갑자(一身十頭 奇門遁甲者)가 그 하나요, 이번 장에서 다룰 흡반원린자가 또다른 하나이다. 이 둘은 둔갑 능력 말고도 사람을 식량으로 쓰려는 목적이 같아 별천지에서 천하로 틈입하려 부지런을 떤다.

문곡성(文曲星, 구성 가운데 넷째 별)에서 날아온 흡반원린자는 형상이 대팔초어(大八梢漁, 문어)를 닮았지만 여덟 다리가 없고 검고 평평한 가죽처럼 생겼다. 큰 놈이 있고 작은 놈이 있는데 큰 놈에서 떨어져 나간 일부분이 작은 놈이 되어 독자적으로 움직이기도 한다. 전신에 무수한 빨판이 달려 있는데, 이 빨판을 이용하여 몸을 늘이고 줄이기를 마음대로 하며, 또한 이 빨판으로 사람이나 짐승을 삼킨다. 일단 삼키고 나면 그 대상과 똑같은 모습으로 둔갑할 수 있으니, 이 사특한 원린자가 집단으로 마을을 침범하면 아무도 믿을 수 없는 상황이 벌어지게 된다. 홀로 고립되어 있는 이 나의 바깥으로 온통 나를 속이는 둔갑원린자들밖에 없게 되는 것이다.

명심해야 할 것은 흡반원린자의 신축자재한 밥통(胃, 위)이 여러 사람 여러 짐승을 한 번에 삼킬 수 있다는 사실이다. 하나를 삼키면 하나의 희생자와 완벽하게 똑같은 모양새로 둔갑해 구별이 쉽지 않으나, 여럿을 삼키면 오히려 구별하기가 쉬워진다. 여럿의 특징들이 원린자의 몸 하나에 다양하게 분산되어 나타나기 때문이다. 즉 소만 삼키면 소로 둔갑하나, 소와 돼지를 삼키면 소와 돼지의 형상을 다 갖춘 물괴가 되어 쉽게 알아볼 수 있다. 이 병법을 잘 익히면 희대미문(稀代未聞)의 적이 쳐들어와도 놀라지 않고 대처할 수 있다.

원린자의 침공은 만백성이 꺼리는 바이고 귀신이 질투하는 바이니, 처치해 명쾌히 하는 것만이 재앙을 막는 길이다. 이를 위해 눈과 귀를 사방으로 밝혀 통하게 해야 한다. 지각이 있는 눈빛, 이치에 맞는 귀 밝음만이 혼돈에서 세상을 구할지니, 원린자에 대한 잘못된 지혜는 마땅히 바로잡아야 하고, 나랏일 하는 자들의 혹세무민은 간계의 구멍이 있는지 세심히 살펴야 한다.

一

경상북도 섭주에서 불과 30리 떨어진 곳에 동화(同和)라는 마을이
있었다. 일백 가호(家戶)가 사는 작은 민촌이지만 토질이 좋고 입쌀은
기름기가 흘러, 동화라는 이름처럼 주민 간에 일체감이 있었고 화합심
이 좋았다.

정종 2년(1400년) 오월 초닷새, 단오절을 맞은 동화 마을은 잔치 분
위기였다. 남자들은 씨름판을 벌여 모내기의 완료를 경축했고, 여자들
은 창포물에 머리 감고 그네 뛰면서 풍년을 기원했다. 이날을 위해 빚
은 술이 농사에서 해방된 사람들을 기쁘게 했고, 거름 없이도 웃음꽃
은 활짝 만개했다. 처녀총각들은 끝자락의 춘정에 몸 둘 바를 몰랐고,
나이 지긋한 사람들은 지나온 삶을 반추했다. 행복에 겨운 그들은 어
린아이까지 생각할 여유가 없었다.

그날 햇살도 기운을 다할 신시(申時, 15시~17시) 무렵이었다.

들로 쏘다니던 다섯 명의 아이들이 하늘에서 떨어지는 별을 보았
다. 별은 대낮보다 더 밝은 빛을 뿜으며 산등성이 아래로 사라졌다. 아
이들이 달려가 말했지만 귀기울이는 어른은 없었다. 아이들은 낙성(落
星)을 찾으러 직접 산을 뒤졌고, 해넘이 무렵 이상한 물체를 발견할 수
있었다. 방위를 헤아릴 수 없는 깊은 골짜기 안 빽빽한 소나무에 처음
보는 벌레들이 붙어 있었던 것이다. 검은 벌레는 직사각 혹은 정사각

의 형상을 띠었고 어포 혹은 파전을 연상케 했다. 배꼽처럼 생긴 빨판으로 나무에 가만히 붙어 있었는데 아이들이 돌을 던지니 펄쩍 날아올라 다른 나무로 붙었다고 했다. 아이들은 겁을 먹고 도망쳤다.

二

그날 마을 사람들과 어울리지 않고 집에 있는 처녀 하나가 있었다. 처녀는 사람들과 창포물에 머리를 담그기보다는 부엌의 목욕통에 아리따운 몸을 담그기를 원했다. 내일이면 신분이 상승한다는 자부심 때문이었다. 그녀의 이름은 김공녀로, 집에서 부르는 이름은 콩쥐였다. 내일이면 섭주 원님의 첩이 되어 고래 등걸 같은 기와집으로 들어간다는 생각에 그녀는 기분이 좋은 상태였다. 그녀의 언니 김판녀(팥쥐)는 어머니와 함께 시냇가로 나가 콩쥐 혼자만이 집에 있었다.

콩쥐가 장독대에다 길어 놓은 물을 나무 목욕통으로 옮겨 붓는데 조금도 차지 않고 줄줄 새었다. 자세히 보니 낡은 목욕통 아래에 구멍이 나 있었다. 생각도 못한 상황에 콩쥐가 어쩔 줄 몰라 하고 있는데, 뭔가가 펄쩍 뛰어 목욕통 안으로 들어갔다.

"두꺼비 아냐?"

콩쥐가 들여다보는데 두꺼비가 아니었다. 두꺼비 피부 같은 이상한 사각 가죽이 구멍 난 곳을 막고 있었다. 가죽의 겉에는 흡반이 나 있었는데 커졌다 작아지며 숨을 쉬듯 꿈틀대었다. 호기심이 인 콩쥐가 나뭇가지로 건드리자 흡반이 크게 부풀어오르며 "쉬익! 쉬익!" 하는 소리를 냈다. 콩쥐가 부엌칼을 들이대자 가죽이 날아올라 콩쥐의 얼굴을 덮었다. 신축성 있는 검은 가죽은 금세 늘어나 콩쥐의 목을, 다음에 어깨를, 그다음 온몸을 삼켜버렸다. 콩쥐의 몸이 완전히 흡수되자 검은 가죽 안에서 변형이 있더니 거꾸로 콩쥐의 형상이 새로이 생겨났다. 변화를 겪은 그녀의 눈은 공허했고 인간적인 마음이 없어 보였다.

잠시 후 팥쥐와 팥쥐 어미가 집으로 돌아왔다. 그녀들은 거울을 들여다보며 얼굴을 만지고 있는 콩쥐를 보았다. 콩쥐는 그녀들을 천천히 돌아보았는데 평소와 다른 모습에 모녀는 몹시 이상했다. 콩쥐는 밥을 달라고 했고 시집갈 딸을 잘 먹이려는 생각에 팥쥐 어미는 텃밭의 호박을 따러 갔다. 둘만 남게 되자 팥쥐는 악감정으로 원님에게 선택된 콩쥐의 어깨를 흔들었다.

"너 왜 사람을 돌아보지도 않아? 목욕도 안 했으면서 왜 머리만 만지고 있어?"

콩쥐가 대답하지 않자 팥쥐가 더 세게 어깨를 흔들었다.

"뭐야? 겨우 첩으로 들어가는 주제에 이제 내가 언니로 보이지도 않아? 고개 안 돌려?"

"돌려주지."

콩쥐가 말했다. 등 돌린 상태에서 콩쥐의 머리만이 한 바퀴 빙글 돌더니 팥쥐와 정확히 일대일 응시를 하게 되었다. 눈을 믿을 수 없는 상황에 팥쥐가 비명 지르려 하자 콩쥐의 얼굴이 코를 기점으로 여덟 조

각으로 찢어져 꽃처럼 개화했다. 신축성이 있는 피와 살점의 여덟 조
각이 팥쥐의 머리를 덮어 삼켰는데, 뱀이 커다란 알을 삼키듯 팥쥐의
큰 몸이 콩쥐 안으로 빨려 들어갔다. 팥쥐가 버둥거리는 바람에 꽃병
이 깨지고 병풍이 쓰러졌지만 완전히 흡수되자 저항할 팔다리도 남아
나지 않았다.

호박을 손에 쥔 팥쥐 어미가 방으로 들어왔을 때 사단은 끝난 뒤였
다. 콩쥐는 돌아앉아 있었고 팥쥐는 보이지 않았다.

"방이 왜 이 모양이냐?"

"언니가 그랬어요."

"네가 참아라. 원래 성질이 못됐잖니?"

"그 고약했던 성질, 내가 흡수해 보니 이제 확실히 알 수 있겠어요."

팥쥐 어미는 무슨 소린지 몰라 고개를 갸우뚱거리며 병풍을 바로
세웠다.

"네 언니는 어디 갔느냐?"

"뛰쳐나갔어요."

"그래? 얘가 어딜 갔지?"

팥쥐 어미는 콩쥐의 얼굴을 보지 못했다. 땅바닥에 떨어진 머리카
락도 보지 못했다. 콩쥐는 거울에 비친 자신의 모습을 멍한 눈으로 바
라보고 있었다. 그녀의 얼굴은 변형되었다. 한 여자의 얼굴 안에 두 여
자가 반씩 존재했다.

"저녁에 원님께서 아무도 모르게 너 보러 온다더라."

귓속말을 남긴 팥쥐 어미는 딸의 얼굴을 확인도 하지 않고 정줏간으로 들어갔다. 콩쥐는 눈빛을 번득이며 아무 말도 하지 않았다. 흡수한 순서대로 소화가 이뤄지면 콩쥐의 모습이 먼저 사라지고 팥쥐의 얼굴만이 남게 될 텐데 그 원님이란 놈 앞에 어떻게 모습을 드러내지 하고 콩쥐는 생각했다.

三

콩쥐의 집에서 멀지 않은 곳에 늘보라는 아이가 있었는데 천성이 게을러 일하기를 싫어하고 먹기를 좋아했다. 늘보의 부모는 7남매를 두었고 고을에서 손꼽히는 부농이어서 배불리 먹일 수 있는 처지임에도 자식들에게 힘든 농사일을 시켰다. 게으르면 사람을 망친다는 신조 때문이었다. 그렇지만 유일한 아들이자 막내인 늘보에게는 일을 시키지 않았다. 여섯 명의 딸들은 그런 차별 대우가 불만이었다.

"단오절인데도 집구석에 누워 있냐! 밥 먹고 바로 누우면 소가 돼, 이놈아!"

누나들이 돌아가며 야단쳤으나 속수무책이었다. 늘보는 엄마가 챙겨준 반달떡을 다섯 개나 먹은 후 방바닥에 드러누웠다. 천하태평에 왕배짱이었다. 부모도 누나들도 그를 내버려 둔 채 각자 씨름판과 냇가로 나갔다. 늘보는 누운 채로 천장을 바라보았다. 아버지 어머니는 씨름판에 갔다가 또 떡을 얻어서 오실 것이다. 이번엔 다른 떡이겠지.

그는 먹는 일만 생각하면 기분이 좋았다.

바깥에서 이야기 나누는 소리가 들려왔다. 또래 아이들로 여럿인 것 같았다.

"그 시커먼 가죽 조각들이 정말로 소나무 사이로 날아다녔어! 이 나무에 붙다가 저 나무에도 탁탁 붙어!"

"거짓말 하지 마."

"가죽이 어떻게 날아다녀?"

"아냐, 나도 봤어! 그건 살아있어!"

"가죽 조각이 어떻게 날아? 새야?"

"새라면 날개하고 발톱하고 부리가 있어야지!"

"그런 거 없었어. 그건 그냥…… 두꺼비 피부 같았어. 돌에 눌려 납작해진 두꺼비!"

뭔가를 본 아이들이 보지 못한 아이들에게 설명을 해주는 것 같았다. 목소리는 커지기도 하고 작아지기도 했는데 아이들이 이동할수록 작아졌다. 늘보는 얘기가 더 듣고 싶었다. 그러나 일어나기는 싫었다. 그때 멀리서 달려오는 발소리가 하나 더 있었다. 새로 끼어든 아이의 목소리는 흥분으로 가득했다.

"그 검은 가죽이 소를 잡아먹었어!"

왁자지껄 웃는 소리와 함께 여러 명이 한 명에게 욕을 퍼붓는 소리가 뒤를 이었다.

"정말이라니까! 그 두꺼비 가죽이 확 몸을 늘이더니 소를 덮어 빨아들였어. 뱀이 닭을 삼키는 것처럼 말야."

"대체 어떤 소가 잡아먹혔는데?"

"왜 그 뿔 하나 없는 소 있잖아! 단군영감네 소!"

"단군영감? 아, 그 미친 영감? 정말인지 아닌지 보러 가자!"

아이들이 우루루 달려갔다. 늘보는 아이들의 수다를 더 듣고 싶었는데 배가 불러 일어날 수 없었다. 재밌는 얘기였는데 애들이 떠나니 섭섭한 느낌마저 들었다.

'에잇, 누워 있으면 새 소식이 귀에 들려오겠지.'

과연 여러 명이 걸어오는 소리가 들려왔다. 이번엔 아이들이 아니었다. 네 개의 발소리였다. 묵직한 음향이 두 명의 어른 같았다. 아버지 어머니가 떡을 갖고 오셨다는 확신이 들었다. 발소리는 점점 커지면서 가까워졌는데 난데없이 지독한 마늘 냄새가 풍겨왔다.

"벌써 왔어요?"

늘보가 누운 채로 문을 바라보았다. 문가에 나타난 건 부모가 아니었다. 거대한 소의 머리였다. 뿔이 하나 없는 소가 마늘 냄새를 입으로 풍기며 전혀 짐승 같지 않은 눈으로 늘보를 노려보고 있었다. 아무리 게으른 늘보라도 이 무서움에는 일어나지 않을 수가 없었다. 소가 코를 킁킁거리며 늘보에게 머리를 들이밀었다. 늘보는 진정하라는 의미로 집에서 기르는 동물에게 하듯 소의 머리에 손을 올렸다. 손이 닿자마자 거대한 소대가리가 여덟 조각으로 찢어져 피와 내장을 드러냈다. 변형된 소의 붉은 내장에는 문어발처럼 살아 숨쉬는 흡반이 가득

했다. 그 흡반들이 길게 뻗어와 늘보의 눈코입으로 붙었다. 찢어진 여덟 조각 머리가 다시 합쳐지면서 아이를 빨아들였다.

四

단군영감은 단오 행사에 참가하지 않고 마당에 나와 있었다. 그의 앞에는 잔뜩 겁먹은 돼지, 닭, 개, 고양이, 거위가 각자의 우리 안에 갇힌 채로 주인의 눈치를 살피고 있었다. 가축들의 여물통에는 다른 음식은 없고 하나같이 쑥과 마늘만이 무더기로 쌓여 있었다. 가축들은 먹지 못해 비쩍 말랐는데 특히 고양이와 개는 닭이나 거위를 넣어줘도 잡아먹지 못할 정도로 기력이 쇠잔해 있었다.

"이놈의 소가 어딜 갔어?"

영감은 동네사람에게 이현동이라는 본명 대신 단군영감이라고 불리었다. 자기 말로는 울진에 왜구가 침입했을 때 죽을 위기에 처한 적이 있었는데 어디선가 달려온 하얀 말이 왜구를 머리로 받아 쓰러트리고 말을 걸었다고 한다.

"영감은 전생에 단군이었소. 지금 죽을 운명이 아니오."

울진에서 동화마을로 귀화한 방물장수 조 서방은 단군영감이 없을 때 동네 사람들에게 영감의 말은 새빨간 거짓이라고 했다. 그가 진실을 알려주었다. 영감이 울진에 사는 단군보살이라는 무녀에게 마음을 빼앗겨 구애했으나 뜻을 이루지 못했고, 단군보살은 머리가 좀 돈

데다가 집요하게 따라붙는 영감이 겁이 나 객지로 쫓아내도록 묘안을 짜냈다는 것이다. 신령스러운 땅 동화 마을로 가서 짐승에게 쑥과 마늘을 먹여 사람으로 만들면 단군보살의 짝이 될 자격이 되니 그 일을 성사시키고 다시 오라는 묘안이었다. 영감은 그 말을 곧이곧대로 믿고 동화 마을로 이주한 뒤 집안에 가축들을 데려와 쑥과 마늘만 먹이기 시작했다. 수많은 가축이 쑥을 입에 안 대 굶어죽고 독한 마늘로 속쓰림에 시달리다가 죽어나갔다. 그래도 영감의 집념은 멈출 줄을 몰랐다. 단군보살의 매력이 살짝 돌아버린 그의 머리를 완전히 돌아버리게 한 것이다.

"황소가 어딜 갔지?"

그는 텅 빈 축사 앞을 돌며 침을 뱉었다. 그 말을 듣기라도 하듯 마당으로 소가 들어섰다. 영감은 지게작대기를 집고 이번에는 손에다 침을 퉤퉤 뱉었다.

"이놈! 감히 집을 나가? 어떻게 축사에서 나왔느냐? 어!"

영감은 소의 변형된 얼굴에 깜짝 놀랐다. 분명 기르던 소가 맞는데 얼굴이 어딘가 사람의 눈코입을 갖추고 있는 것처럼 보인 것이다.

"네가 99일 동안 마늘만 먹더니 정말 사람이 되려는 것이냐?"

"단군 할배! 저 늘보에요! 나 좀 살려줘요! 밥 먹고 누워있기만 하니 정말 소가 됐어요!"

소가 말을 하자 영감은 지게 작대기를 머리 위로 쳐들고 겅중겅중 춤을 추었다.

"말을 한다! 드디어 해냈다! 곰도 호랑이도 아닌 소가 마늘만 먹고 99일 만에 사람이 되었다! 이제 단군보살과 혼인할 수 있다!"

그의 말은 더 이상 이어지지 못했다. 가까이 다가온 늘보의 반인반우(半人半牛) 얼굴이 여덟 조각으로 찢어져 노인을 삼켜버렸기 때문이다. 끔찍하게도 근골이 약했던 노인은 채 흡수되기 전에 여덟 조각 살점에 머리가 잘려 버렸다. 빈 몸으로 피를 쏟으며 쓰러지는 주인을 보자마자 가축들이 공포에 질려 몸부림을 쳤다. 마당 안의 우리들이 덜컹덜컹 요동을 쳤고 개 짖는 소리가 넘쳐났다. 사람과 짐승의 형상이 뒤섞인 흡반원린자는 서두르지 않고 가축들을 하나하나 흡수해 배고픔을 충족시켰다. 때를 같이하여 동네 이곳저곳에서도 비명소리가 들려왔다. 별천지에서 내려온 그들이 인간 세상의 한 지역을 은밀히 장악하기 시작한 것이다. 날은 신속히 어두워지고 있었다.

五

밤늦게 동화 마을에 도착한 섭주 현령은 쥐죽은 듯 조용한 마을을 보고 놀람을 감추지 못했다.

"분명 단오 축제라고 했는데?"

"해가 졌으니 파한 모양입니다."

곁의 아전이 말했다.

"오늘 같은 날은 해가 져도 여기저기 술판이 벌어질 텐데……"

"사또께서 오신다고 정숙을 유지한 모양입니다요."

"명색이 사또가 왔는데 아무도 나와 보질 않는다고?"

아전이 헛기침을 했다.

"그야…… 몰래 보러 오신 것이 아닙니까요? 아무도 모르게 콩쥐를……."

"뭐야? 감히 사또의 부인되실 분께 콩쥐?"

"잘못했습니다요, 사또! 제가 그만 입방정을……."

"안내나 하게!"

섭주 현령 유충렬은 어흠 헛기침을 하고 걸음을 옮겼다. 아전과 하인이 허리를 굽히고 그의 뒤를 따랐다. 마을은 개미 한 마리 기어가는 소리 없이 조용했다. 집들은 널려 있었지만 불이 켜진 곳은 하나도 없었다. 아전의 발끝에 술병이 채였다. 엎어진 밥상도 보였다.

"원, 이렇게 어두워서야 길을 찾을 수 있나?" 아전이 말했다.

"이상하네. 왜 사람들이 없지?" 유충렬이 눈을 가늘게 떴다.

"어딘가 벌 떼같이 몰려가 연등행사라도 하려나 보지요."

"연등행사를 단오에 하겠는가마는 어딘가로 몰려간 건 확실하구먼."

하인이 땅바닥을 보다가 입을 떼었다.

"난장판이 벌어진 모양입니다요. 그릇도 가구도 막 깨져서 흩어져 있는뎁쇼?"

"젠장, 어두워서 뭐가 보여야지."

유충렬이 혀를 차다가 옆집의 지붕으로 고개를 홱 돌렸다.

"왜 그러십니까?" 아전이 물었다.

"누가 지붕 위에 있는 것 같아서."

"허허, 설마 사또 나리를 뫼시려고 고을 사람들이 숨어 있다 그 말씀입니까요?"

"당연히 아니지. 아니, 그런데! 저기도!"

유충렬이 또다른 지붕을 손가락으로 가리켰다. 하인은 지붕에서 뛰어내린 그림자를 보았다. 분명 한 사람인데 머리가 두 개 붙어있는 그림자였다. 유충렬의 긴장한 고개가 반대쪽으로 돌았다. 오두막과 오두막 사이의 어둠 속을 파파팍 달리는 무언가를 본 것이다. 이방이 목소리를 죽여 말했다.

"저도 봤사옵니다. 분명 사람이 있습니다."

"왜 이놈들이 불까지 끄고 이상한 짓을 하는 거지?"

아전의 음성이 떨렸다.

"호, 혹시 산적들이 마을을 장악한 것 아닙니까요?"

"어허 이 사람! 내가 부임해 때려잡은 뒤로 이 근방에 산적은 씨가 말랐어!"

"새로 출몰한 놈일 수도 있잖습니까요?"

하인이 오들오들 떨었다.

"아이고, 나리……. 방금 머리가 두 개인 놈을 봤습니다요……."

"뭣이! 머리 두 개? 못난 놈 같으니. 정신 차려라!"

유충렬이 수염을 쓰다듬으며 어둠 속을 향해 소리쳤다.

"듣거라! 나는 섭주 사또 유충렬이다. 내 동화 마을의 민심을 탐방하기 위해 야밤에 몰래 큰 걸음을 했거늘 어찌 분위기가 이렇느냐? 내 말을 들은 이들은 당장 모습을 드러내라."

그러자 마을 여기저기서 횃불이 켜졌다. 동물과 사람의 음성이 섞인 신호가 오갔다. 횃불이 수십 개 늘어나면서 주위가 금세 환해졌다. 오두막에서, 골목에서 사람들이 나왔다. 기어오는 자도 있고 굴러 나오는 자도 있고 물구나무를 선 자도 있고 껑충껑충 뛰어나오는 자도 있었다.

유충렬과 아전, 그리고 하인은 저절로 한 덩어리가 되어 등을 붙였다. 그들 각자가 덜덜 떠는 두 명의 등을 느꼈다.

돼지의 몸에 사람 얼굴이 붙은 괴물이 네 다리로 뛰어나왔다.

"니가 사또라고? 그럼 입을 막아야겠네?"

유충렬이 경악하는 사이 뒤편에서 염소 머리와 사람의 머리가 두 개 다 붙은 남자가 걸어나왔다.

"나 저 아전 놈 알아. 이 풍헌이란 놈이지. 호열자(콜레라)가 돌아도 재물 뜯어내기 바쁜 놈이었어. 나한테 유일한 재산인 이 염소를 달랬는데 이제 한 몸이 되니, 옛다 이놈아, 나랑 염소랑 둘 다 가지고 가라."

아전은 극도의 공포에 사로잡혀 유충렬을 붙잡았다.

"사, 사또! 이게 대체 무슨 지옥이옵니까!"

"이, 이, 이놈들! 이 무슨 못된 장난이냐! 당장 그만두지 못할까!"

"뭘 그만둬? 나 보러 왔잖아?"

여자의 목소리에 돌아보던 유충렬은 소스라치게 놀랐다. 이미 콩쥐를 소화하고 팥쥐와 팥쥐 어미가 합해진 기형의 여자가 양팔을 흐느적거리며 다가왔다. 왼쪽 팔은 구렁이였고 오른쪽 팔은 살모사였다. 세 사람은 온갖 변형이 된 마을 사람들에게 둘러싸였다. 말 그대로 백귀야행(百鬼夜行)이었다. 꿈에도 잊지 못할 무서운 기형의 얼굴들이 원을 그리며 좁혀왔다. 그들이 아는 사람도 있었고 이미 죽어 백골이 된 사람도 있었다. 진한 땀 냄새, 역겨운 살 냄새, 무덤의 악취를 풍기며 그들은 걸어왔다.

"각자 알아서들 도망쳐라!"

유충렬이 소리 지르고 도망쳤다. 아전과 하인은 군중들에게 붙잡혔다. 트림을 하는 것 같기도 하고 가래가 끓는 것 같기도 한 소리들이 번져갔다. 살점 찢어지는 소리가 뒤를 이었다. 도망치다 뒤돌아본 유충렬은 최악의 공포에 사로잡혀 갓끈이 떨어져도 알아채지 못했다. 아전과 하인의 발이 허공에 들린 채 검은 꽃 같은 거대한 가죽 안으로 빨려 들어간 것이다. 다리에 힘이 풀린 유충렬은 덤불에 찔리고 바위에 걸려 넘어지면서도 계속 도망쳤다. 놓치지 말라는 소리, 죽이라는 소리에 그는 멈출 수 없었다. 꿈이기를 바랐지만 꿈이 아닌 현실이었다. 간신히 섭주 관아로 도망친 그는 신열로 앓아누웠다.

이틀 후 정신을 수습한 유충렬은 관군을 대동하고 동화 마을로 짓쳐들어갔다. 마을은 텅 비어 있었다. 밥 짓는 연기, 개 짖는 소리조차 없었다. 살아있는 것은 까마귀 떼 말고 아무것도 없었다. 귀신에 홀린 기분이 된 유충렬은 말에서 떨어져 홀로 발광증(驚氣)를 일으키다가 사령들이 가져온 물수건을 대고 청심환을 씹고 나서야 겨우 정신을 차렸다. 사물이 제대로 보이자 그는 텅 빈 흉가에 대고 소리쳤다.

"신체발부 수지부모(身體髮膚 受之父母)에 역행하는 물괴들아! 당장 모습을 드러내지 않으면 집집마다 불을 지르리라!"

군사들은 미친 모습을 보이는 사또의 모습에 겁먹었으나 침묵에 잠긴 흉가에서는 아무도 나오지 않았다. 유충렬은 불을 놓으라 명했고 군사들이 주저하자 명을 어기면 목을 베겠다고 했다. 마침내 불길이 타오르고 동화 마을은 조선의 지도에서 영영 사라지게 되었다. 어딘가로 이동했는지 기형의 괴물들은 그래도 나타나지 않았다. 유충렬은 군졸을 수습해 섭주로 돌아왔지만 기분이 좋지 않았다. 그를 지켜보는 누군가가 있는 것처럼 매 순간 등이 따가웠다. 불안과 신경증에 살이 빠지고 밤잠을 못 이루었다. 결국 그는 전관(銓官, 수령의 임용을 심사하는 이조 관원)에게 뇌물을 써 평안도 시골의 현감 자리로 도망치는 데 성공했다. 그러나 어디로 피난을 가든 기괴한 형상의 별종들이 늘 감시하고 있다는 생각이 끝내 그를 놓아주지 않았다. 결국 그는 3년을 넘기지 못하고 눈을 감고 말았다.

六

교활한 원린자나 게으른 공직자나 세상을 해치는 데는 난형난제이다. 이 둘은 양심이 없고 악습이 고질화되었다는 공통점이 있는 바, 인의로써 감화시킬 수 없다. 수단방법을 가리지 않는 가혹한 방법으로 성정을 고칠 수밖에 없다. 그렇지 않으면 나라가 도탄에 빠질 것이다.

지피지기면 백전백승이라, 흡반원린자가 나타나면 숨기지 말고 적극 알리는 것이 승리의 첩경이다. 인간들의 상호감시와 이웃 간 거리두기는 그들의 둔갑 흡수 가능성을 낮춘다.

압제에 겁먹어 입과 눈을 닫지 말고, 별천지에 우리가 모르는 존재가 있다는 학설을 믿고, 하늘을 향해서도 적극 알려라. 이 분주한 알림이 흡반원린자를 적으로 삼는 다른 원린자의 귀에 희소식을 제공해 이이제이(以夷制夷)의 병법까지 기대해볼 만하다.

별천지에는 헤아릴 수 없는 원린자가 넘쳐나고, 그들이 항상 인간 세상을 노리려 각축을 벌인다는 사실을 잊어서는 안 된다. 허황되어 보이는 다양한 학설을 다분히 인정하고, 참다운 지혜의 사람들을 신분에 상관없이 쓴다면 조선은 천하제일의 나라가 될 것이다.

11

　햇님은 누가 흔드는 바람에 눈을 떴다. 등이 아팠다. 구석에서 웅크린 채로 깜빡 잠이 들었나 보다. 월녀가 일어나 있었다. 뺨에 눈물 자국이 고스란한 채로 그녀는 오빠를 흔들었다.

　"왜 그러니?"

　월녀가 대답 대신 문을 손가락으로 가리켰다. 햇님이 구멍에 눈을 댔으나 뭔가에 막혀 아무것도 보이지 않았다.

　"밖에 누가 있는 거야?"

　월녀가 고개를 끄덕였다.

　"하얀 두루마기 입은 사람이지? 갓 쓰고?"

　월녀가 고개를 저으며 '엄마' 하고 입술만 움직였다. 그러자 바깥에서 목소리가 들려왔다.

　"얘들아, 엄마 왔다. 문 열어라."

　"아, 엄마잖아!"

　햇님의 얼굴이 밝아졌다. 막 문고리를 풀려고 하는데 월녀가 햇님의 팔을 잡았다.

　"엄마 목소리가 이상해, 오빠."

　"이상하다고?"

　햇님이 문에 귀를 갖다 댔다.

　"얘들아? 왜 문을 열지 않니?"

"엄마 목소리가 왜 그래요?"

햇님이 물었다. 바깥에서 잠시 대답이 없더니 남자가 일부러 여자를 흉내 낸 듯한 목소리가 돌아왔다.

"엄마 목소리가 어떤데?"

"이상해요. 엄마 목소리 같지 않아요."

"목소리가 어떠냐니까?"

월녀가 앞으로 나서며 말했다.

"큰 개가 짖는 거 같아!"

침묵이 감돌았다. 닫힌 문 너머에선 아무 소리도 들려오지 않았다. 햇님은 심상치 않은 분위기를 느꼈는지 월녀를 잡아당겨 옆에 앉게 했다. 무슨 일이 있더라도 동생을 지키라는 엄마가 지금 저 밖에 있는데, 그 엄마가 평소의 엄마 같지가 않았다. 종이가 움직거리기 시작했다. 쇠창살을 격자 형태로 세운 문 위를 덮은 종이였다. 스으윽 찌지지직, 종이가 찢어지면서 주먹 하나가 들어올 만한 크기의 공간이 생겼다.

12

홍련이 《귀경잡록》에서 헤어나오지 못하자 장화는 짜증이 솟구쳤다. 그것 때문에 집안이 망했는데도 정신을 못 차리다니…… 아버지처럼…….

안성댁의 아이들이 걱정되었다. 저녁 무렵 안성댁은 늘 자매에게 들러 먹을 것을 나누거나 안부를 묻기도 했는데 오늘은 그녀가 오질 않았다. 아직 마을에서 못 돌아온 것인지도 몰랐다. 장화는 독서삼매경에 빠진 동생을 두고 바깥으로 나왔다.

어둠 속에서 맹렬한 움직임들이 있었다. 사슴들이 밤잠을 깨서 달리고 있었다. 승냥이도 달렸는데 사슴을 쫓는 게 아니었다. 새끼를 데리고 도망가는 중이었다. 하늘에 연기가 솟구치고 탄내가 바람을 타고 날아왔다. 별이 떨어진 위치에서 솟구치는 빨간 빛이 보이기 시작했다.

"큰일이다! 역시 불이 난 거야!"

그녀는 홍련에게 달려갔다.

"홍련아! 산불이다! 별 떨어진 곳에 불이 붙었나봐!"

"뭐? 정말?"

홍련이 사립문을 벌컥 열고 나갔다가 언니의 말이 사실임을 알았다. 산짐승들이 난리를 만난 듯 여기저기서 우왕좌왕했다. 동물의 행동은 거짓이 없다.

"서둘러! 날이 건조해서 여기까지 번지는 건 시간문제야!"

장화가 방으로 들어갔다. 홍련도 《귀경잡록》을 팽개치고 짐을 꾸리기 시작했다. 광주리와 호미, 이불 따위가 전부여서 짐이라고 할 것도 없었다. 장화가 고개를 들었다.

"안성댁 왔겠지?"

"왔겠지. 신경 쓰지 마."

"애들은 신경 쓰이는데."

홍련도 짐을 꾸리다 말고 고개를 들었다. 자매는 서로를 쳐다보다가 고개를 끄덕인 후 마당으로 나가 언덕 아래로 뛰었다. 산처녀들의 뜀박질은 빨라 금세 안성댁의 집이 보이는 곳까지 다다랐다.

"아! 안성댁 왔네. 문 앞에 서 있잖아."

"근데 왜 안 들어가고 밖에서 저러고 있지?"

"키가 더 커진 거 같아."

"이상한데? 이 날씨에 호피가죽 옷을 걸치고 있어."

자매는 안성댁이 출입문에 붙어 서 있는 광경을 어리둥절한 눈으로 바라보았다. 그녀의 몸집이 거인처럼 변했는데 산적마냥 호랑이가죽 옷까지 입고 있었다. 얼마나 품질 좋은 가죽인지 꼬리까지 고스란히 붙어 있다.

"왜 저러는 거지?"

"호랑이가 굴로 들어가려는 거 같잖아……."

"안성댁이 아닌 거 같아."

그때 뒤에서 손 두 개가 튀어나와 장화 홍련의 어깨를 잡았다. 자매의 입에서 동시에 에그머니나! 하는 비명이 튀어나왔다. 통영갓에 흰색 두루마기를 걸친 남자였다. 그녀들이 똑같은 말을 했다.

"어! 너는……."

"누님들! 드디어 만나게 되었구려!"

13

안성댁의 음성이 시간이 지날수록 굵직해졌다.

"얘들아, 장난칠 시간 없다. 어서 문 열어라."

"엄마가 맞는지 모습부터 보여줘요."

동생을 꼭 끌어안은 햇님이 말했다.

"엄마 목소리가 아니야!"

월녀는 눈물이 흐르는 얼굴로 성난 표정을 짓고 있었다. 영특한 그녀는 지금 보이지 않는 엄마보다 보이는 오빠를 더 믿고 있었다. 햇님이 떨리는 목소리로 말했다.

"뒤로 물러나 봐요! 엄마를 볼 수 있게!"

"이 별의 어린 것들은 의심이 많구나! 흥, 좋아. 엄마 팔을 보여주지!"

호랑이의 포효가 울리는가 싶더니 찢어진 문종이 사이로 팔이 쑥 들어왔다. 남매가 비명을 질렀다. 거의 다리만 한 크기의 팔에는 호랑이의 털과 줄무늬가 새겨져 있었기 때문이다. 손이 확 펴지면서 다섯 발톱이 칼처럼 곤두섰다. 월녀가 비명을 지르며 오빠에게 파고들었다. 손톱이 길게 뻗어와 월녀의 치맛자락을 붙잡았다. 월녀가 질질 끌려갔다. 햇님이 월녀를 붙잡았지만 이번엔 두 아이가 함께 끌려갔다. 햇님은 발로 벽을 지탱하고 끌려가지 않으려고 용을 썼다.

문틈으로 엄마의 얼굴이 나타났다. 호랑이 이빨에 새까만 사슴 눈이 섞인 무서운 엄마의 얼굴이었다. 월녀가 비명을 질렀다.

14

"너 해록이 아니니?"

장화 홍련이 동시에 말했다. 통영갓에 흰 두루마기 남자는 작은 아버지의 아들 해록이었다.

"네가 여긴 어쩐 일이니?"

자매는 사촌동생이 반가워 얼싸안다가 그가 입은 깨끗한 옷차림새에 놀랐다.

"해록아, 역적의 가문인데도 어째 네 입성은 깨끗하구나."

"자세한 건 가면서 얘기할 테니 짐부터 꾸리시오. 저 아래 산불이 크게 났소."

"우릴 찾으러 온 거야?"

장화가 조금씩 번져오는 불길과 해록의 얼굴을 번갈아 바라보았다.

"그렇소, 누님. 그간 고을에 붙은 방을 본 적 없소?"

"고을에 갈 일이 없지. 산에 숨어 사는 처지인데."

홍련이 말했다.

"그랬었구나! 이제 도망 다닐 필요가 없소, 누님들. 고을에 붙은 방이란 건 '산에 숨어다니는 장화 홍련 자매를 관가에서 찾는다'는 방이오. 억울하게 끌려간 큰아버지의 혐의가 풀려서 나라에서 그 핏줄을 찾는다는 내용이지요."

"그게 정말이니?" 자매가 동시에 소리쳤다.

"사실은 백부님께서 원린자를 부정하셨던 겁니다. 그간의 믿음을 부정하시고 충성 맹세를 해 나라의 특별 사면을 받은 것이에요."

"그랬었구나. 아버님이 이제 제정신을 차렸어!"

장화가 손뼉을 쳤다. 홍련은 박수를 치지 않았다. 그녀는 저만치 앞의 안성댁을 보고 있었다.

"언니, 아버지는 후손을 위해 믿었던 진실마저 부정하신 거야."

"이제 그만 좀 해! 때론 알고도 입을 닫을 때가 있는 법이야."

"저걸 봐 언니! 아무래도 저건 안성댁이 아니야!"

세 사람의 눈이 휘둥그레졌다. 그들의 서른 걸음쯤 앞에 사슴도 아니고 호랑이도 아니고 인간도 아닌 괴물이 시시각각 모습을 달리하면서 오두막 안으로 팔을 넣고 있었다. 그 팔도 무한히 길어지는 것 같았다. 해록의 눈이 튀어나올 듯 커다래졌다.

"저, 저게 대체 뭐요?"

"산에 밤 귀신이 많아. 외면해! 가자구!" 장화가 홍련을 잡아끌었다.

"언니도 저게 원린자인 걸 알잖아! 애들을 잡아먹으려고 저러는 모양인데 그냥 지나칠 거야?"

홍련은 장화의 팔을 뿌리치고 이번엔 해록에게 말했다.

"저게 원린자야, 해록아! 《귀경잡록》에 나온 별천지 물괴."

해록은 그간 힘들었던 역적의 후손 생활을 떠올렸는지 눈을 감고 손을 저었다.

"홍련 누님! 누님 말이 맞을지도 모르겠소! 하지만 봐도 못 본 척, 들어도 못 들은 척하면 우리도 정상적인 세상에서 정상적인 생활을 누릴 수 있소! 눈을 감아요! 다시 가문을 일으킬 생각을 해야지. 이 귀양 아닌 귀양 생활을 또 할 거요?"

홍련이 눈을 치켜뜨고 바라보자 해록이 강제로 그녀의 눈을 감겼다. 장화 또한 해록이 갖고 온 낭보에 크게 기뻤지만 뭔가 마음이 흔들리는지 오두막을 바라보고 있었다.

"그래요, 홍련 누님. 그 눈 딱 감고 있으면 됩니다. 원린자든 뭐든 이젠 우리랑 상관없어요."

아이들의 자지러지는 비명이 들려왔다. 홍련이 눈을 떴다. 해록이 뭐라 하는 것도 아랑곳없이 홍련은 이미 오두막으로 달려가고 있었다.

"가야 해, 해록아."

장화도 주저 없이 홍련을 따랐다.

"젠장! 그 아버지에 그 딸들이로군!"

해록은 허탈한 심정으로 고개를 들었다. 이상하게 생긴 먹구름 하나가 그들이 있는 쪽으로 흘러오고 있었다. 번개가 치면서 거대한 빛이 쏟아졌다. 지나치게 밝은 빛에 그는 소매로 눈을 가렸다. 소매를 치우자 빛은 사라졌다. 먹구름이 반대 방향으로 움직였다.

15

늘어난 호랑이의 팔이 남매를 붙잡아 질질 끌었다. 월녀를 붙잡은 햇님은 필사적으로 버텼지만 어린아이의 기운은 빠르게 떨어져가고 있었다. 쇠붙이가 찌그러지고 문은 휘어졌다. 그 사이로 사슴과 호랑이와 여자가 섞인 사악한 얼굴이 나타났다.

"왜 엄마 말을 듣지 않니?"

월녀는 공포에 사로잡혀 오빠의 목을 지나치게 꽉 붙들었는데 이 때문에 햇님의 숨이 막혀왔다. 손에서 힘은 떨어지고 괴물에게 끌려갈 위기가 코앞이었다.

"이제 우리 모두 하나가 되는 거야, 얘들아……. 하나가……. 더 이상 힘든 생활도 없어……."

돌멩이 떨어지는 소리가 잇따라 들려오더니 괴물이 손을 놓았다. 아이들의 몸이 자유로워졌다.

"그 애들을 놔줘!"

괴물을 명중시킨 돌멩이들이 계속 툭, 탁 하고 떨어지는 소리를 냈다.

"도망가! 얘들아!"

"장화 홍련 누나다!"

누가 돌을 던져 그들을 위기에서 구했는지 햇님은 마침내 알아냈다. 아이들을 속였던 괴물은 등을 돌려 호랑이처럼 내달렸다. 그건 절대 엄마가 아니었다. 햇님은 이미 망가져 못쓰게 된 철문을 열어젖힌 뒤 월녀의 손을 붙잡고 나왔다. 저 멀리 산 아래에서 불길이 치솟았다. 산짐승들이 연기에 놀라 달리다가 고꾸라졌다. 연기가 올라가는 하늘은 검었고 먹구름이 몰려왔다. 그중 특이하게 생긴 구름에서 번쩍번쩍 번개가 쳤다. 마치 신호용 봉화를 깜빡이는 것 같은 번개였다.

괴물은 돌을 다 던지고 도망치는 장화 홍련 누나들에게 뛰어가고 있었다. 갓을 쓴 아저씨도 그녀들과 함께 있었다. 햇님은 월녀의 손을 잡고 나무숲 쪽으로 도망쳤다.

16

"그 애들을 놔줘!"

홍련이 던진 돌이 흡반원린자의 머리에 적중했다. 돌아보는 얼굴에 자매는 등골이 오싹했다. 변형된 얼굴 안에 안성댁도 호랑이도 있었던 것이다.

"아, 네놈들이로구나! 역적의 자식들!"

"아…… 안성댁이에요?"

장화가 목소리를 알아듣고 물었다.

"그래, 나 안성댁이야. 한 몸에 여러 개체가 있으니 모든 걸 알 수 있어. 이제 너도 내 몸의 일부가 되면 알 거야."

흡반원린자가 처음 삼킨 사슴은 거의 소화가 되었기에 안성댁은 점점 호랑이와 사람이 절반씩 섞인 모습으로 변하고 있었다. 사슴 눈이 빠지고 호랑이 눈이 나타나는 변화를 본 장화와 홍련의 호흡이 가빠졌다. 충분히 남은 인생을 악몽으로 괴롭힐 만한 광경이었다.

"돌이 바닥났어."

장화가 낮게 말했다. 홍련은 호미를 들었다.

"네놈들 원린자 때문에 우리 아버지가 억울한 옥살이를 했어!"

홍련이 단도처럼 호미를 던졌다. 안성댁의 호랑이 얼굴이 팔각형으로 찢어지더니 호미가 그 안으로 사라졌다. 사라진 사슴의 뿔 대신 호미의 날이 정수리에 솟아났다. 짐승의 털과 인간이 만든 철물과 인간까지 합쳐진 기이한 변화는 멈추지 않고 지속되었다.

"어떡하지? 무모하게 달려온 건 좋았는데?"

장화의 음성이 떨렸다.

"무모하긴. 애들을 구했잖아."

홍련의 음성도 떨렸다. 안성댁이 네 발로 달려오기 시작했다.

"도망가! 얘들아!"

자매도 동시에 뛰기 시작했다. 멀리서 이를 지켜보던 해록의 몸도 조금씩 달리기 자세로 변했다. 산악 생활로 운동 신경이 단련된 자매는 쉽게 해록을 앞질렀고 해록은 뒤를 돌아보다가 공포에 질려 젖먹던 힘을 다해 달렸다. 산짐승들은 번져오는 불길보다 무서운, 처음 보는 괴수의 질풍노도에 놀라 방향을 바꿔 달아났다. 그중에는 곰도 있었다. 흡반원린자는 달려오다가 몸을 공중으로 솟구쳐 팔각으로 뱃살을 찢어 벌린 후 곰을 집어삼켰다. 호랑이, 여자, 곰이 섞인 확대와 변형을 보는 순간 해록의 다리에 힘이 풀렸다. 주저앉는 그를 장화와 홍련이 어깻죽지를 잡고 질질 끌기 시작했다.

"뛰어, 이 바보야! 안 그럼 죽어!"

"어디로 가는 거요?"

"땅굴이 있어!"

변형 때문에 흡반원린자의 움직임이 잠시 주춤했다. 장화가 집 뒤편으로 돌아 위장용 풀을 치우자 사각형의 나무 뚜껑이 나타났다. 추격자를 피하기 위해 만든 지하 토굴로 통하는 문이었다. 해록이 먼저 들어가고 장화가 두 번째 마지막으로 홍련이 들어와 사슬을 채웠다. 세 사람은 좁은 토굴에 웅크리고 앉아 육중한 곰 괴물이 머리 위로 달려오는 소리를 들었다. 곧 주먹이 내리쳐지고 나무문이 파편을 튀겼다. 진동과 소음으로 좁은 토굴 안은 지옥이 따로 없었다. 괴물은 두 팔로 곰처럼 문을 때려 부수었다.

"아이고, 내가 여길 왜 왔지? 큰아버지가 옥살이까지 했던 고집이 결국 사실임을 확인하려고 온 거잖아!"

"입 다물고 이걸로 놈이 못 들어오게나 해!"

홍련이 토굴 구석에 있던 도끼를 건넸다. 그 사이 그녀는 또 다른 호미를 쥐었다. 해록은 갓을 머리 뒤로 넘기고 도끼를 잡았다. 괴물의 손이 벌어진 나무 틈을 잡을 때 해록이 도끼를 휘둘렀다. 손이 찍힌 괴물이 손을 뺐다. 갑자기 괴물이 공격을 멈추었다. 어딘가로 달려가는 발소리와 함께 소란은 멎었다.

괴물은 햇님과 월녀에게로 표적을 바꾸었다. 멀어져간 괴물의 발소리에 장화가 뚜껑을 열고 보니 저 멀리 어둠 속에서 아이들이 나무를 기어오르고 있었다. 괴물이 그곳에 도착하기는 시간문제였다.

"애들이 나무로 올라가고 있어!"

"나무가 차라리 안전할지도 몰라. 저 나무는 수백 년 된 버드나무야. 곰이 흔들어도 부러지지 않을 거야."

해록은 위기 상황에 익숙한 여걸들의 대화가 귀에 하나도 들어오지 않았다. 어서 산을 내려가고 싶을 뿐이었다.

17

"괜찮아, 겁먹지 마."

햇님이 월녀에게 말했다. 월녀는 오빠의 위에서 나무를 오르고 있었다.

"밑을 보지 마. 월녀야."

이 버드나무는 안성댁이 맹수의 침입에 대비해 만든 일종의 도망 장소로, 그녀가 도끼로 파놓은 홈이 있었다. 이 홈을 밟고 오를 수 있도록, 그녀는 너구리가 새끼들에게 가르치듯 아이들에게 나무 타는 법을 가르쳤다.

"오빠, 무서워! 못 올라가겠어!"

"올라가야 우리가 살아! 얼른 올라가!"

자그마한 손으로 위태롭게 가지를 잡으며 월녀는 위로 올랐다. 괴물이 발소리를 쾅쾅거리며 달려왔다.

"꽉 잡아 월녀야!"

월녀가 나무를 꽉 끌어안았다. 괴물이 두 팔로 나무를 때리고 흔들었다. 가지가 부러지고 잎이 귀신 소리를 냈다. 고목 자체는 크게 흔들리진 않았지만 아이들에게 극도의 공포를 심어주기에는 충분했다.

"더 올라가 월녀야. 아래를 보지 말고."

"저게 엄마야?"

"월녀! 엄마 없을 땐 오빠 말 듣기로 했지?"

"하지만 엄마가 저기 있는걸?"

월녀가 무심코 아래를 내려보다 비명을 질렀다. 달빛이 곰과 호랑이와 여자가 섞인 기형의 얼굴을 정면으로 비추었다. 햇님이 소리쳤다.

"오빠 말 안 들을래?"

월녀가 고개를 돌리고 나무 위로 올랐다. 갑자기 괴물이 풀쩍 뛰어오르는 바람에 햇님은 발목을 잡힐 뻔했다. 햇님이 나무 위로 급히 올라갔다. 발을 헛디뎌 하마터면 떨어질 뻔했다. 아이들이 밟고 올라가는 나무를 본 괴물의 눈에 계산적인 빛이 번득였다. 갑자기 괴물은 아이들을 내버려두고 숲속으로 들어가더니, 이리 뛰고 저리 뛰어 마구 날뛰기 시작했다. 이파리가 흔들렸고 가지 부러지는 소리가 따닥따닥 울렸다.

"왜 저러는 거지?"

월녀가 걱정스런 얼굴을 했다.

"보지 말라니까! 올라가기나 해!"

"더 못 올라가, 오빠."

월녀가 말했다. 햇님이 고개를 들었다. 그곳은 나무의 절반쯤 되는 위치였는데 더 이상은 디딜 곳이 없었다. 엄마가 도끼로 낸 홈은 거기까지였다. 2미터 정도의 높이라면 안전하다고 생각한 모양이다. 햇님이 가지를 붙잡으며 올라 월녀 옆에 앉았다. 저 멀리 땅속에서 장화 홍련 누나와 갓 쓴 아저씨가 지상으로 올라오는 광경이 보였다.

"월녀야 걱정 마. 괴물은 여기까지 못 올라올 거야."

월녀는 듣지 않았다. 공포에 질린 그녀의 눈은 하늘을 보고 있었다. 먹구름 하나가 이쪽으로 빠르게 다가왔는데 그 안에서 번갯불이 번쩍번쩍했다. 이때까지 본 어떤 구름과도 달랐다. 거기서도 괴물이 튀어나올 것 같았다. 그녀는 오빠 옆에 찰싹 붙었다가 자신보다 오빠가 더 떨고 있는 걸 알았다.

"오빠, 저 괴물이 우릴 잡아먹는 거야?"

"아니야!"

햇님이 월녀를 끌어안았다. 그가 사시나무처럼 떠는 이유는 따로 있었다. 햇님은 동생의 눈을 손바닥으로 가려 괴물이 이리로 다가오는 것을 못 보게 했다. 숲속을 헤매던 괴물은 그사이 거대한 날개를 얻어 하늘을 날아오는 중이었던 것이다. 산비둘기를 흡수해 비행능력까지 터득한 사실을 월녀는 결코 알지 못했다.

"오빠, 왜 눈을 가려? 무서워."

"월녀야, 아버지가 왜 잡혀갔는지 아니?"

햇님의 목소리는 심하게 떨리고 있었다. 그는 월녀와 함께 뛰어내릴 생각을 하고 있었다. 그러나 가엾은 동생을 보니 차마 그렇게 할 수가 없었다. 월녀가 말했다.

"엄마가 아버지는 역적이랬어."

"아냐, 월녀야! 아버지는 천주님을 믿어서 옥에 갇힌 거야! 어른들이 천주를 믿는 건 절대로 안 된다고 그랬거든!"

"천주가 뭐야?"

월녀가 통통한 뺨을 들고 오빠의 손을 치우려 했다. 햇님은 끝내 월녀의 눈을 가린 손을 치우지 않았다. 거대한 부채 같은 날개를 펄럭이며 괴물이 접근해왔다. 입도 새의 부리로 튀어나와 사악한 표정은 절정을 이루었다.

"나도 잘 몰라, 월녀야. 하지만 아버지가 천주님은 모든 걸 이뤄주는 하늘님이라고 그랬어."

햇님이 먼저 동생을 밀고 자기도 뛰어내리려고 했다. 머리가 부서질지도 몰랐다. 그때 월녀가 오빠의 손을 치우고 해맑은 얼굴을 드러냈다.

"그럼 하늘님께 이뤄달라고 그러자, 오빠! 엄마가 아닌 저 괴물을 없애 달라고."

"그래……. 그러자!"

햇님의 눈에서 떨어진 눈물이 월녀의 머리를 적셨다. 이 예쁜 아이가 괴물의 입에 조각조각 찢길 걸 생각하니 한없이 슬펐다. 더 이상 동생과 있을 수 없다는 사실에 마음이 아팠다. 햇님은 눈을 감고 기도했다.

"모든 걸 이뤄주시는 하늘님, 천주님. 제발 우리를 살려주세

요. 우리 아버지를 아시고 아버지가 옥에 갇힌 걸 아신다면 우
리를 살려주세요. 우리를 살려주시려거든 튼튼한 동앗줄을 내
려주세요. 그래서 호랑이한테서 월녀를 지켜주시고 햇님이도
지켜주세요."

흡반원린자가 다가왔다. 엄마와 새가 뒤섞인 얼굴이 꽃이 개
화하듯 여덟 조각으로 갈라졌다. 눈알을 닮은 무수한 흡반들을
월녀는 보았다. 그녀는 겁에 질렸지만 오빠의 기도가 흐트러질
까봐 용감하게 비명을 지르지 않았다.

"튼튼한 동앗줄을 내려주세요, 하늘님!"

먹구름이 다가왔다. 번갯불을 머금은 먹구름이.

흡반 사이로 붉은 성대가 움직거리며 사람의 음성이 나왔다.

"이 별에 있는 것들을 모조리 흡수하고 말 테다. 예전엔 실패
했지만 이번엔 실패하지 않겠어!"

곰의 팔이 햇님의 작은 머리를 터뜨릴 듯 우악스럽게 펴졌다.

그 순간 먹구름 사이에서 일곱 가지 빛이 파생해 회전했다.
깜짝 놀란 표정으로 괴물이 하늘을 올려다보았다. 빛의 회전 사
이에서 벼락처럼 생긴 창이 떨어졌다. 미처 피할 새도 없이 흡
반원린자는 창끝에 머리를 관통 당해 땅속 깊숙이 몸이 박히고
말았다. 흡반원린자는 아이들을 잡기 직전 미지의 힘을 갖춘 창
에 박제된 신세로 몸부림치다가 원을 그리는 무지갯빛의 확장
과 함께 폭발했다. 산을 뒤흔드는 끔찍한 비명과 함께 검은 가

죽 조각들은 사라졌다.

햇님이 고개를 들었다. 먹구름 사이로 따뜻한 돌풍이 몰아쳤다. 월녀도 오빠의 시선을 따랐다. 구름으로 위장하고 있는 거대한 쇠붙이가 보였다. 문어발처럼 가득 늘어뜨려진 촉수들, 원형의 뚜껑, 소용돌이 무늬의 개구부(開口部) 등이 아이들의 시야를 가득 채웠다. 뱀처럼 움직거리는 촉수들은 아이들이 겁먹지 않도록 서두르지 않고 몸을 감았다. 눈부신 빛이 천진한 얼굴 둘을 활짝 밝혔다. 촉수에 몸이 말린 남매는 그 빛 속으로 상승해 이 세상에서 영원히 자취를 감추었다.

18

장화와 홍련 그리고 해록이 달려왔으나 늦었다. 아이들은 사라지고 빛을 몰고 온 구름도 사라졌다. 창도 흡반원린자와 녹아 버려 흔적도 남지 않게 되었다. 오로지 남은 건 세력을 넓혀가는 산불뿐이었다.

"저게 뭘까?"

장화가 물었고 홍련이 답했다.

"아마도 다른 원린자의 하늘 나는 수레겠지. 《귀경잡록》에서 '이이제이'의 병법을 읽었잖아. 별천지 원린자들 사이에서도 먹고 먹히는 관계가 있댔어. 아마 흡반원린자를 잡으려는 사냥꾼일 수도 있겠지."

홍련이 털썩 주저앉았다. 아이들을 구하지 못했다는 생각에 그녀는 마음이 쓰라렸다.

"해치진 않을 거야. 난 그렇게 믿어."

장화가 홍련의 어깨에 손을 올렸다.

"그들은 아이들을 관찰하고 기록을 할 거야. 사람이란 종자에 대해 잘 모르니까."

"불이 더 번지는데요?" 해록이 붉은 색으로 변하고 있는 산으로 눈을 돌렸다.

"이제 일어나, 홍련아."

장화가 홍련을 안아 일으켰다.

"아버지가 한 말은 모두 사실이었어, 홍련아. 나도 이젠 인정할게. 더 이상 아버질 원망하지 않을 거야. 우리는 알 수 없는 미지의 악에 노출되어 있어. 우릴 개미처럼 지켜보는 커다란 것들이 존재한다는 사실도 모른 채 우리가 천하에서 제일 잘난 존재인 줄만 알았지."

해록이 펄쩍 뛰었다.

"대체 뭘 어쩌겠단 거요? 큰아버님도 지난 지식을 부정하고 충성 맹세를 해서 겨우 가문이 복권됐는데 누님이 또 다 된 밥에 재를 뿌리겠단 말이오?"

"난 내가 본 걸 부정할 생각이 없어. 해록아, 넌 홍련이랑 산을 내려가. 난 복잡한 세상과 떨어진 이 산이 사실 너무나도 좋아."

장화가 불길에 휩싸인 산을 감격스런 얼굴로 둘러보았다. 홍련도 결심했다는 듯 말했다.

"난 기다릴 거야. 그들이 아이들을 다시 이곳으로 돌려보내 줄 거야."

"그걸 누님이 어떻게 아시오?"

"그 아이들은 끌려간 게 아니거든. 선택받아서 간 거라고 난 믿어. 학문대상이 됐든 의술대상이 됐든 아이들은 돌아올 거야. 그게 아니라면 언니와 내가 어떻게든 구출해올 방법을 연구해 보겠어."

"어떻게요?"

"아버지가 공부하셨던 책을 우리도 갖고 있어."

해록이 주먹으로 가슴을 탕탕 쳤다.

"일단은 산을 내려가야 해요! 여기 있다간 불에 타 죽소! 불에 타 죽⋯⋯."

그의 눈에 물방울이 떨어졌다. 타닥타닥 타는 소리 사이로 툭툭하고 물방울 떨어지는 소리가 섞여들었다. 먹구름이 몰려왔는데 조금 전에 본 그 인공의 먹구름은 아니었다. 장화와 홍련의 행복한 표정 위로 맹렬한 소낙비가 시작되었다. 세속의 때마저 벗겨주는 시원한 비였다. 불길은 서서히 잡혔고 뛰던 짐승들이 안정을 되찾았다.

"햇님이와 월녀가 내려주나 봐. 언니."

홍련이 활짝 웃었다. 장화가 홍련을 끌어안았다. 해록은 그런 누나들의 얼굴을 바라보았다. 장난기 가득하고 다정했던 소녀들의 얼굴엔 이제 득도한 고승의 표정만이 남았다. 해록은 그녀들을 데려갈 수 없음을 깨달았다.

19

다음 날 해록은 홀로 산을 내려왔다.

속세에 내려온 그는 글솜씨를 발휘하여 섭주 통악산에서 겪은 일을 패관소설로 남겼다. 하지만 가까스로 일으켜 세운 가문이 또 멸문당할 게 두려워 그는 내용을 대폭 변경했다. 원린자 대신 말하는 호랑이를 등장인물로 내세웠고, 원린자의 비행기구는 동앗줄 내려주는 하느님으로 대체했다.

지금까지가 전래동화로 알려진 《해와 달이 된 오누이》의 실체적 진실이다. 이 전래동화는 저잣거리에 배포되어 큰 인기를 끌게 되는데, 소심한 해록은 그 같은 시선집중조차 두려워 작자의 이름에 박해록 대신 무명씨(無名氏) 세 글자를 크게 써넣었다. 차라리 이름을 밝혀 돈벌이에 도움 되도록 하는 게 어떠냐는 주막집 주모의 권유에 그는 이렇게 답했다.

"이런들 어떠하리, 저런들 어떠하리, 어차피 믿어주지도 않을 야담이도다."

심 봉사와 이창

1

"다 왔어요. 아버지. 발 조심하세요."

심청이 아버지의 팔을 붙잡았다. 심학규는 조심스럽게 문지방을 타넘었다. 처녀 혼자 쓰는 방이어선지 꽃향기가 풍겨왔다. 고향 집의 퀴퀴한 냄새가 없었다. 하지만 바깥의 시끄러움은 시골과 비교할 수 없었다. 심청의 오두막집은 장터에 있었는데 엄청난 인파가 내는 소리들에 심학규는 귀가 어지러웠다.

"방에 꽃을 꺾어놓았구나."

"며칠 전에 채옥 언니랑 뒷산에 갔다 왔는데 해당화가 너무 예뻐서요."

"채옥이란 처자는 여기 사람이냐?"

"네, 한양 토박이에요."

"한양 뒷산은 시골 뒷산하고 뭐가 다르니?"

"사람이 많지요. 유람 온 양반들에 장사치까지 사람으로 넘쳐나요."

"허! 양반들은 못된 놈도 많은데 희롱이라도 하면 어쩌려고 여자들끼리 산을 올라?"

"채옥 언니는 다모(조선 시대 여자 형사)예요, 아버지."

"정말이냐? 어떻게 다모를 친구로 두었느냐?"

"제가 일하는 가게 단골손님이에요. 얼마나 좋은 사람인데요."

심학규는 머리가 아팠다. 시력을 잃은 후 발달한 그의 귀에 장터의 온갖 소음이 몰려 들어왔다. 한양이 이런 곳이었구나.

심청이 말했다.

"이래도 해넘이 때 장이 파하면 거짓말처럼 인파가 뚝 끊겨요. 한양 사람은 그런 데 철저해요. 닭장 안에 모인 닭들처럼요. 모이가 보이면 한 번에 모였다가도 모이가 다하면 정확하게 제자리로 돌아가죠. 남들은 신경 안 쓰고 자기 앞만 봐요."

"그렇다면 위험한 사람들도 많겠구나."

"그럼요. 먼저 친절을 베푸는 사람은 의심부터 해야 해요."

"명심하마."

"해가 지고 있어요. 좀 있으면 조용해질 거예요."

심청이 빙그레 웃었다. 앞 못 보는 심학규는 딸의 표정을 볼 수 없었다. 이렇게 사람이 많은 곳은 처음 보았다, 아니, 처음 들었다.

"아버지를 한양으로 모셔오니까 너무 좋아요."

"부양할 노인네 늘어난 게 뭐가 좋다고?"

"여긴 여자 혼자 지내기가 무섭거든요."

심청은 약간 뜸을 들였다가 속삭였다.

"장님 아버지 있는 걸 알면 자비라도 베풀지 모르지요……."

"누가? 누가 말이냐?"

"아, 아니에요."

심청은 시력을 잃고 발달한 아버지의 청력에 깜짝 놀랐다.

"혼자 지내기 무섭다니 이 장터에 가옥은 많니?"

"아니요. 대로를 사이에 두고 이쪽에 두 채, 길 건너에 세 채가 있어요. 다른 건물들은 다 가게예요. 장사꾼들이 사는 곳으로 돌아가면 여긴 다섯 집만 남아요."

"이 넓은 곳에 사람 사는 집이 다섯 채밖에 없다고?"

"네, 이리 와보세요."

심청은 아버지를 채광창 앞으로 이끌었다. 보이는 것은 없는데 햇볕이 느껴져 따뜻했다.

"아버지가 서 계신 곳에서 길을 건넛집이 가로로 세 채 있어요. 가장 왼쪽 집은 흥부 부부가 살아요. 제비가 그 집을 가끔 드나드는데 그걸로 사람들과 연락을 취한대요. 기예단 출신이거든요. 두 번째 집은 혹부리영감이라는 분이 살아요. 얼굴에 큰 혹이 붙었는데 그 때문에 늘 기분이 좋지 않은 분이에요. 세 번째 집은 아무도 살지 않아요. 제가 올 때부터 비어 있었는데 흉가라고 그랬어요."

"너 혼자 한양에 사는 게 난 항상 불안하다."

"그건 저도 마찬가지예요. 아버지 혼자 시골에 계시니까 안 좋은 생각만 드는 걸요."

"잠깐만, 청아. 누가 온 것 같은데?"

심학규는 소리도 없이 다가온 손님을 알아챘다. 심청이 누군가에게 인사했다.

"아! 아주머니, 어서 오세요."

"아버님이 오신다더니 이분이셔?"

"네. 아버지, 인사하세요. 이분은 옆집에 사시는 뺑덕 어머님이세요."

"길 건넛집 아니고, 옆집 이웃이시구나. 처음 뵙겠습니다."

"안 보이면서도 다 아세요? 아유, 딸이 인물이 좋더니 아버지도 미남이시네. 효녀 두셨어요. 시골 사는 아버지 한양까지 모셔 오는 딸이 요새 어딨어요?"

"아내가 얼마 전에 세상을 떠났다오. 혼자 생활할 수 있는데 이 아이가 기어이 나를 데려오네요."

"잘했다, 청아! 정말 잘했어!"

과부인 뺑덕 어미는 청이의 효심보다 심 봉사의 독신(獨身)에 더 호들갑을 떨었다. 심청이 말했다.

"제가 낮에 일 나가고 없을 때 무슨 일이 생기면 이 아주머니를 찾으면 돼요, 아버지."

"내일부터 이틀 동안은 집에 없어." 뺑덕 어미가 말했다.

"어디 가세요?"

"응, 뺑덕이랑 직녀보살을 따라갈 거야. 여주에 굿하는 일 보조해주면 닷 냥이나 준다 그랬거든. 이틀 뒤면 집에 있을 테니 청이 아버님, 무슨 일이 생기면 언제든 찾아주세요."

"고맙습니다. 한양 인심 야박하다고 들었는데 아주머니 목소릴 들으니 다 그런 건 아닌 것 같소."

"험한 세상이 사람 악하게 만들지 처음부터 악한 사람 있나요? 그래도 한양에선 조심해야 해요. 눈 뜨고도 코 베이는 곳이라 무조건 청이가 시키는 것만 하도록 하세요."

"예. 그래야죠."

심학규는 채광창 바깥의 거대한 한양으로 눈길을 두었다. 아무것도 보이지 않았지만 사람을 겁먹게 하는 공기가 흘렀다.

"그런데 직녀보살은 또 누구냐?"

"인근에 사는 무당 아주머니예요. 용하다면서 한 번도 제대로 맞힌 적은 없지만요. 저, 아버지가 오셨으니 오늘 저녁은 나가서 먹지요."

심청이 같이 가자고 했지만 아들이 기다린다며 뺑덕 어미는 한사코 사양했다. 그래서 부녀 둘만이 어둠이 깔리는 저잣거리로 나섰다. 심학규는 딸의 말대로 어둠이 오고 상점가가 문을 닫자 주변이 조용해진다는 사실을 깨달았다.

2

　주막에 들어섰을 때 심 봉사는 와자지껄한 웃음소리, 술병 깨지는 소리, 도박판 고함소리, 식기 부딪치는 소리 등에 깜짝 놀랐다.

"여기가 주막이냐, 황산벌 전쟁터냐?"

"지방 주막하고 달라요. 한양 큰 주막에는 손님이 백 명도 넘어요."

"얼마나 큰데?"

"대청마루만 수십 개고요. 주모 말고도 일하는 점원이 열 명은 족히 돼요."

"과연 한양은 한양이구나."

　그곳은 심청이 일하는 한강과 가까운, 여각까지 겸하는 유명한 주막이었다. 구석 자리까지 아버지를 데려간 그녀는 돼지고기 국밥을 시켰다. 심 봉사는 딸과 간만에 겸상을 하니 기분이 좋았다. 누가 다가왔다.

"어머나, 너구나? 청이?"

　심학규는 젊은 여자의 목소리를 들었다.

"안녕하세요, 언니." 심청의 목소리가 밝았다.

"모시고 온다더니 아버지야? 이분이?"

"네. 아버지, 이 언니가 저를 도와주시는 다모, 채옥이 언니예요."

"여기서 말하면 안 돼지 내가 하는 일을. 다 도망가겠다 범인들이."

심 봉사는 젊은 처자에게서 분가루 향과 술 냄새를 동시에 맡았고, 그녀의 특이한 말투에도 주목했다.

"좋으시겠네요 효녀 딸을 두셔서, 아버님. 청이 같은 효녀."

"부족한 아이입니다. 많이 가르쳐주세요."

"보기는 화려한데 곤란한 일도 많은 곳이에요 한양은. 찾으세요 저를. 곤란한 일 생기면. 비단검 채옥이 찾는다고 하시면 돼요. 여기 이 주모한테."

채옥은 이번엔 심청을 둘러보았다.

"한잔하고 우린 이제 막 들어가는 길이야. 조 포교랑 심 포교랑. 며칠 내로 가게 한번 들를게. 곧 온댔지 청나라산 연지?"

"네, 이삼일 내로 올 거예요."

"그래, 그럼 봐 나중에. 드세요 많이. 아버님."

"고맙습니다."

심학규는 멀어져가는 가벼운 발걸음 하나와 무거운 발걸음 둘을 들었다.

"청아, 조 포교와 심 포교는 덩치가 큰 남자들이냐?"

"맞아요, 아버지. 생긴 건 험상궂은데 참 좋은 분들이에요."

심학규는 법을 집행하는 사람들이 딸과 친하게 지낸다는 생각에 안도감을 느꼈다. 심청이 막걸리도 한 사발 시켜주었다. 돼지국밥은 맛이 좋았다. 딸아이와 있으니 심학규는 낯선 한양도 그렇게 무섭지 않았다.

"마하바라 반야밀다……."

염불 소리가 들려왔다. 목탁 소리는 들리지 않았다. 심학규가 탁주잔에서 고개를 들었다.

"스님이 왔니?"

"네……."

심청의 음성이 어두워졌다.

"아, 아, 아부지 되시니꺼?"

승려가 말을 걸었다. 강한 경상도 억양에 말더듬이가 심했다.

"그렇소이다."

심청이 대답을 않자 심학규가 대신 답했다.

"앞 못 보는 보, 보, 보, 봉사신 갑네."

"예. 눈병을 앓아 보는 법을 잃은 지 오래됐습니다, 스님."

"봉사 눈도 그냥 팍 뜰 수 있니더. 고, 고, 고, 공양미 300석만 있으면, 공양미 300석."

"가주세요."

심청이 말했다. 심학규는 흐느낌이 섞인 딸의 목소리에 몸이 굳었지만 태연히 답했다.

"스님, 난 눈을 잃은 지 오래됐소만 전혀 지금 생활이 불편치 않소. 가진 게 궁핍해 시주를 못해 죄송스럽소. 오늘은 드릴 게 없지만 다음에 뵈올 일이 있으면 그땐 쌀이든 뭐든 부처님께 꼭

시주하지요."

"공양미 300석이면 무, 무, 무엇이든 할 수 있다 그 말이시더.
고, 고, 공양미 300석!"

"부처님의 법력으로요?"

"맞니더! 나, 나, 나무아미타불!"

"제발 가주세요!"

심청이 소리쳤다. 심학규는 돌아보는 손님들의 기척과 승려
가 내는 희미한 웃음을 들었다. 그 입에선 호박엿 냄새가 났다.

"가주지! 그럼 소승은 무, 무, 무, 물러나오! 아부지 잘 모시
소. 효, 효, 효녀 딸!"

승려가 물러가자 심학규는 숟가락을 놓았다.

"청아, 너 왜 그러느냐?"

심청은 대답하지 않았다.

"왜 우는 것이냐니까? 저 중은 아는 사람이냐?"

"아버지가 앞을 못 보니 마음이 아파서요."

눈 안에서 번갯불이 번쩍했다. 나는 딸의 미래를 막는 짐일지
도 모른다! 이 생각이 어떤 진리처럼 밀어닥쳤다. 그러나 심학
규는 표정을 밝게 했다.

"녀석, 그게 뭐 마음 아프다고? 신경 쓰지 말거라. 그놈의 인
간, 땡중이로구나. 쌀을 주면 눈을 뜬다니 부처님은 그렇게 세속
적이지 않다. 그런데 왜 한양에서 경상도 말을 심하게 쓴대? 우

리 고향이 섭주라는 걸 알고 그러는 것 같지 않니?"

심청은 답하지 않았다. 억지로 울음을 참는 것 같았다. 갑자기 뒷간엘 다녀오겠다고 일어서기까지 했다. 쟤가 왜 저럴까? 소리로만 딸의 움직임을 예측한 심학규는 홀로 남아 생각에 잠겼다.

주모가 다가왔다.

"지방에서 오셨나 봐요?"

"예. 경상도 섭주에서 왔소. 한양에 오니 정신이 하나도 없네요."

"아저씨는 섭주에서 왔다면서 사투리가 별로 안 심하네요. 저 중은 듣기 거슬릴 정도로 심하던데."

"조금 전의 스님 말이요?"

"예. 마, 마, 마, 말 더듬는 중."

주모가 웃었다. 아직 딸이 돌아오지 않은 것 같아 심학규는 급히 물었다.

"공양미 300석이면 눈을 뜰 수 있다는데 정말이오?"

"무슨 말도 안 되는 소리예요?"

주모가 다 비운 상을 들고 가버렸다. 심학규는 한양 사람들이 모르는 사람과는 대화를 길게 하지 않음을 알았다. 심청이 돌아왔다.

"가요 아버지. 채옥 언니가 우리 식사까지 셈을 치렀네요."

"저런, 첫날부터 신세를 졌네."

그는 더 이상 공양미 300석 이야길 하지 않았다.

3

서로의 팔을 잡은 아버지와 딸은 왔던 길을 다시 걸어 집으로 돌아왔다. 심청의 말은 사실이었다. 장터의 떠들썩함이 완전히 사라졌다. 심학규는 밤이 왔음을 귀와 코로 알았다.

심청은 일찍 이부자리를 깔았다.

"먼길 오시느라 고단할 텐데 일찍 주무세요. 저는 새벽에 나가요."

"네가 일하는 가게는 여기 장터에 있지 않니?"

"마포나루 쪽에 있어요. 아까 갔던 주막하고 가깝죠. 여기보다 훨씬 큰 장터예요."

"여자들 장신구 파는 가게라고?"

"네."

"어린 네가 고생이로구나."

심학규는 어두운 새벽길을 걸어 일터로 갈 딸이 걱정되었다.

"너도 이제 혼인할 적령기인데 어떻게 사귀는 총각은 없느냐?"

"아뇨. 없어요……. 사는 게 빠듯한데 혼인은 무슨……."

예기치 못한 질문이어선지 말 못할 사정이 있는 건지 심청의 답에는 당혹감이 묻어나 있었다.

"내일은 배가 들어오는 날이라 좀 바쁠 거예요. 일찍 주무세요. 밥은 부엌에 차려 상보로 덮어 놨어요."

심청은 피곤한 듯 이내 잠이 들었다. 심학규는 딸아이가 모이를 쫓는 우리 속 닭들 중의 하나로 여겨져 가슴이 아팠다. 눈을 감았으나 쉽게 잠이 들지 않았다.

밤이 내려앉은 세상은 조용했다.

한양에선 밤새 우는 소리가 들리지 않았다. 멀리서 풍악 소리와 남자들의 술 취한 음성이 간간이 들려왔다. 병이 깨지고 싸우고 욕하는 소리가 섞여들었다.

가까운 거리에서 새로운 목소리가 들려왔다. 다른 사람이라면 들릴 리 없겠지만 귀가 발달한 심학규에게는 선명하게 들렸다. 세 채의 집 중 가장 왼쪽 집 같았다.

"여보, 그 이양선(외국 배)에 타기만 하면 팔자가 풀릴지 어찌 알겠수?"

"만약 수군 별장이나 포청 포교한테 붙들리기라도 하면 어떡하고?"

"오죽했으면 아주버님이 제비 발목에 직접 편지를 묶어 보냈을까? 이번 건은 틀림없는 대박이유, 대박!"

"제비가 어디서 씨도 물어왔던데 그게 박으로 자라면 대박이겠다!"

"돼먹지 않은 농담은 그만두고 이 양반아, 아주버님 선견지명대로 항구에 정박할 배가 아니라 표류 중인 배라니까. 몰래 올라타면 아는 놈도 없을걸?"

"내 앞에서 놀부 형님 칭찬 좀 그만해!"

"그게 무슨 칭찬이우? 꼴에 사내라고 자존심은……."

"그 배가 보통 밴 줄 알아? 서양 놈들은 방해되는 건 총포로 다 쏴 죽인대."

"왜 표류해왔겠소? 선원이 죽어 버려진 배라니까! 군함이 아니야. 흥, 두고 봐요! 해적하고 싸우다가 오늘내일하는 부상자 몇 놈에 금은보화만 가득할 테니."

"잠깐만! 엿듣는 놈이 있나? 밖을 좀 봐야겠어."

목소리가 끊어졌다. 흥부 부부라, 가장 왼쪽 집이구나. 문이 닫히는 소리와 함께 부부의 대화는 끊어졌다. 이번에는 그보다 오른편에서 또 다른 목소리가 들려왔다. 심학규는 소리에 집중했다.

"이봐 할망구! 아들한테 눈치 보면서 엎혀살지 말고 그냥 여기서 나랑 살아!"

"주제 파악 좀 하시지. 나보고 오라는 남자들이 하나둘인 줄 알아? 그리고, 누가 아들 눈치를 본대? 자식도 없는 영감이 뭘 알아?"

"흥, 당신 아들이 노름판만 전전하는 개망나니라는 걸 모르는 사람은 없지. 친아들도 아니라면서? 더 있다가 고려장이라도 당하지 말고 그냥 여기 와서 나랑 살아."

"주제 파악이나 하라니까! 영감 얼굴에 그 혹이 징그러워서

174

난 못 살아!"

"그러는 당신은 꼬부랑 할머니잖아!"

"그 혹 없애고 내 허리도 바로 펴게 해봐라. 그럼 죽을 때까지 당신을 내가 모시고 살지."

"에잉!"

"나 갈 거야. 말벗 해줬으니 돈을 내."

엽전 짤랑거리는 소리가 들려왔다. 노파가 지팡이를 짚고 나가는 소리가 들렸다. 탁! 스윽! 탁! 스윽! 지팡이질 다음에 천천히 끄는 발걸음이 이어졌다. 몸이 좋지 않은 사람인가 보구나, 심학규가 고개를 끄덕일 때 "할망구가 왔을 뿐이야! 아무 일도 아냐!" 하는 흥부의 작은 목소리가 들려왔다.

심학규는 세 번째 집에도 소리가 나지 않을까 귀를 집중했다. 비어 있다던 청이의 말대로 그곳에선 아무 소리도 들려오지 않았다. 그러다가 그는 잠이 들고 말았다.

4

참새 지저귀는 소리가 들려오면서 심학규는 눈을 떴다. 청이에게 어제 들었던 두 집의 이야기를 들려줄 참이었다. 그러나 불러도 답하는 딸은 없었다. 벌써 일을 나갔나 보구나. 마치 파도와도 같은 소음이 서서히 생겨나 덩치를 불렸다. 떠들썩한 한양의 장터가 또 시작되고 있었다. 심학규는 차려준 밥을 먹고 딸이 일 마치고 오기만을 기다렸다. 그러나 심청은 돌아오지 않았다. 그 다음날에도 돌아오지 않았다.

5

사흘째 날 아침, 심학규는 끼니를 거른 채 불안하게 방안을 서성거렸다. 어제저녁 그는 돌아오지 않는 딸이 걱정되어 이웃에 알아보려 했다. 그러나 뺑덕 어미네 집에서 들려오는 소리는 없었다. 길 건너 사람들 역시 청이와 같은 날 사라져 아무도 돌아오지 않았다. 낮이든 밤이든 다섯 채의 집에선 어떤 소리도 들려오지 않았다. 심학규는 장터의 인파에 소리 질러 도움을 청할까 했지만 위험천만한 객지에서 멋대로 행동할 순 없었다. 청이는 이곳은 보기보다 위험하니 무슨 일이 있어도 집에 가만 계시라고 했다. 앞은 안 보이고 아는 사람은 없고 딸도 사라진 객지에 홀로 남게 되자 불안만이 가중되었다.

장터를 오가는 사람들의 목소리가 귀로 날아 들어왔다.

"마포나루 쪽 강가에 시체가 발견되었대."

"젊은 처녀라고 하던데?"

"맞아. 처녀 세 명."

"시체가 아주 해괴한 형태라는군!"

"무서워라! 대체 무슨 일이야?"

"몰라. 어떤 미친놈이 한양을 돌아다니는지."

심학규의 감은 눈 속에서 시체가 되어 강물에 떠오른 청이가 보이는 것 같았다. 그는 집에 있으라는 청이의 당부도 잊고 바깥으로 나왔다. 몸이 떨려 지팡이질도 제대로 되지 않았다. 몇 걸음 걷지도 못하고 돌부리에 발이 걸려 넘어졌다.

"청아, 불쌍한 내 딸 청아…… 대체 무슨 일이 있어 돌아오질 않는 것이냐!"

"당신 딸은 물가에 있어."

굵은 여자의 목소리가 들려왔다. 심학규의 몸이 굳었다.

"누구요?"

"당신 딸은 물가에 있어. 배를 타고 있는데…… 아직 살아 있어. 그것밖에 안 보여. 더 이상은 볼 수 없어. 어떤 힘이 내 점괘를 방해하고 있어. 활활 타는 불이 보여. 바다 건너 색목인들은 그 불을 보고 지옥불이라는 말을 쓰는 모양이야."

"당신은 직녀보살이오?"

"포기하는 게 나을지도 몰라."

"뭘? 청이를? 이봐요!"

여자는 대답도 없이 가버렸다.

심학규는 팔을 휘저으며 보살을 불렀다. 누군가 가까이 다가오는 기척이 있더니 뺑덕 어미의 목소리가 들려왔다.

"청이 아버지! 왜 여기 나와 계세요?"

"아주머니구나! 이렇게 반가울 수가!"

"이제 막 도착했어요. 왜 이러고 계세요?"

"방금 내게 말을 건 사람이 직녀보살이오?"

"예. 왜 저러지? 말도 없이 가버리네요."

심학규는 지난 이틀 동안 딸이 돌아오지 않았다고 얘기했다. 구경꾼들이 모이는지 사람들이 그를 둘러싸는 것 같았다. 뺑덕 어미는 내가 알아볼 테니 걱정 말고 들어가 계시라고 했다. 그러나 심학규는 그녀의 음성 역시 떨리고 있는 걸 알았다. 세 처녀가 시체로 발견되었다는 얘기를 뺑덕 어미도 들었기 때문이다. 심학규가 소리쳤다.

"나도 같이 갑시다! 나도 데려가주시오!"

"그럽시다. 뺑덕아, 어르신 부축해드려라."

소년 뺑덕은 노골적으로 인상을 썼다. 무당 일 돕느라 이틀 동안 잠도 못 잤고, 아직도 귀에는 칭칭쾅쾅 무악 소리가 환청처럼 남았다. 쉬고 싶을 뿐이었다. 뺑덕 어미가 그런 아들에게 알밤을 먹이자 뺑덕은 마지못해 심학규의 지팡이가 되었다. 심학규는 모자에게 고마움을 느꼈지만 불안은 가시지 않았다. 그는 딸과 왔던 주막집을 지났음을 코로 알았고, 강물 소리가 들리는 장터에 도착해서는 마포나루가 훨씬 큰 시장임을 귀로 알았다.

"아이구머니나!" 뺑덕 어미가 탄식했다.

"왜 그래요?" 심학규가 기겁했다.

"우리가 도착한 곳은 나루터에요. 거적에 내려놓은 처녀들 시체가 셋이나 되요. 포졸들이 장대로 건져냈어요."

"우, 우리 청이가 있소?"

"글쎄……. 비슷한 것 같기도 하고 아닌 것 같기도 하고……."

"이럴 수가! 청아……. 청아……."

"시체들이 이상해요. 너무 가벼워 보여요. 눈구멍도 뻥 뚫리고 입도 뻥 뚫린 것이 껍데기만 남았어요. 오오, 이건 마치 생선포를 보는 것 같아요. 오장육부가 사라지고 겉가죽만 남은 게……."

심학규는 주저앉아 울부짖느라 뺑덕 어미의 말을 듣지 못했다. 그의 귀에 한강의 물소리, 구경꾼의 웅성거림, 포졸들의 고함 등이 몰아쳤다. 그러나 아버지를 부르는 청이의 음성은 없었다. 대신 특이한 화법의 음성이 그를 불렀다.

"어, 아니세요? 청이 아버님?"

"혹시…… 채옥 포교요?"

"네, 좋으시네요. 기억력이."

뺑덕 어미가 심학규의 어깨를 잡았다.

"청이 아버지! 청이가 아니에요! 다른 처녀들이에요! 피도 내장도 뽑혀 허옇게 죽은 시체긴 하지만 청이는 없다네요!"

채옥이 걱정스런 음성으로 물었다.

"있었나요 무슨 일이? 청이한테?"

6

뺑덕의 팔을 잡고 심학규는 길을 걸었다. 앞장은 채옥이 섰다. 심학규의 코로 여자들의 화장품 냄새가 들어왔다. 청이가 일하는 장신구 가게였다. 여자들의 수다를 뚫고 곰방대를 많이 빨아댄 듯한 굵은 아낙의 음성이 들려왔다.

"다모가 날 왜 찾아? 내가 법에서 금하는 일이라고 했나?"

"이봐요, 주인장. 어디 갔어요? 여기서 일하는 처녀?" 채옥이 물었다.

"여기서 일하는 처녀가 하나둘이오?"

"있잖아요, 제일 일 잘하는 애. 심청이."

"흥, 잘한다는 게 사흘째 일하러 오지도 않는단 말요?"

"뭐요? 안 왔다고요, 사흘째나?"

심학규의 귀가 쫑긋 섰다.

"어디서 죽었는지 살았는지 기별 하나 없시다!"

"말조심하세요! 아버님 있어요, 여기에."

"정말 여길 오지 않았단 말이오? 그 아이가 자주 그랬습니까?" 심학규가 물었다.

"처음이에요. 안 그러던 애니까 배신감이 더 크단 말이우!"

장신구 가게 주인은 흥 하고 더 이상 말을 하지 않았다. 질문을 더 던졌지만 알아낼 수 있는 건 없었다. 같이 일하던 처녀들도 마찬가지였다. 그녀들은 여느 때처럼 당연히 새벽녘에 출근해야 할 아이가 오지 않았다는 사실밖에 몰랐다. '생선포 처녀 시체들' 소식에 그녀들은 거의 공황 상태였다.

"본 게 언제였죠? 마지막으로, 청이를?" 채옥이 심학규에게 물었다.

"그날 주막집에서 집으로 돌아와 바로 잤고 새벽에 일을 나갔어요. 내가 자느라 인사도 안 하고 나간 모양이에요."

"누가 찾아오거나 집에, 만나거나 이상한 사람을, 없었나요 그런 거?"

"없었소. 아무도 만나지 않았어요."

빛이 번쩍하며 심학규의 머릿속에서 어떤 사실 하나가 떠올랐다.

"아, 중을 하나 만났소! 공양미 300석!"

"공양미 300석이요?"

"예. 어떤 중이 주막에서 우릴 찾아와 공양미 300석을 바치면 눈을 뜨게 할 수 있다고 했는데 청이가 그 사람을 만나고 안절부절못했어요. 경상도 사투리가 심했고 말을 더듬었지요."

"그래요? 확실히 중이었어요, 그 사람?"

"주모가 옆에서 봤는데 중이 맞다고 했소."

"땅강아지 노 서방이 강화도에서 한양 마포로 며칠 전에 올라왔다던데……."

"그자가 누군데요?"

심학규가 묻자 대답은 조 포교가 했다.

"유명한 고리대금업자로 옥살이도 몇 번 한 놈입니다. 그놈도 말을 더듬는데, 중은 아니고 경기도 말씨를 써요."

"그래도 조사라도 해보지." 심 포교가 말했다.

"어르신, 알아들을 수 있겠어요? 그 중 목소리 다시 들으면?" 채옥이 물었다.

"그럼요. 알고말고요."

채옥은 남자 포교 둘을 시켜 어물전 골방 투전판에 있는 노서방을 잡아오라 했다. 한양 마포나루에 모습을 드러내자마자 그는 포교들의 감시 대상이었다. 나루터 한켠에선 늘어난 시체 구경꾼들을 막느라 포졸들이 안간힘을 썼다. 뻥 뚫린 눈과 입으로 하늘을 보는 시체들의 얼굴은 공허했다.

7

마포나루 복초(초소)에 험상궂게 생긴 남자 하나가 끌려왔다. 심학규는 거친 포교들이 그를 앉히고 심문하는 소리를 들었다.

"아, 난 성실한 백성인데 이거 왜 죄 없는 사람 붙잡고 난리야?"

"물으면 돼, 몇 가지만."

채옥이 주먹으로 탁자를 탕 치고 다리를 꼬았다. 노 서방도 만만하진 않았다.

"이곳 수군 별장이 나하고 형님 아우 하는 사이야. 조심해, 다 모 나리!"

"노 서방. 너 마포나루에 왜 왔어?"

"내가 내 발로 팔도 어디를 가든 무슨 상관이슈? 그게 죄야?"

"이 어르신 본 적 있어 없어?"

"한양 바닥에 사람 천지인데 내가 어떻게 다 기억해?"

그는 표준말을 느리게, 굉장히 느리게 썼다. 때문에 말을 더 듣지 않았다. 음성을 들은 심학규는 그가 맞는지 헷갈렸다.

"혹시 그때 그 경상도 스님이 아닙니까?"

심학규가 팔을 뻗쳤다. 그러나 손에 닿은 것은 상대의 머리에 단단히 묶인 상투였다.

"어디 손을 대? 이 영감이?"

"날 보고 공양미 300석이면 눈도 뜰 수 있다고 하지 않았소?"

"부처가 쌀 받고 눈 뜨게 해주면 이 세상에 쌀농사 안 짓는 봉사들 없겠네."

"말 조심해! 이 사기협잡꾼아! 똑바로 불어. 여기 마포에는 왜 나타났지?" 조 포교가 소리쳤다.

"받을 돈이 있으니까 돈 받으러 온 거 아뇨!"

"말 좀 빨리 해. 바쁘니까."

심 포교가 수박만 한 주먹을 들이밀었다. 심학규가 말했다.

"이분을 주모한테 데려가보십시오. 그날 주모가 얼굴을 보았습니다."

이 '대질의 제안'에 노 서방이 움찔거렸다. 그것까지는 계산에 넣지 않은 기색이었다.

"내가 뭔 죄를 지었길래 대, 대, 대질까지 한단 말이오?"

"오라, 말이 빨라지니 더듬증도 나오는군."

채옥이 이죽거렸다.

"저건 또 뭐야?"

그들 뒤편으로 포졸 하나가 새로운 승려 하나를 데리고 다가왔다. 채옥이 일어났다.

"아, 그자를 잡아왔나 봐요, 어르신. 노 서방이 아닌 것 같은데요."

조 포교, 심 포교도 노 서방에게 미안한 표정을 지었다.

"중 노릇 안 했을진 몰라도 시장 뒷골목에서 노름하면 안 돼,

노 서방."

포졸과 동행한 승려는 노 서방을 보자마자 흥분했다. 심학규는 볼 수 없었지만 승려의 얼굴은 시퍼렇게 멍이 들었고 앞니도 부러져 있었다. 노 서방에게 그는 함경도 말투로 소리쳤다.

"맞습네다! 이 종간나 중생이 산속에서 나를 극악무도하게 두들겨 패고 옷과 불전함을 빼앗아갔습네다!"

"뭐라꼬? 난 니를 처, 처, 처음 보는데 이 자, 자, 자슥아가 머, 머, 먼 소리 해쌋노?"

노 서방의 입에서 경상도 사투리가 빠르게 튀어나왔다.

"그래, 노 서방! 강화도는 제2의 고향인가 보구나! 가자, 이 놈아!"

채옥이 노 서방의 머리칼을 잡아당겼다. 가짜 상투가 획 빠지면서 채옥은 비틀거려 넘어질 뻔했다. 반들거리는 노 서방의 대머리가 드러났다.

"알겠구나 니 별명이, 왜 강화도 노지심인지. '묻지 마!' 하고 길 가는 사람 때려죽인 천둥골 벽력쇠하고 같은 옥에다 처넣으면 다 불겠지. 벽력쇠가 너 참 좋아하겠다."

"다, 다, 다, 다 말하께요. 뚜, 뚜, 뚜, 뚜드리 패지만 마이소."

"이놈아! 내 딸 어쨌어!"

심학규가 노지심의 멱살을 잡았다.

"무, 무, 무슨 딸?"

"내 딸한테 공양미 300석을 말하지 않았느냐?"

"아, 그, 그, 그, 그건 내가 받아야 하, 하, 할 돈이오. 처, 처, 청이가 빚을 졌거든."

"내 딸이 왜 네놈한테 빚을 져?"

"50석을 원금으로 빌려간 때가 자, 자, 작년이구마. 이, 이, 이자까지 300석이요."

"미친놈이네. 이거 완전히! 몇 곱절로 받아먹어? 이자를?" 채옥이 부채로 머리를 때렸다.

"청이 어딨어?" 심학규가 먹살을 흔들어댔다.

"이, 이, 이양선 탔어."

"이양선? 내 딸이 그런 걸 왜 타?"

"내 돈 갚, 갚, 갚아야 할 거 아니라?"

"외국 놈들한테 팔아넘긴 거로구나! 이 죽일 놈아!"

"아냐! 나도 사실 당신 따, 따, 딸을 찾고 있어. 배, 배, 배도 사람도 안 보이니까."

"이놈아……." 심학규가 힘없이 주저앉았다. "대체 내 딸이 왜 너 같은 놈에게 빚을 졌단 말이더냐……."

"나도 몰라. 기, 기, 기, 김 도령한테 물어봐."

8

강화도 노지심이 포교들에게 끌려가 취조를 받았다. 채옥은 심학규를 찾아와 그간 딸에게 일어났던 일에 관해 알려주었다. 그녀의 도치(倒置) 화법이 거슬릴 수 있으므로 전지적 작가가 요약해서 설명하기로 하겠다.

2년 전 먼 친척 아주머니의 소개로 한양으로 올라온 섭주 처녀 심청은 장신구 가게에 점원으로 들어가 부지런히 일했다. 열심히 돈을 벌어 고향으로 내려가 아버지를 봉양할 생각이었지만 아무리 힘겹게 일해도 돈은 모이질 않았고 막상 한양 사람이 되니 한양을 떠나기도 쉽지 않았다. 지방에 내려가면 살지 못할 것 같았다. 친척 아주머니는 자식이 없는데다가 남편까지 죽자 혼자가 무서워 청이를 부른 것이었는데, 작년 가을 그녀도 복국을 끓여 먹다 중독되어 죽고 말았다.

심청은 여자 혼자 사는 게 얼마나 무서운 일인지 아주머니가 죽고 나서야 알았다. 텅 빈 오두막에서 밤마다 불안에 떨어야 했다. 1년 가까이 구애해오던 젊은이에게 마음을 연 것도 이 같은 무서움과 외로움이 원인이었다. 김 도령이란 서생은 늘 심청의 곁을 지켰고 선을 넘는 짓을 하지 않아 적잖이 위로가 되었지만 무슨 일을 하는지는 한 번도 밝힌 적이 없었다. 세상 물정에 밝고 시시콜콜한 것까지 잘도 알았지만 글공부를 하는 사람은 아닌 듯했다. 그는 허생 같은 머리 좋은 장사치 같았다. 어쨌든 마음씨가 비단 같고 헤아리는 눈치가 빨라 심청은 혼자의 무서움을 덜 수 있었다.

어느 날 김 도령이 심청을 찾아와 산비둘기를 닭고기로 둔갑시켜 시중 닭보다 싸게 유통시키는 방법이 있다고 했다. 밑천만 있으면 몇 배는 될 떼돈을 버는 건 손바닥 뒤집기보다 쉽다고 했다. 심청은 그 떼돈이면 아버지를 편히 모실 수 있겠다고 짧게 생각했다. 그래서 벌어놓은 돈을 김 도령에게 빌려주었다. 설상가상으로 김 도령은 노지심이 소속된 고리대금업 조직의 우두머리 나거상에게도 돈을 빌렸는데, 이 자리에 심청을 데려갔다. 강화도 꽃놀이 여행인 줄 알고 연인을 따라갔던 심청은 잘 알지도 못하는 문서에 간단히 이름을 쓴 행위가 채무 연대 보증인 줄도 몰랐다.

거액이 손에 들어오자 김 도령은 자취를 감추었다. 심청은 집안의 반대를 이유로 교제를 비밀로 해달라는 김 도령의 부탁을 그간 지켜왔는데, 행방불명된 그를 찾기 위해 공개적으로 수소문하자 그의 정체가 그냥 김 도령이 아니라 여자를 농락하고 돈을 후려치는 '봉이 김 도령'임을 알아냈다. 피해자도 여럿이었다. 봉이 김 도령에게 돈을 떼인 고리대금업자들은 심청을 찾아와 원금보다 더 비싼 이자를 내놓으라며 협박했다. 가족을 찾아간다고 했고 기생으로 팔아버린다고도 했다. 겁이 난 심청은 시골에 있는 아버지를 불러왔다. 장애가 있는 노인을 보면 그들이 동정심을 베풀 거라는 막연한 기대에서였다. 하지만 악귀 같은 고리대금업자는 아버지의 면전에서 공양미 300석 운운하며 협박 아닌 협박을 이어갔다. 그들은 인간이 아니었다.

수금 업무로 마포에 온 노지심은 노름판 쩐주이자 매운탕용 민물고기 공급업자로 1인 2역을 펼치는 어부인 '매봉산 변광쇠'로부터 한강을 표류 중인 검은 이양선을 봤다는 말을 들었다. 선원들이 하나도 안 보이는데 상자가 가득 쌓인 것이 값나가는 물건이 잔뜩 든 상선 같다고 했다. 그런데 음산한 기운이 풍겨서 자기는 물론, 경험 많은 어부들도 들어가기를 꺼린다고 했다. 물론 수군에 신고도 하지 않았다. 노지심은 변광쇠에게 술을 먹여 그 배가 어디에 표류하는지 알아냈다. 기찰을 잘 하지 않는 강과 소나무 숲이 잇닿는 안개 낀 기슭이었다. 중형급인 검은 범선은 십자가에 묶인 여자 동상이 앞에 붙어 있었고 양 옆으로 큰 구멍이 눈처럼 두 개 뻥 뚫린 것이 유령선 같았는데, 안개가 강에서 솟아나오는 건지 배가 입김처럼 안개를 뿜어내는 건지 모를 정도로 섬뜩했다. 찢어진 돛에는 피가 묻어 있었고 이상한 도형과 기호가 새겨져 있었다.

이튿날 노지심은 다시 현장에 갔는데 그 사이 이양선은 흰색으로 변해 있었다. 여자 동상은 그대로였지만 돛은 멀쩡했다. 사람이 아닌 귀신 짓이었다. 서양 귀신은 조선 귀신보다 더 무서울 것 같아 노지심은 배에 오르려던 마음을 접었다. 대신 심청을 비롯한 다섯 처녀를 강제로 태워 돈 될 만한 것은 다 쓸어 담아 오라고 협박했다. 다섯 처녀 모두가 노지심에게 채무를 지고 있는 고리대금업 피해자들이었다. 그녀들 모두가 현재까지 행방불명이다.

이야기를 들은 심학규는 탄식했다.

"그 중이 공양미 300석 얘길 꺼냈을 때 청이가 '아버지가 앞을 못 보니 마음이 아프다'고 했소. 불쌍한 것. 아버지와 함께 밥을 먹는 자리에서도 그 아이는 협박을 당하고 있었던 거요."

보이지 않는 눈에서 눈물이 쏟아졌다.

심학규는 그간 몰랐던 딸의 한양 생활을 알아내자 가슴이 찢어졌다. 눈에 넣어도 안 아플 딸이 사기협잡꾼들이 판치는 세상에서 협박당하고 쓰지도 않은 빚을 독촉당하는 지옥 같은 삶을 살아왔던 것이다. 충격받은 건 채옥도 마찬가지였다. 그렇게나 심청과 가까웠으면서도 내막을 전혀 몰랐다. 아마도 포교인 그녀가 옆에 있으면 고리대금업자들도 접근하기 어렵기에 그녀를 친언니처럼 의지했을 터였다. 그러나 심청은 단 한 번도 개인적인 사정을 그녀에게 얘기하지 않았다.

"봉이 김도령이란 놈을 어떻게 잡을 수 있겠소?" 심학규의 음성이 분노로 떨렸다.

"널렸어요, 한양에 그런 사기꾼은. 청이도 처음부터 그렇게 넘어간 건 아닐 거예요. 혼자인 게 너무나 힘이 들었을 테지요."

조 포교, 심 포교도 심학규를 위로했다.

"저희가 계속 찾아보겠습니다. 놈들을 수군에 데려가 그 이양선을 찾아보겠습니다. 그들 말이 사실이라면 따님은 그 배 안에 있을 겁니다."

이때 포졸 하나가 숨이 가쁘게 복초로 달려왔다.

"큰일났습니다! 여섯 명의 시체가 추가로 발견되었습니다!"

"뭐라고!" 채옥이 벌떡 일어섰다.

심학규는 간이 철렁했다.

"퇴관 박 교리 댁 부부와 하인들이랍니다. 남자들 셋은 칼 같은 것으로 목을 베인 시체로 발견되고, 여자들 셋은 나루터의 시체들처럼 오장육부가 사라지고 껍질만 남은 생선포 꼴로 발견되었답니다."

"어디서 발견되었어?"

"매봉산입니다. 꽃놀이를 갔다가 변을 당한 모양입니다."

채옥은 조 포교와 심 포교를 둘러보았다.

"각자 나눠서 해야겠구만, 우리도 수사를."

좌중이 떠들썩했다. 하루 만에 아홉 구의 시체가 발견된 것이다. 이 급보에 심학규를 신경 쓰는 이는 아무도 없었다. 포교들이 바빠졌다.

빵덕 모자에게 의지한 채 심학규는 터벅터벅 걸어 집으로 돌아왔다. 한양은 두 번 다시 오고 싶지 않은 무서운 곳이었다.

그날 오후 포교들이 검시를 한 결과, 어떤 공통점을 찾아냈다. 눈과 입이 뻥 뚫린 채 오장육부가 사라진 여섯 시신의 목에는 이빨 자국이 나 있다는 것이다. 피를 빨아먹는 맹수를 조심하라는 방이 붙으면서 한강 주변이 떠들썩해졌다. 그러나 포도청 역시 맹수의 존재 따윈 당연히 믿진 않았다. 피를 빠는데 내장이 딸려 나올 리 만무했기 때문이다. 어떤 초현실적인 힘이 범죄에 작용했는데 아무리 분석해도 실체를 규명할 수 없었다.

오후 늦게, 변광쇠를 앞세운 수군 별장이 수군을 데리고 이양선이 있는 자리로 출동했다. 매봉산 변광쇠는 분명 그 자리가 맞긴 한데 배가 사라지고 없다고 말했다. 검은 배냐 흰 배냐는 질문에 그는 제대로 대답을 못해 조사에 불성실하다고 머리까지 얻어맞았다. 급기야 변광쇠는 자신이 진짜 서양 배를 보긴한 건지 확신할 수조차 없게 되었다.

저녁이 되었다. 장터의 소음도 끝이 나고 백성들은 각자의 집으로 돌아갔다.

"이것 좀 들어보시우. 이틀 동안 아무것도 못 드셨잖아요."

뺑덕 어미가 밥을 차려왔다. 심학규는 아무것도 목구멍으로 넘길 수 없었다.

"아저씨, 누나는 꼭 올 테니 밥 좀 드셔보시우. 안 드시면 내가 먹소."

뺑덕이 권하다가 뺑덕 어미에게 또 알밤을 맞았다. 심학규는 청이를 보고 있었다. 그가 앞을 볼 수 있을 때 기억하는 작고 귀여운 다섯 살 청이의 얼굴을. 오지 않는 그녀 때문에 어두운 세상은 더 컴컴했다.

"혼자 있고 싶소."

심학규의 말에 뺑덕과 뺑덕 어미가 일어섰다.

"밥상은 그대로 두고 갈 테니 힘 좀 내서 한 숟갈 드세요."

심학규는 두 사람이 나가도 슬픈 눈길을 벽에다 고정시킬 뿐이었다. 어서 아버지 돌아왔어요 하는 청이의 목소리가 들리길 바랐다. 시간이 얼마나 흘렀을까. 어떤 목소리가 귀로 흘러들어왔다.

"보세요 여보, 그 씨앗이 정말로 박이 됐어요."

"이럴 수가…… . 하루아침에 씨앗이 박이 되다니!"

"놀부 아주버님 말은 무시할 게 못 돼요!"

"그게 어디 놀부 형님 덕이야? '그분' 덕이지!"

"꼴에 투기는! 얼른 자르기나 해봐요."

톱질 소리가 들려왔다. 잠시 후 뭔가 크게 쪼개지는 소리가 들려왔고 숨죽인 환호성 소리가 이어졌다.

"우린 이제 부자다! 정말 그게 있어!"

"이럴 수가! 이게 정말 박 속으로 들어오다니…… . 정말 '그건' 천지신명인가 봐요!"

"입 조심해! 절대 남들이 알면 안 돼!"

"그걸 말이라고 해요?"

"젠장, 그 처녀가 불쌍하군."

"그 덕에 천지신명이 진짜로 있다는 걸 알았잖아요!"

"여보, 그런데 이상해."

"뭐가요?"

"저 제비가 계속 우리를 노려보는 것 같지 않아?"

"원, 별 이상한 소릴 다 듣겠네."

"아냐. 그 배에 갔다 온 후로 저 제비가 이상해. 저놈이 지켜볼 때마다 무서워 죽겠다구. 다리를 부러뜨려 버릴까?"

"시답잖은 소리 말고 빨리 이걸 숨기기나 해요. 포졸이라도 보면 우린 끝장이오. 제비가 방금 날아갔수. 꼭 당신 말을 알아들은 거 같네, 호호호."

심학규는 호흡을 가다듬고 귀를 기울였다. 흥부네 집에서 부스럭거리며 물건을 치우는 소리가 있었지만 더 이상의 대화는 없었다.

이번엔 옆집에서 혹부리영감의 목소리가 들려왔다.

"혹이 떨어졌구나! 이양선의 그 신은 직녀무당 따위가 모시는 조선의 잡신이 아니야! 진정한 천지신명이야! 어쩔 수 없는 일이었지만 그 처녀가 불쌍하구나……."

이양선! 천지신명! 두 집은 공통적인 소재를 대화로 나누고 있다. 더군다나 '그 처녀'라니! 심학규가 바깥을 향해 소리쳤다.

"뺑덕아! 뺑덕아!"

마당에서 팔굽혀펴기를 하던 뺑덕이 급히 달려왔다.

"왜요, 아저씨? 무슨 일 있어요?"

"얼른 그 다모를 데려와다오."

"또요? 나 바쁜 몸인데……."

"어서 불러다오!"

10

시신이 연쇄적으로 발견된 와중에 불려와서인지 채옥은 약간 못마땅한 얼굴이었다. 상대방의 표정을 볼 수 없는 심학규는 흥분했다.

"이양선을 탄 자들을 알아냈소."

"정말이에요, 그게?"

"채광창 앞에 서보면 집 세 채가 보일 거요. 아무도 안 사는 세 번째 집 빼고 두 집엔 사람들이 있는데 그들이 모두 배를 탔답니다."

"이양선이래요?"

"그렇게 말했소!"

"어떻게 아시죠 그 사실을, 아버님은?"

"내가 직접 들었어요."

"아는 사이에요, 저 사람들이랑?"

"아니오. 그들이 속닥이는 걸 내가 들었어요."

채옥은 그가 무슨 말을 하는지 몰라 어리둥절했다.

"어디서 속닥여요?"

"그들이 말하는 걸 바로 여기서 들었소. 나는 귀가 아주 예민해서 아무리 먼 거리에서 떠드는 소리도 정확히 들을 수 있어요. 내 딸이 사라진 날, 저 사람들도 사라졌어요. 그런데 이제 돌아왔고 하나같이 이양선을 탔다, 그 처녀가 불쌍하다는 얘길 하더란 말이오."

무거운 침묵이 흘렀다. 심학규는 채옥이 어떤 얼굴로 자신을 바라볼지 궁금했다.

"물어는 볼게요, 아무튼."

채옥은 그 말과 함께 나갔다. 뺑덕이 속삭였다.

"저기서 아무리 크게 떠들어도 여기선 안 들릴 텐데……."

"내 귀엔 들린다. 사람 몸은 하나가 정상적이질 않으면 다른 하나가 정상을 초월하게 돼. 내 귀는 젊은 너보다 몇 곱절은 나을 게다."

"어! 내가 속삭인 말을 다 들었어요?"

뺑덕 어미가 다가왔다.

"청이 아버지, 청이가 너무 걱정되서 그런 착각을 한 건 아닐까요?"

"착각이 아니오, 아주머니! 내 귀는 남들이 못 듣는 걸 들을 수 있다니까요."

흥부네와 혹부리영감네 집으로 갔던 채옥이 돌아왔다. 그녀는 심학규의 잘못을 강조하려는 듯 말투의 순서에 신경을 썼다.

"두 집 다 배를 탄 적이 없고, 집에 계속 있었다는데요."

"그렇지 않아요! 저들은 모두 그날 집에 없었어요!"

"물증이 있나요?"

"저 사람들 집에서 아무 소리도 없었으니까요. 개미 기어가는 소리도 없었소! 분명히 그날 집에 없었소."

"만약 어떤 사람이 집에 있는데 인기척을 안 내면 그가 집에 있는지 없는지 어떻게 알 수 있을까요?"

"그 사람들 저희끼리 얘길 했어요. 이양선에 갔다고요. 우리 청이를 알고 있을 거요."

"어르신, 노지심이 이양선에 보낸 이들은 청이를 비롯한 또래의 아가씨들 다섯 명이랬어요. 모두 빚이 있는 처녀들인데 뭐든지 돈 될 만한 건 훔쳐 나오라고 시킨 거죠. 그 다섯 명과 이양선은 지금 행방불명이고요. 노지심은 홍부나 혹부리영감은 말하지 않았어요. 거기 탄 건 젊은 여자 다섯 명이라고요."

"노지심도 변광쇠도 배를 안 탔다는데 지들이 어찌 다 알아요? 저 두 집 사람들이 몰래 숨어 있었을 수도 있잖소?"

"배를 탄 적이 없대요. 집 밖에 나간 적도 없고."

"그럼 좀 전에 내가 들은 말은 뭐요?"

"환청을 들으신 모양이죠, 청이를 너무 걱정하다 보니."

"아니오, 저들은 분명 배를 탔고 거기서 귀중한 뭔가를 발견했다는 말을 했어요. 천지신명을 봤다고도 했어요."

"그럼 어떻게 해요? 저 사람들 집을 뒤져요, 아무 이유도 없이? 어르신, 이곳까진 들리지 않아요, 저 거리에서 아무리 크게 소리쳐도. 하지만 어르신은 속닥이는 소릴 들었다고 했잖아요.

속닥이는 소릴! 도무지 가지 않아요, 이해가."

채옥은 좀 심했다 싶었는지 목소리를 부드럽게 했다.

"어르신, 잘 알고 있어요, 청이를 걱정하는 거. 그래서 다 증거처럼 들릴 테죠, 사소한 것도. 무슨 소리든 청이 얘기 같겠죠. 하지만 지금은 그런 데 신경 쓸 틈이 없어요. 생선포처럼 말라 비틀어져 죽은 시신이 여섯 구에, 예리한 걸로 목을 베인 시신이 세 구예요. 위험한 살인마가 거리를 돌아다니고 있다구요."

"사람이 어떻게 그렇게 죽지요?"

"이상해요, 저희도 그게. 그래도 살인은 귀신이나 천지신명이 아니라 사람이 하는 거랍니다."

심학규가 고개를 떨구었다. 뺑덕 어멈이 채옥에게 물었다.

"혹이 길 건너 사람들한테 청이 아버지 얘길 했수?"

"아뇨, 내가 왜 목격자, 아니 이청자(耳聽者)를 얘기하겠어요?"

"그런데 저 영감이 왜 고개를 내밀고 이쪽을 바라보지?"

"누구 말이오?"

심학규가 물었다.

"혹부리영감이요. 이쪽을 보고 있어요. 아이구, 무서워라."

채옥은 상대방이 볼 수 없게 숨어 있었다. 모습을 드러내면 신고자가 심학규라는 걸 상대방에게 알리는 것이기에.

심학규가 뺑덕 어미에게 물었다.

"그의 턱에 혹이 없어지지 않았소? 큰 혹 말이오?"

"그거야 벌집처럼 붙어 있죠. 날 때부터 붙은 혹이 어디 갈 리 없잖아요."

심학규가 이마를 쳤다. 내가 망령이 들었구나. 청이가 걱정되니 헛소리를 다 들은 거였어. 혹을 떼다니 말이 안 되지.

뺑덕 어미는 혹부리영감이 이쪽을 바라보자 걱정이 되었다. 길 건너 사는 사람들은 어딘가 음침했고 이웃과 친하지도 않았다. 그들은 범죄를 연상케 하는 이들이었다.

11

채옥이 떠나고 심학규는 홀로 남았다. 뺑덕 모자도 돌아갔다. 시간이 흐르면서 장터의 소란도 서서히 사라졌다. 어둠이 깔리고 있었다. 심학규는 발달한 코로 엄습해오는 습기를 맡았다. 습기에는 농번기의 기대가 아닌, 원인 모를 사악함이 깃들었다. 곧 천둥소리와 함께 비가 내리기 시작했다. 비는 강한 기세로 쏟아졌다.

두 집에서 소리가 들려왔다. 그러나 투닥거리는 빗소리가 너무 격렬해 소리는 명확하게 전달되지 않았다.

"어떻게…… 알고…… 다모가……."

"명심해! …… 비밀 서약을……."

"어쩌지……. 그 처녀…… 이렇게 될 줄…… 랐어……."

"못 본…… 해! 가만 ……라구……!"

"어기면 …… 죽는……."

"헛된 욕…… 품지 마……. 과하…… 죽어……."

비가 더 세게 내렸다. 소리에 집중하니 타닥타닥 소리가 리듬을 탔고 자장가처럼 들려왔다. 어느 순간 심학규는 쏟아지는 졸음에 눈을 감았다. 그는 얼마 후에 깼는데 그새 비는 그쳐 있었다. 두 집에서는 아무 소리도 들려오지 않았다. 대신 그는 새로운 소리를 들었다. 개구리인지 두꺼비인지 모를 것들이 떼로 울어댔다. 이상하게도 원성과 저주, 악의와 숭배 같은 이미지를 느끼게 하는 소리였다. 이어지는 고양이 울음이 두꺼비 떼를 잠재웠는데 여느 고양이 소리와 달라 심학규를 긴장케 했다. 소름이 끼쳤다. 울음 사이에 어떤 이의 주문을 외우는 듯한 낮은 읊조림이 있었던 것이다. 무슨 소린지 알아듣진 못했지만 여태껏 비어 있던 세 번째 집에서 들려오는 것 같았다. 그 소리를 듣자 악몽에 질리고 가위에 눌리는 기분이었다. 심학규는 방구석에 웅크리고 앉은 채 몸을 심하게 떨었다.

　새벽녘 잠복근무를 나섰던 채옥은 한 어부로부터 표류하는 이양선을 봤다는 제보를 받았다. 검은색이냐 흰색이냐는 질문에 어부는 흰색이라고 분명하게 답했다. 제 2의 제보도 들어왔다. 인근 사찰에 새벽 공양을 갔던 대감댁 처녀 세 명이 또 눈과 입이 뻥 뚫리고 오장육부가 사라진 채 쪼그라든 시신으로 발견되었다는 것이다. 그녀들을 호위하던 남자 하인 네 명도 예리한 흉기에 목이 베여 죽었다.

12

다음 날은 날이 활짝 갰다. 꼬부랑할멈은 방에 누워 있다가 누가 문을 두드리는 소리를 들었다.

"누구요?"

"나야, 혹부리."

"아들놈이 보면 야단날 텐데 아침부터 여긴 무슨 일이야?"

꼬부랑할멈이 문을 열다가 깜짝 놀라고 말았다. 영감의 얼굴에 붙은 벌집만 한 혹이 사라지고 없었다.

"혹이 어디 갔어?"

"떼 버렸지. 나 잘 생기지 않았어?"

"말도 안 돼……. 어떻게 그 혹을 떼 버렸단 말야?"

혹부리영감은 비단 주머니를 꺼내 어제까지 얼굴에 붙어 있던 커다란 혹을 꺼냈다. 얼굴에 갖다 대니 척하고 붙었고 잡아당기니 쉽게 떼어졌다.

"세상에나! 이게 무슨 조화야!" 할멈이 놀랐다.

"붙이고 떼는 것도 내 마음대로야."

"대체 어떻게 한 거야?"

"아무한테도 말하지 마."

혹부리영감의 눈이 욕망으로 이글거렸다.

"천지신명이 내게 이런 능력을 줬어."

"어떤 천지신명이?"

"그건 말할 수 없어. 비밀을 지키라고 했으니."

혹부리영감이 할멈의 곁에 앉았다. 할멈은 눈을 흘겼지만 비키지 않았다. 오히려 영감의 곁으로 조금씩 붙어 앉았다. 영감은 서서히 애가 탔다. 젊은 시절 유명한 기루의 기생이었던 할멈은 고령에도 불구하고 이목구비가 뚜렷한 미인상의 여인이었다. 정승을 지낸 어느 유림과 나루터에 물놀이를 나갔던 그녀는 파도 때문에 군함에서 굴러떨어진 포탄에 부딪쳐 허리를 크게 다쳤다. 거동이 불편해지자 기생 생활도 그만둘 수밖에 없었고 남자들은 더 이상 그녀를 찾지 않았다. 정승 출신 유림도 그녀를 외면했다. 돈이 떨어지자 그녀는 동네 한량인 수양아들에게 의지하는 상태로 전락했다. 기생 생활로 풍족히 벌어준 돈으로 노름판이나 기웃거리던 수양아들은 더 이상의 물질적 지원이 없자 망나니로 변해 봉양을 제대로 하지 않았다. 그 사정을 아는 혹부리영감은 꼬부랑할멈을 자기 곁에 두고 싶어 했고 끈덕지게 구애해왔던 것이다.

"자, 혹을 뗐으니 나랑 같이 살자. 내 돈도 갖고 왔다."

영감이 주머니에서 엽전 뭉치를 꺼냈다. 할멈은 놀랐으나 내색하지 않고 갑자기 불어난 엽전과 떨어진 영감의 혹을 계산적인 눈빛으로 번갈아 살폈다.

"안 돼! 어떤 천지신명인지는 몰라도 내 허리도 펴야지. 내가 영감 여자가 되는 건 그다음이야."

"그건 나도 어쩔 수 없어. 굽혀진 허리를 어떻게 편단 말야?"

"천지신명이 혹을 떼어줬다며?"

"......."

"자, 나한테 말하고 싶어 온 거잖아. 어떤 천지신명이지?"

영감은 답하지 않았다. 할멈은 일부러 몸을 빼 영감과 거리를 두었다. 영감은 애가 탔다.

"우리가 부부가 되려면 서로 간에 비밀이 없어야지."

"부부라!"

"모두가 부러워할 부부지."

"정말 아무한테도 말 안 할 거지?"

"그럼."

꼬부랑할멈의 뺨이 혹부리영감의 뺨에 닿았다. 귓속말을 하라는 신호는 혹이 없어졌기에 가능한 일이었다. 유혹에 영감은 넘어갔다.

"며칠 전 우리는 이양선을 탔지. 흥부 형 놀부가 송파 쪽에서 사람 없이 흘러가는 이양선을 봤는데 마포나루 쪽으로 가고 있단 얘길 했었거든. 놀부와 나는 예전에 함께 동업을 했던 사이야. 그 이양선엔 귀한 짐이 가득 있다고 했지. 사람 눈에 띄지 않는 곳에 정박해 있었어. 나와 흥부 부부, 그리고 처녀 한 명이 새벽에 그 이양선을 털기로 했어. 우린 작전을 짜서 그 배에 올랐는데 예상과 달리 값나가는 물건은 없었어. 대신 그 배엔 지하실이 있었지. 거기서 우린 천지신명을 만났어. 무슨 일이든 들어주는 신이 거기 있었단 말이야."

"배의 지하실에서 신을 만났다고? 그 신은 지금 어딨어?"

영감은 잠시 고민하는 듯했다.

"절대로 얘기하지 말라고 했는데……."

"이미 얘기했잖아?"

할멈은 잠시 말이 없다가 눈을 가늘게 떴다.

"당신 혹을 깨끗이 떼어낸 걸 보면 그 신이 내 허리 펴게 하는 건 일도 아닌 것 같은데. 말해봐. 그 배에 있나?"

"배는 떠났어."

"뭐? 떠났다구?"

할멈의 예쁜 얼굴에 실망의 기색이 서리자 영감은 결심했다는 듯 말했다.

"배는 떠났지만 신은 있어. 이따가 점심때 우리 집에 와."

할멈이 의혹에 찬 눈초리로 영감을 보았다.

"왜 또 당신 집에 가야 하는데?"

"우리 집 가까운 곳에 신을 모셔놨거든."

"정말이야?"

"그래. 내가 부탁해볼게. 난 할멈을 위해서라면 뭐든지 할 수 있어. 만약 할멈이 허리를 펴면 나랑 살아야 해. 알았지?"

"그거야 당연하지."

꼬부랑할멈의 손이 영감의 얼굴, 혹이 떨어진 자리를 어루만졌다. 영감이 갑자기 고개를 휙 돌렸다. 할멈이 깜짝 놀랐다.

"왜 그래?"

"창가에 방금 제비가 한 마리 앉아 있었어."

"제비가 어때서?"

"아니야."

혹부리영감은 절대로 비밀을 누설하지 말라는 흥부의 경고를 떠올렸다. 아니, 그건 흥부의 경고가 아니었다. 이양선에서 만난 천지신명의 경고였다. 하지만 그는 할멈을 놓치기 싫었다.

13

아침부터 심학규는 세 번째 집에 귀를 집중했다. 누군가 들어와 있음은 분명했다. 해가 높이 솟았지만 땅이 질척거려 장사치들은 평소보다 숫자가 적었다. 심학규는 작은 단서라도 잡기 위해 길 건너 세 집에 소리의 신경을 모으고 있었다. 홍부 부부도 혹부리영감도 인기척이 없었다. 세 번째 집에서는 코를 고는 소리가 났는데 가래가 끓는 듯했고 큰 산짐승 같은 우악스러움이 있었다. 덩치가 큰 어떤 사람이 잠을 자고 있는 게 분명했다.

누군가 급히 달려와 어떤 집의 문을 여는 소리가 났다. 홍부네 집인지 혹부리 집인지 몰랐다. 다시 그 사람이 문을 열고 나와 어딘가로 달려가더니 다른 문을 두들기는 소리가 났다. 코골이 소리가 뚝 멈추었다.

열쇠로 자물쇠 따는 소리, 문이 열리는 소리가 났다. 역한 냄새가 잠시 동안 밀려들었다. 문을 닫자 냄새는 사라졌는데 세 번째 집인 것 같았다. 어젯밤 두꺼비 떼와 고양이가 울고 나서 그 집에선 냄새가 났다. 뭔가를 끓이는 냄새였다. 약초를 끓이는 쓴 냄새였는데 한약재하고는 근본부터가 달랐다. 그 사악한 냄새가 코로 들어온 순간 심학규의 머릿속에서는 전란 중의 칼부림, 검은 두건을 쓴 자들의 약탈, 썩어가는 시체들, 역병을 몰고 오는 까마귀 떼 같은 이미지들이 지나갔다.

지붕에서 고양이 울음이 들렸고 가끔 제비가 짹짹거리는 소리도 들려왔다. 드디어 세 번째 집 안에서 목소리가 들려왔다. 어떤 목소리가 누군가에게 사정하고 있었다.

"부탁이오. 한 번만 더 소원을 이뤄주면 다시는 찾지 않겠소."

그러자 몹시 화를 내는 답이 이어졌는데 목소리가 카랑카랑했다. 어느 쪽 사투리인지 심학규가 잘 알아듣지 못하는 말이었다. 상대방도 비아냥거렸다.

"처녀들이 줄 시신으로 나오던데? 꼬리가 길면 밟히는 법이지."

다시 화를 내는 알아들을 수 없는 답이 이어졌다. 상대방도 언성을 높였다.

"당신을 거기서 빼내준 게 누군지 기억하시오! 그거 한번 못 도와준단 말이오?"

심학규는 소리를 내지 않고 바닥을 짚어 마루로 기어 나왔다.

"뺑덕아! 뺑덕아!"

"아웅……, 또 왜요?"

늦잠을 자던 뺑덕이가 일어났다. 심학규는 빨리 오라고 소매를 잡아당겼다.

"뺑덕아, 어제부터 길 건너 세 번째 집에 누가 들어와 살고 있다. 그리고 지금 누가 그자를 만나려고 들어갔어. 저놈들이 청이를 납치했는지도 몰라. 지금 일어나는 연쇄살인하고 관련 있을 수도 있어. 잘 보고 있거라. 거기서 누가 나오는지."

"아무 소리도 안 들리는데요?"

"내 귀엔 들린다. 가만히 있거라."

그는 장터의 소음을 뚫고 귀에 온 신경을 집중했다.

"어떤 남자가 누구한테 부탁을 하고 있어. 상대는 알아들을 수 없는 말로 화를 내는데 이제 그 사람도 협박을 하고 있어. '그러니까 딱 한 번만 들어달라지 않소? 포졸한테 다 말해버릴까?' 이렇게 말하고 있어."

"우리 엄니는 그런 말 하면 못 쓴다 그랬지만 나는 말하겠소. 어르신한테 노망이 온 거 같소!"

"아니야! 헛소리를 하는 게 아니야!"

"어떻게 이 거리에서…… 어!"

뺑덕이 하품을 하다가 놀란 듯 말했다.

"어르신! 정말이네요! 방금 혹부리영감이 세 번째 흉가에서 나왔어요."

"혹부리였구나! 왜 내가 그자의 목소리를 못 알아들었지?"

"이것 봐라. 뭔가 이상한데……."

"뭐가?"

"분명 정상인데 뭔가 비정상 같거든요. 혹부리인지 혹불이인지 왜 그런 느낌 있잖아요? 맞는데 아닌 거 같은……."

"그게 대체 무슨 소리냐?"

"알았다, 알았어! 부처님 맙소사! 혹이 반대쪽에 붙어 있어요!"

심학규가 주먹을 불끈 쥐었다.

"역시 내가 들은 건 환청이 아니었다."

"혹을 붙였다 뗐다 마음대로라니 저 영감, 청나라나 왜나라 첩자가 아닐까요?"

심학규와 뺑덕이 전장터의 장수들처럼 흥분했다.

"어떻게 다모라도 부를까요?"

"일단 기다려봐. 아무런 증거가 없잖느냐. 영감은 어때 보이냐?"

"멍한 얼굴로 나오는데요? 자다 깬 사람 같아요."

"그럴 리가 없는데? 아깐 화를 막 냈는데."

"아뇨, 이상해요. 혼이 빠진 사람 같아요."

뺑덕이 숨죽여 외쳤다.

"어르신! 그 집에서 또 누가 나왔어요!"

"누구냐?"

"여자 같아요. 몹시 키가 큰데 쓰개치마로 온몸을 가리고 있어요. 검은 고양이 한 마리가 그를 따르고 있구요."

"얼굴을 자세히 봐."

"완전히 가렸어요. 그늘져 어둠밖에 안 보여요. 키가 정말 커요."

14

채옥은 수군들과 이양선 앞에 도착했다. 어부의 제보는 사실이었다. 배에는 음란한 여인상이 디자인되어 붙어 있었다(서양의 비너스 여신상을 알아보지 못했기에 음란하다고 생각했다). 흰색 범선이었다. 돛은 멀쩡했고 핏자국도 없었지만 사람이 없는 건 분명해 보였다. 그러지 않고서야 표류해올 리가 없었기 때문이다. 안개가 걷혀 선체가 선명히 드러났다.

무술에 뛰어난 젊은 수군들이 강기슭에 비스듬히 정박한 배에 밧줄을 던졌다. 그들이 빠르게 배를 밟고 오를 때까지도 배에서는 아무도 나타나지 않았다. 채옥도 밧줄을 던지고 배 위로 올랐다. 나비처럼 가뿐한 그녀의 무예는 눈부셨다.

갑판에 올랐을 때 선실 문이 열리더니 조총을 든 남자가 하나 나타났다. 그는 덥수룩하고 구불구불한 노랑머리를 갖고 있었는데 수염까지 모발과 똑같은 색이었다. 수군들이 도깨비 같은 형상에 당황할 때 채옥이 명령했다.

"투승!"

수군들이 일제히 그물을 던졌다. 서양 남자는 저항 한번 못해보고 그물에 사로잡히는 신세가 되고 말았다.

"놈을 잡았다!"

"선실을 뒤져라!"

수군들이 일제히 문을 열고 선실 안으로 진입했다. 안쪽에서 여자들의 목소리가 들려왔다.

"노지심이 말한 다섯 처녀들이 있습니다!"

"이놈! 이 노랑머리 색목인아! 너는 조선 처녀를 납치한 인신 매매꾼이로구나!"

그때 머리를 길게 풀어헤친, 어여쁜 처녀가 달려 나오며 소리쳤다.

"언니! 이분은 나쁜 사람이 아니에요!"

"청이로구나! 너 무사하니!"

"네! 아버지는요?"

심청과 채옥이 얼싸안았다. 노랑머리 외국인은 도다리처럼 그물을 뒤집어쓴 채 입만 껌뻑거렸다.

15

흥부는 버려진 움막집에서 어떤 사나이를 만나고 있었다. 장승인지 사람인지 분간할 수 없는 생김새의 사나이였다. 그는 왜인들과 주로 거래하는 밀수범이었는데 힘이 장사여서 '육 서방'이란 이름 대신 '육백만 냥의 사나이'라고 범죄업계에서 일컬어지는 자였다.

"이게 박 속에서 나온 물건이야."

흥부가 종이봉지들을 들이밀었다. 육백만 냥의 사나이는 봉지 안의 가루를 손가락으로 찍어 맛보았다.

"이걸 어디서 구했다고?"

"놀부 형님이 구해줬다."

"거짓말하지 마! 놀부는 가루를 팔아본 적 없어! 너 혹시 포도청 앞잡이는 아닐 테지?"

"구하는 방법을 알아낸 거야. 하지만 말할 수 없으니 이해해."

"그러니까 포도청 앞잡이가 아니란 말이다."

"내가 포도청 앞잡이면 오늘부터 나를 흥부라 부르지 말고 흥 포교라고 불러라. 자, 거래 얘길 해보지. 얼마에 살 거야?"

"잠깐만, 누가 오는 것 같은데?"

두 남자가 입을 다물자 과연 집을 둘러싸는 인기척이 생겨났다. 하나둘이 아니었다. 거센 발길질에 문짝이 박살났다.

"쥐새끼들이 여기 숨어 있었구나!"

육모방망이를 든 포졸들이 함성과 함께 들이닥쳤다.

"너희들은 포위됐다. 무기를 버리고 투항하라. 항복하고 나오면 목숨만은 살려준다."

확성기가 없는 시대에 심 포교의 고함이 우렁찼다.

육백만 냥의 사나이는 괴력을 발휘해 가장 먼저 덤벼드는 포졸을 지붕 위로 던졌다가 다시 받아 달려드는 이들에게 던지고, 움막 기둥을 뽑아 휘두르는 괴력을 발휘했다. 비쩍 마른 약골 흥부는 처음부터 투항했지만(이 때문에 육백만 냥의 사나이는 그가 포도청 앞잡이란 믿음을 확신했다) 육 서방의 저항은 계속되었다. 소대 병력의 포졸들이 얻어터지고 쓰러졌다. 육 서방은 때리기도 때렸지만 맞기도 많이 맞았다. 무엇보다 상대편 숫자가 너무 많았다. 잔펀치도 계속 맞다 보면 KO를 당하는 것처럼, 쉴새 없이 몽둥이질을 당하는 사이 육백만 냥의 사나이도 무릎을 꿇고 마침내 오랏줄에 묶이는 신세가 되었다.

심 포교가 압수한 물건을 손에서 던졌다 받았다 했다.

"아편이로구나! 이걸 어떻게 손에 넣었지?"

"이양선에 있던 것입니다." 흥부가 말했다.

"역시 다모 채옥의 예감이 맞았군. 청이 아버지가 환청을 들었든 말든 네놈을 따라가 보라 그랬거든."

"어이, 홍 포교! 언제 포청에 등용되었느냐?"

"나도 몰라, 육 서방! 어떻게 각다귀들이 알고 왔는지 몰라!"

"이놈! 말을 조심해라! 각다귀라니!"

심 포교가 흥부의 정강이를 걷어찼다.

"네 마누라도 주막 뒷골목에서 이걸 팔다가 잡혀와 있다. 사실대로 안 불면 이번엔 감옥에서 못 나온다."

"다 말하겠습니다!"

흥부가 울먹였다. 눈에서 빛을 발하는 제비 한 마리가 나무 위에서 그들을 내려다보고 있었다.

16

심학규는 뺑덕과 함께 있었다. 뺑덕은 늘 똑같던 일상에서 탈출한 이 상황이 무슨 활극이나 된 것처럼 신이 났다. 그는 총기로 장애를 극복한 심학규를 새로 보았고 존경하게 되었다. 새아버지가 되어도 좋겠다는 생각까지 하고 있었다.

심학규는 귀에 온 신경을 집중했다. 어느덧 오후가 되었다. 장터의 소란이 조금씩 사라지는 걸로 알 수 있었다. 그가 오늘 하루 동안 들어온 소리는 주로 혹부리영감 집이었다. 혹부리영감은 세 번째 집에 다녀온 뒤 뭐가 불안한지 안절부절못하게 쾅쾅거리며 방을 걸어다녔다. 그는 어떤 주문을 외우고 있는 것 같았는데 어젯밤 심학규가 들었던 소리와 비슷했다.

거센 기세로 문이 열렸다. 혹부리영감이 짚신을 질질 끌면서 어디론가 가는 소리가 뒤를 이었다. 그가 외우는 주문 소리가 더 커졌다. 서서히 발소리는 멀어져가면서 사라졌다.

얼마 후 반대편으로부터 걸어오는 소리가 들려왔다. 장터를 통과해 세 채의 집 쪽으로 걸어오는 발소리였다. 지팡이 한 번에 발걸음 두 번의 반복 걸음, 허리가 불편한 사람의 걸음이었다. 그녀는 점심때 오라는 약속을 지키지 못하고 오후에야 왔다. 그 걸음이 정확히 혹부리영감 집 앞에서 멎을 때쯤 뭔가가 으직하면서 터지는 소리가 났다.

할멈의 비명은 온 장터를 흔들고도 남았다.

뺑덕의 비명도 그만큼 컸다. 그는 바깥으로 달려나갔다가 다시 돌아왔다. 심학규는 당황스러웠다.

"뺑덕아! 무슨 일이냐?"

"어르신, 무서운 일이 일어났어요! 혹부리영감이 머리가 터져 죽었어요!"

"혹부리영감이 죽었다고? 어떻게 머리가 터졌는데?"

"집 뒤에 큰 버드나무가 있는데 거기 올라가서 빗자루를 타고 뛰어내렸나 봐요."

"빗자루?"

"예, 본 사람들이 그렇게 말해요. 뭔가에 홀린 것처럼 빗자루를 타고 뛰어내렸대요."

세 번째 집에서는 아무 소리도 들려오지 않았다. 뺑덕이 심학규에게 말했다.

"어르신! 구경꾼 중에 그 쓰개치마를 입은 사람이 또 서 있는데요?"

"잘 봐라! 어떻게 생겼느냐? 남자냐, 여자냐?"

"보이지 않아요. 얼굴을 안 드러내려고 치마를 꼭 잡고 있어요. 그런데……."

"그런데?"

"손톱이 엄청 길어요. 손톱이 아니라 짐승 발톱이라 해도 믿겠어요."

뒤에서 누가 쿵 소리를 내며 나타났다. 두 남자가 놀라 동시에 악 비명을 질렀다. 돌아다본 뺑덕이 소리쳤다.

"깜짝 놀랐잖아요!"

"누구시냐?"

심학규가 물었다. 채광창 바깥을 향한 여자의 음성이 들려왔다.

"저 집에 무서운 신령이 살아요."

"직녀보살이시구면." 심학규의 눈썹이 꿈틀했다. "세 번째 집을 말하는 거요?"

"바다를 건너서 온 흉악한 신이 저기 있어요."

"그게 누구요?"

"이름을 알 것 같아요……. 잊지 말아요……. 그녀의 이름은 해골과 시신을 몰고 다니는 노파예요."

"해골과 시신을 몰고 다니는 노파?"

"그래요. 그 여자가 가는 곳마다 해골과 시신이 넘쳐나지요. 그녀의 나이는 사백 살이에요. 그래서 처녀들의 피가 필요한 거예요. 헉!"

"왜 그러오?"

심학규가 물었지만 직녀보살은 답하지 않았다. 대답은 뺑덕이 했다.

"그 쓰개치마가 이쪽을 노려보고 있어요."

직녀보살의 음성이 부들부들 떨렸다.

"그가 날 알아봤어! 나는 이제 여기 있지 않을 거야! 저 노파가 모두를 죽일 거야!"

심학규는 다급히 직녀보살의 치맛자락을 붙잡았다.

"내 딸은 어디 있소? 저 노파가 연관되어 있소?"

"모르겠어요. 저자의 능력이 내가 다가가려는 걸 방해하고 있어요. 위험한 자예요. 없애버려야만 해요."

"보살이 살을 날려 없앨 수는 없소?"

"난 조선 무당이에요. 내 신통력은 조선귀신한테만 국한되지 서양귀신한텐 어쩔 수 없어요."

"처녀들이 피와 내장을 빼앗기고 죽은 것도 저자 때문이오?"

"맞아요."

"어떻게 없앨 방법을 모르겠소?"

"방법은 알아요. 그자 앞에서 그자의 이름을 부르면 돼요. 서양 귀신은 자기 이름이 불리게 되면 어둠으로 돌아가요."

"뭐 그리 간단해? 부적도 아니고 이름 부르면 죽는다고?"

뺑덕이 어이없다는 표정을 지었다. 하지만 직녀보살은 공포에 질렸다.

"해골과 시신을 몰고 다니는 노파야……. 난 살고 싶어. 아직 죽기는 싫어."

직녀보살은 더 얘기하지 않고 도망치듯 밖으로 나갔다. 뺑덕은 쓰개치마가 집으로 들어가지 않고 어딘가로 걸어가는 광경을 보았다.

17

홍부는 탁자를 사이에 두고 심 포교와 마주했다. 심 포교는 취조 사이, 붓을 들고 중요한 사실을 기록했는데 범죄업계의 거물인 육백만 냥의 사나이는 그의 관심 밖이었다.

"아편이 이양선에서 나왔단 말이지?"

"그렇습니다."

"검은 배야, 흰 배야?"

"검은 뱁니다."

"그 이양선 어디 있어?"

"떠났어요."

"거짓말 마. 네 놈 배후를 불어. 배의 행방을 알기 전에 네놈은 밥도 못 먹어. 묻지마 살인 벽력쇠하고 한 감옥에 처넣으면 알아서 불겠지만 그 전에 스스로 불어. 넌 아편을 유통시켜 조선을 청나라처럼 허약하게 만들려고 했어. 네놈 하나는 돈을 벌지 몰라도 나라는 좀먹게 되는 거지. 뒤에서 지시하는 서양 세력이 없이는 불가능해. 이미 처녀들이 살해당했어. 그것도 양놈들 짓이 틀림없어. 처녀들만 죽여 우리나라 인구를 줄여 씨를 말리려는 서양 오랑캐들의 작전이 아니고 뭐겠어?"

"그건 사람이 아닌, 신의 짓입니다."

"뭐라고?"

심 포교가 붓을 놀리다가 고개를 들었다. 시커메진 흥부의 눈가는 시체를 연상시켰다.

"천지신명입니다. 그 이양선은 여느 배와 달랐습니다. 사람이 사는 배가 아니었어요. 우리가 처음 올랐을 때 그 배에는 요상한 무늬들에 희한하게 배열된 촛불이 가득했지요. 잘려진 검은 염소 머리가 있었고 검은 고양이들이 그 머리를 지키고 있었어요. 그런 배는 난생처음이었습니다."

"서양인들이 별나긴 하지만 그렇다고 그게 왜 사람 사는 배가 아니야?"

"선원이 한 명이었으니까요. 그자도 죽어 있었어요."

"한 명뿐이었다고? 그럼 배가 어떻게 움직였나?"

"우리가 모르는 힘으로 움직였지요. 천지신명의 힘이요!"

"죽은 자는 선장이었나?"

"모르겠습니다. 아주 늙은 사람이었는데 머리까지 덮는 검은 옷을 입고 있는 걸로 봐서 선원으로 보이지도 않았어요."

"어디 선원들이 숨어있었겠지."

"그렇지 않아요! 아무도 없었다니까요. 우리가 배를 뒤지고 있는데 어떤 목소리가 우릴 불렀어요. 그 목소리가 배에 있던 사람을 죽인 게 확실해요."

"사람은 하나였다면서?"

"예. 우리를 부른 건 목소리였어요. 사람이 아니었어요. 배에 지하실이 있었는데 거기서 여자 목소리가 나왔어요. 어색한 조선말로 우릴 불렀지요. 그 목소리를 들을 때 나와 마누라, 혹부리영감, 그리고 함께 갔던 종로 삼월이는 몸이 말을 듣지 않았어요. 그 목소리를 들으니 무슨 귀신에 홀린 것처럼 정신이 나가더란 말입니다. 목소리가 우릴 부른 곳은 지하실이었어요. 선실 아래에 시커먼 사각 뚜껑이 있었어요. 그걸 열고 내려가 보니 사람은 없는데 동상이 하나 있었어요. 여자 모양의 동상, 정확히 말하면 팔다리가 없고 머리와 가슴밖에 없는 상반신 동상이었지요. 그 동상이 우리한테 말을 건 거였어요."

"차라리 물고기가 말을 걸었다고 하지?"

"거짓이 아니에요! 쳐다보기만 해도 우린 동상의 말을 알아들었어요. 머릿속을 뚫고 들어오는 말이었으니까요. 그 동상은 자신을 풀어달라고 요구했어요."

"묶여 있기라도 했나?"

"예. 열십자 형태의 쇠사슬들이 가로로 세로로 온통 묶여 있었는데 그걸 치워달랬어요. 우리가 제정신이 아닌 상태로 그 사슬을 치웠더니 동상의 음성이 한층 크게 들려왔어요. 그 여자는 삼월이만 놔두고 세 사람은 잠시 나가라고 했어요. 내 집사람은 처녀가 아니라서 보내준다는 이상한 말을 했어요. 우리는 몽롱한 상태로 삼월이만 두고 바깥으로 비척비척 걸어 나왔어요. 잠시 후 동상이 다시 들어오라고 했어요. 우리가 내려가 보니 삼월이는 눈과 입이 뻥 뚫린 종잇조각 같은 시체로 변해 있었어요. 그런데 삼월이가 죽고 나자 동상이 눈을 뜨고 우리를 쳐다봤어요. 바깥으로 자신을 데려가라고 명령까지 했지요. 그렇게 해주면 소원을 이뤄준다고 했어요. 우린 정신줄을 놓은 채로 시키는 대로 했지요. 동상을 끌어안고 바깥으로 나왔어요. 그러자 배가 저절로 움직이더니 멀리 떠나갔고 시야에서 사라질 즈음엔 저절로 불이 붙어 타버렸어요."

"그 동상은 어떻게 했나?"

"모셨지요."

"모셔?"

"예. 그걸 모셨더니 배에서 한 약속이 현실로 이뤄졌어요. 제비가 물어온 씨앗이 박이 되고 톱으로 썰자 안에서 이 아편이 나왔어요. 혹부리영감은 혹을 뗐고요."

"하하, 패관소설 재료로 딱이군. 그래 그 동상을 어디다 모셨는데?"

한번 자백을 시작하자 흥부의 음성은 활기를 띠었다. 포교는 농담처럼 웃었지만 흥부는 뭔가 잘못되었음을 알고 바로잡으려 하는 것 같았다. 동상에게 실제로 조종을 당했다면 그 동상이 질투라도 할 법한 시원스런 자백이었다. 그때 흥부의 고개가 위로 쳐들렸다. 제비 한 마리가 머리 위를 맴돌고 있었다. 흥부의 안색이 새파래졌다. 포교가 탁자를 탕 쳤다.

"그 허황된 소리 믿지도 않지만, 말해! 어디다 모셨냐고?"

"그건 세 번째…… 크으윽!"

흥부가 눈과 입을 크게 떴다. 뚜두두둑 소리를 내면서 목이 한 바퀴를 돌았다. 심 포교가 식겁하고 일어설 때 흥부는 입으로 핏덩어리를 토해냈다. 핏덩어리가 살아 움직였다. 그건 커다란 두꺼비였다. 붉게 축축한 두꺼비가 턱을 헐떡거리며 심 포교를 노려보았다. 또 다른 두꺼비들이 흥부의 입으로 계속 쏟아졌다. 핏줄이 불거진 흥부의 눈은 튀어나올 듯 커져 있었다. 다섯 마리가 열 마리가 되고 열 마리가 삼십 마리가 되었다. 그럴수록 흥부의 몸은 무섭게 말라 멸치처럼 변했다. 취조 공간이 두꺼비로 가득 찰 무렵 흥부는 두꺼비들에 파묻혀 죽고 말았다. 심 포교가 기겁하고 도망쳤을 때 앞서서 획 사라지는 게 있었다. 붉은 눈을 번득이는 제비였다.

"우웩!"

심 포교는 토하면서 정신없이 달리다가 포도청 마당에서 누군가와 부딪쳤다. 조 포교였다.

"이봐. 왜 그래?"

"여보게! 사람이 두꺼비를 토하고 죽었어! 입으로 두꺼비를 토하고 죽었다고!"

"정신 차려, 이 사람이! 몰래 압수한 그 아편을 슬쩍 맛봤구먼?"

"아니야. 진짜 사람이 두꺼비를 토하고 죽었어."

"쓸데없는 소린 그만해. 우린 그 이양선을 발견했네."

"이양선?"

"그래. 심청이와 처녀들도 구출했어. 이양선 선장 하벨이란 자를 잡아서 취조하고 있지."

"흥부가 이양선은 불탔다고 하던데?"

"아직 통역이 안 되어 내막을 모르지만, 이양선이 두 척이었나 봐."

18

어둠이 번져오도록 쓰개치마 입은 여자는 돌아오지 않았다. 흑부리영감의 시체를 본 그녀는 어딘가로 걸어갔다. 검은 고양이가 그녀를 따랐다.

영감의 시체는 달구지에 실려 갔지만 영감의 핏자국은 그대로 남았다. 흥부도 돌아오지 않았다. 그의 아내도 돌아오지 않았다. 무거운 침묵이 장터를 감돌았다.

통신 수단이 미개한 그 시대에 멀리 있는 포교들은 심학규에게 청이를 구조했다는 소식을 전할 수 없었다. 열쇠를 쥔 노랑머리 남자의 통역이 급선무였다. 다급한 김에 그들은 뚝도(뚝섬)로 사람을 급파했다. 2년 전에 표류해온 멜테부레라는 선원이 귀화해 거기 살고 있는데 데려오라 한 것이다. 아버지에게 딸의 생존을 알리는 건 그 후의 문제였다(조선 시대의 공권력은 피해자 안전보다는 사건 해결에 주력이었고 이 전통은 오늘날까지도 이어지고 있다).

심청의 집에 그녀의 생존 사실을 모르는 심학규, 뺑덕, 뺑덕어미가 모였다. 전운 같지 않은 전운이 감돌 때 심학규가 비장하게 말했다.

"나는 저 세 번째 집에 들어가 볼 거요. 흑부리영감은 그 집에 들어갔고 이양선 얘길 했소. 함께 간 처녀를 넌지시 비치기도 했는데 내 딸이 아닌지 몹시 의심스러워요. 그자가 이쪽을 바라본 것도 뭔가 찔리는 게 있어서일지도 모르오. 저 집들은 뭔가를 숨기고 있어요. 아무리 아니라고 애써 봐도 내 딸이 거기 연루된 것 같소. 쓰개치마 입은 여자가 돌아올 때까지 내가 직접 들어가 볼 테니 아주머니가 망을 봐주시오."

"보이지도 않으면서 혼자 어떻게 가시게요?"

"뺑덕이가 내 눈이 되어줄 거요. 너 젓가락으로 자물쇠 딸 줄 알지?"

심학규는 눈이 없어도 뺑덕의 표정을 알아보았다. 된장인 줄 알고 씹은 게 똥임을 안 사람의 표정이었다.

"난 화랑 관창이 아니에요. 저기로 갈 생각 없어요."

뺑덕이 고개를 저었다. 뺑덕 어미는 심학규의 제안에 멈칫했지만 갑자기 엄숙한 어조로 말했다.

"청이는 내 딸이나 마찬가진데 당신이 오신 지 하루 만에 실종이 되어 얼마나 가슴이 아픈지 몰라요. 뺑덕아, 아버님 모시고 갔다 와라."

뺑덕이 입을 떡 벌렸다.

"당신? 엄니한테 중요한 건 하나뿐인 아들이 아니라 새로 시집갈 기회인 모양이지?"

"이놈아! 청이 누나가 너한테 얼마나 잘해줬는데! 사람은 은혜를 알아야 하고 어려울 때 서로 도와야 해."

"친누나도 아니잖아?"

"아니었지만 이제 너흰 남매가 될 수도 있다."

"미치겠네? 엄닌 자식이 중요해? 새 시집이 중요해?"

"가라면 빨리 가!" 뺑덕 어미가 고함을 질렀다.

"간다 가! 쳇! 쓰개치마 입은 여자가 엄니보다 더 무서울라구."

뺑덕이 투덜대며 심학규를 데리고 나섰다. 바깥엔 그사이 어둠이 내렸다. 세 집은 불이 꺼졌고 오가는 사람은 아무도 없었다. 채광창에 서 있는 뺑덕 어미는 쓰개치마가 보이면 밧줄로 꽁꽁 밧줄로 꽁꽁 단단히 묶으라고 신호를 줄 예정이었다.

뺑덕은 심학규가 쥔 지팡이 끝을 잡고 단숨에 세 번째 집까지 내달았다.

"누가 오나 잘 봐요." 젓가락으로 자물쇠를 후비며 뺑덕이 말했다. "아 참, 뵈는 게 없는 분이지."

"목소리를 죽이거라. 남의 집에 몰래 침입하는 처지니까."

반발처럼 뺑덕이 재채기를 했다. 텅 빈 장터에 재채기는 메아리로 퍼졌다. 심학규가 말했다.

"그 옛날 태봉의 궁예는 대소신료 조회 때 기침을 한다는 이유로 신하를 철퇴로 때려 죽였단다."

"기침했다고 철퇴로 치면, 방귀 뀌었으면 삼족을 멸하겠네."

뺑덕이 콧방귀를 뀌었다. 그때 문이 철컥 하고 열렸다.

"네가 편해서 해본 말이다. 나는 사실 네가 점점 마음에 든다.

들어가보자, 뺑덕아. 뭐가 보이는지 내게 상세히 알려다오."

문이 끼이익 소리를 내며 열렸다. 심학규는 이전에 맡았던 그 '약초 끓이는 냄새'를 다시 맡을 수 있었다.

"뭐가 있나? 뺑덕아?"

"이상해요. 우리가 늘 보는 풍경이 아니에요."

"조선의 풍경이 아니라 이거지?"

"예……. 들마루를 방에다 갖다 놨어요. 뭘 끓였는데……. 호리병들이 쫙 늘어져 있네요. 거기에다 뭘 부은 거 같은데 냄새가 역해요."

뺑덕의 음성은 코를 막아서 우스꽝스럽게 들렸다. 갑자기 분위기가 변했다. 뺑덕이 겁먹은 음성을 냈다.

"이상한 게 바닥에 수없이 그려져 있어요. 삼각형이에요. 삼각형! 바로 된 삼각형하고 거꾸로 된 삼각형이 합쳐져 그려져 있고 그 주위를 촛불이 둥그렇게 싸고 있네요. 헉! 염소 대가리가 있어요! 검은 염소! 마포 장터의 수달피 장수하고 아주 닮았어요. 와, 완전 형제네! 날 쳐다보는 것 같아요!"

"중요한 것만 말하거라. 시간이 없다."

"검은 닭을 죽여 피를 받아놓은 그릇이 있어요. 세상에, 내가 저쪽으로 바람을 일으켰는데 촛불은 이쪽으로 움직여요. 벽에는 빗자루가 세워져 있는데 싸리비가 아니에요. 이상한 빗자루예요. 빗자루 대가리가 사람 머리 같아요."

"제비 소리가 들리는데?"

"제비라뇨? 헉!"

"왜 그래?"

"어르신 말이 맞아요. 진짜 제비가 있어요. 검은 고양이 어깨에 올라타 있어요. 그런데 제비 눈이…… 제비 눈이…….”

"어떤데?"

"피처럼 뻘게요."

19

빵덕 어미는 눈물이 흐르도록 눈에 힘을 주고 세 번째 집 채광창을 노려보고 있었다. 보는 동안 팔뚝에 소름이 돋았다. 어떤 음산한 기운이 안개처럼 생겨나 그녀를 자극했기 때문인데, 마치 집에 눈이 있어 이쪽을 마주 보는 것 같았다.

"기분 탓이겠지. 설마 귀신이 있을라구."

그녀는 심학규에 쏠린 관심 때문에 등한시한 아들이 생각났다. 녀석이 요사이 기술을 배울 생각도 없고 집에 퍼질러 있는 것만 좋아했기에 끈끈한 정 만큼이나 악의 없는 미움도 커져갔던 게 사실이었다. 반성의 마음에 쏠려 그녀는 뒤에 다가온 존재를 깨닫지 못했다.

그녀는 등을 덮쳐오는 기운을 깨닫고 휙 뒤를 돌아보았다. 그녀가 얼핏 본 존재는 쓰개치마 안의 얼굴이었다. 그것은 시커먼 암흑이었다. 암흑이 움직이자 신호가 생각나지 않았다.

"오랏줄로 꽁꽁……."

빵덕 어미는 말미잘처럼 펄럭거리는 쓰개치마에 덮이고 말았다.

20

"뺑덕아, 왜 비명을 지르는 것이냐!"

심학규의 고함이 떨렸는데 답하는 뺑덕의 떨림은 더했다.

"어르신, 믿지 못하실 거예요. 고양이가 목을 늘이고 있어요.
고양이 목이 뱀처럼 길어져서 이쪽으로 온다고요! 그 뒤를 두꺼
비 대군이 따르고 있어요. 제비가 몰고 왔나 봐요!"

"정신 차려라! 무슨 헛것을 보고 그러는 것이냐?"

뺑덕의 음성에 공포만큼이나 비장미가 더해졌다.

"헛것이 아니에요! 지금은 눈이 없는 어른이 부럽네요! 하지
만 여기 따라온 걸 후회하진 않아요. 어여쁜 처자 세 명을 발견
했거든요. 방앗간 천 서방네 세 딸 같은데 손과 발이 묶인 채 구
석에 있네요."

"청이는 있느냐?"

"누나는 없어요."

사로잡힌 여자들이 뺑덕을 보고 살려달라 신호를 보냈다.

"내 곁으로 와라. 내가 널 지켜주마."

심학규가 뺑덕의 팔을 잡았다. 그러자 뺑덕은 제정신을 차리
고 환각에서 벗어났다. 그가 보았던 붉은 눈의 제비와 목이 늘
어난 고양이와 온 방을 뒤덮을 정도로 가득한 두꺼비도 새롭게
보였다. 제비는 반짝이는 검은 눈을 가졌고 고양이는 목이 늘어

나지 않았고 두꺼비는 한 마리뿐이었다. 심학규의 따뜻한 손이 그 모든 걸 가능케 했다. 그랬다. 귀신은 홀로 있는 사람을 홀린다! '나'에게 못된 짓을 할 순 있어도 의지로 뭉친 '우리'에겐 덤비지 못하는 것이다. 뺑덕의 표정에 강개가 서렸다.

그때였다. 천둥과도 같은 쾅 소리를 내며 문이 박살났고 뺑덕은 뒤돌아보았다.

"누가 들어왔느냐?"

"쓰개치마 입은 여자예요. 키가 더 커졌어요. 손톱도 더 길어졌고요."

뺑덕의 음성이 덜덜 떨렸다.

"그 여자가 너에게 헛것을 보게 하는 것이다. 겁먹지 마라. 귀신은 사람을 홀리게 하지 직접 해치진 못한다."

"저건…… 우리 엄니예요……."

"뭐라고?"

뺑덕이 정신나간 듯 심학규의 손을 뿌리치고 걸어갔다. 뺑덕의 눈앞에는 이제 쓰개치마를 집어던진 키 큰 여자가 있었다. 그녀는 뺑덕 어미였다. 그러나 손톱이 칼처럼 길어지고, 키가 연등행사 허수아비만큼 커졌고, 점 같은 눈동자에 흰자위가 노래진 사실을 그는 알지 못했다.

"안 돼, 가지 마!"

심학규는 보이지 않는 시야 안에서 그 존재를 보았다. 그 존재는 노파였다. 조선 사람이 아니었다. 코가 매우 길고 꼬불꼬불한 허연 머리를 가졌으며 긴 국자로 냄비 안을 휘젓는 노파였다. 어딘가에서 직녀보살이 떠나지 않고 그에게 도움을 주는 것 같았다.

"너는 서양의 악귀로구나! 네 이름을 안다! 너는 마녀라는 이름으로 불리고 있어!"

"너는 마법사냐?"

뺑덕 어미의 목소리로 어색한 조선말이 새어나왔다.

"내 딸을 네가 데려갔지? 당장 내 딸을 돌려줘!"

"나는 네 딸이 누군지 모른다. 내가 피를 빤 계집 중 하나일 수도 있지. 내가 아는 건 이 앞의 네 아들이다. 너는 앞을 못 보는 신세니 이놈이 죽는 소리라도 듣거라. 그래서 평생 나를 기억하며 살거라."

심학규는 직녀보살의 충고를 떠올렸다. 서양귀신을 죽이려면 이름을 불러야 한다는 사실을.

"그만해! 해골과 시체를 몰고 다니는 할망구야!"

그의 일갈에 침묵이 남았다. 이어서 뺑덕의 신음이.

"뺑덕아! 그 노파가 죽었느냐?"

뺑덕은 답하지 않았다. 어이가 없다는 노파의 웃음소리가 이어졌다.

"꽤 용감하구나 너는. 보이지 않으니 겁이 없는 거겠지. 네가 겁내온 건 네가 사는 세상의 현실이지 나 같은 초현실이 아니야. 그러니 내 앞의 이놈과 내가 몸을 차지한 이놈 어미를 죽이는 소리를 동시에 들려주겠다. 그러면 네게 겁을 줄 수 있겠지. 나는 너희들의 겁을 먹고 살며 너희들의 공포를 마시고 산다. 온통 무식한 한자뿐인 이 땅이 마음에 들지 않는다. 빨리 힘을 회복하고 고향으로 돌아가야겠어. 둘을 차례로 죽일 테니 어디, 네놈은 비명도 한자로 지르는지 보자!"

최면이 풀린 뺑덕이 비명을 질렀다. 마녀가 웃었는데 그 소리는 뺑덕 어미와 비슷했다. 심학규는 보이지도 않는 상황에서 당하는 이 현실이 진짜인지 가짜인지 몰라 어쩔 줄을 몰랐다.

"살려주세요! 아버지! 살려줘요!"

뺑덕이 소리쳤다. 그 소리는 심학규에게 심청의 음성으로 들렸다. 행방불명되어 소식을 알 수 없는 딸이 떠오르자 그는 용기를 되찾았다. 하지만 길게 뻗쳐온 마녀의 팔이 목을 졸라 용기는 구겨졌다. 죽음의 공포에 직면했으나, 마녀와 피부를 맞대자 그녀의 지식 일부가 그에게로 전해져 왔다. 한자를 비난한 서양 악귀의 소리에 그는 어떤 힌트를 얻었다.

"차례로 죽여주마! 잘 가거라!"

뺑덕 어미의 음성과 쇠를 긁는 음성이 합쳐졌다. 손톱이 살을 파고들었다. 머릿속에서 시체 더미와 까마귀 떼, 갑옷 입은 군사들과 피투성이 광경이 펼쳐졌다. 그리고 수많은 교수대가 보였고 일제히 불이 붙는 화형식이 이어졌다.

"이제 죽어라! 미개한 나라의 미개한 인간아!"

손톱이 서서히 눈을 파고 들어오려 했다. 바로 그때, 심학규는 단 한 번의 기회라는 심정으로 마녀의 이름을 새로 불렀다.

"髑(해골)屍(시신)婆(노파)!"

기적이 일어났다.

끔찍한 비명소리가 일어났다. 그것은 남자와 여자와 산짐승을 합친 비명으로 수만 개의 소리로 무한히 확장되며 파장을 일으켰다. 뜨거운 기운이 솟고 뭔가가 휘어지고 변형되고 무너지는 소리가 들렸다. 그가 디디고 선 바닥이 진동했다.

누군가 팔을 잡았다. 뺑덕의 목소리가 들려왔다.

"어르신! 악귀가 죽었어요! 집이 무너져요! 빨리요!"

누군가의 팔이 또 느껴졌는데 청이와 비슷했지만 팔은 여섯 개로, 세 사람이었다. 심학규는 이끄는 대로 끌려 악의 공기에서 벗어났다. 시원한 장터의 공기가 몰려올 때, 엄청난 소음과 함께 등 뒤에서는 집이 무너지고 먼지가 날렸다.

"악귀가 햇볕에 놓인 고드름처럼 녹아서 죽었어요, 어르신! 어떻게 한 거예요?"

뺑덕의 목소리가 들렸다.

"몰라, 내가 보이는 게 있어야지. 난 무슨 일이 일어났는지 하나도 몰라."

그의 앞에 선 뺑덕과, 뺑덕 어미, 세 처녀는 망연자실한 채로 서로 시선을 교환했다. 뺑덕 어미가 내 몸에 붙었던 귀신이 죽어 없어지면서 나를 되찾았다고 말하려 할 때 어떤 목소리가 들려왔다.

"아버지!"

심학규가 볼 수 없는 눈이었지만 번쩍 눈을 떴다.

"청아! 청이로구나! 내 딸아! 어디 있느냐?"

"저 여기 있어요!"

심청이 달려와 아버지를 얼싸안았다. 심학규는 모든 일이 꿈만 같아 뺨을 꼬집었으나 꿈이 아니었다. 그는 심청이 돌아온 사실에 기뻐 눈물을 흘렸다. 채옥의 목소리가 들렸다.

"감동적이네요, 이 장면은, 충분히."

노랑머리 남자가 어깨를 으쓱했다. 조선 사람 누구도 이 제스처를 이해하지 못했다. 그러나 까마귀와 까치를 어깨에 거느린 직녀보살은 빙긋이 미소 지었다. 그녀의 미소는 조선을 위협할 마녀를 심학규가 지혜로 처단했음을 안 사실에서 비롯되었다.

심 포교, 조 포교가 입을 모았다.

"여성인 채옥 포교라기에 가능했지 우리들이라면 꿈도 못 꿨을 일입니다. 아버지와 딸을 먼저 만나게 하는 일은."

21

귀화인 멜테부레가 찾아와 하벨과의 접견이 이뤄졌다. 조선어와 외국어에 능통한 멜테부레 덕에 사건의 진상이 밝혀졌다.

에스파냐에 살던 네덜란드인 하벨은 악의 화신 파브리지오를 쫓고 있던 신성우호동맹(神聖友好同盟)의 백인대장(百人大將)이었다. 파브리지오는 쌍둥이 연금술사인데 형인 파브리지오가 악, 동생인 노베르토가 선인 카인과 아벨 같은 존재였다. 사특한 연금술로 죽은 시신을 살리다가 추방된 파브리지오는 고향 이탈리아로 돌아가 마의 존재를 신비의 영약으로 되살려낸 후 에스파냐 국왕을 암살할 계획을 세웠다. 루시퍼라는 이름을 갖고 있던 이 마의 존재는 처녀의 피를 빨고 생체기관을 섭생해 400년이나 젊음을 유지한 마녀였다. 심 봉사가 한자로 부르짖은 '루시퍄(髏屍婆)'라는 이름이 불렸다고 생각한 루시퍼는 심장이 여덟 개로 조각나 지옥의 먼지로 사라졌다.

오랜 옛날, 루시퍼는 이탈리아 토스카나 지방에서 아이들을 납치해 자신의 수명을 늘리려다가 분노한 농민들에게 잡혀 손목에 못이 박힌 후 화형당했다. 주술사는 그녀가 부활하지 못하도록 영혼을 비너스 여신상에 가두어 십자가 사슬로 묶은 후 지중해에 던져버렸다.

파브리지오는 비기(秘技)의 흑마술을 써 여신상을 바다에서 건져냈고 복수를 위해 에스파냐로 항로를 바꾸다가 예상치도 못한 복병을 만났다. 선내에 전염병이 돈 것이다. 차례로 가축들과 선원들을 잃은 그는 마지막까지 버티다가 최후로 숨을 거두었다. 이 전염병은 아마 선실 지하에 갇힌 여신상이 일으켰다는 설이 유력한데, 깊은 잠을 깬 루시퍼가 정신을 덜 회복한 상태에서 보인 첫 번째 반응이 복수였기 때문이다. 그녀를 싣고 가는 사람들과 그녀를 처형했던 사람들을 혼동했음이 분명하다.

조종자를 잃은 배는 플로리다 해협과 버뮤다 섬과 푸에르토리코를 잇는 버뮤다 삼각지역까지 흘러들어갔다. 인간의 머리로 이해할 수 없는 미스터리와 마법의 고수들이 간직한 초월적 능력이 합쳐져 배는 시공간을 초월했고 조선의 한강에 모습을 드러냈다. 제비족(足) 놀부와 매봉산 변광쇠는 간접 증인이었지만 하벨은 그 일을 겪은 직접적 증인이었다. 가까운 거리까지 추격한 바람에 그의 배도 선원들을 저주의 전염병으로 잃었지만, 혼자 남은 상태에서도 그는 파브리지오를 향한 추격을 멈추지 않았다. 버뮤다 삼각지대에 들어선 하벨의 배도 차원이동을 해 조선에 당도했다.

파브리지오의 배는 검은색, 하벨의 배는 흰색이었다. 심청과 네 처녀는 노지심의 협박으로 흰 배에 탔지만 물건을 훔치지는 않고 오히려 부상당한 하벨 선장을 구했다. 하지만 선원이 없어 배에서 내릴 방법을 찾지 못했다. 심 봉사는 딸이 배에 탄 사실은 알았지만 검은 배는 청이가 아닌 종로 삼월이가 탔고, 그녀의 피와 생체기관이 루시퍼에게 여신상 탈출의 영양분을 공급한 것이다. 루시퍼는 상륙하자마자 조선 처녀들을 죽여 힘을 회복했고 남자들은 손톱으로 처치해 특유의 사악함이 꺾이지 않았음을 만천하에 공표했다. 삼월이가 죽도록 방치한 흥부와 혹부리영감은 보상을 받고도 비밀을 누설해 그녀의 보복을 당했다. 사람을 죽일수록 루시퍼의 사악한 야심도 커져갔고 조선은 전대미문의 위기에 봉착할 뻔했다. 그러나 신은 그녀 편이 아니었다. 하마터면 서양 마녀의 가공할 마력에 짓밟힐 뻔했던 수많은 목숨은 뜻하지 않은 소박한 영웅들 덕에 훌륭한 해결을 맞이한 것이다.

하벨은 멜테부레의 입을 빌려 이야기했다.

"우리도 이름을 부르면 악을 일소할 수 있단 사실은 알았지만 어떻게 블라인드 맨은 루시퍼란 이름을 대번에 안 거죠?"

딸도 찾고 아들도 생기고 부인도 생기고 고리대금업자도 구속되어 빚도 안 갚게 된 심학규는 비록 공양미 300석으로 눈 뜨는 기적은 맞이하지 못했지만, 그가 찾게 된 행복에 이렇게 답했다고 한다.

"어떤 서양 영매보다도 조선 무녀의 신통력이 확실하기 때문이오! 물론 외국어보다 우리말이 더 우월하기 때문이기도 하고."

하벨은 얼마 후 조선의 배를 한 척 얻어 고국으로 돌아가게 된다. 심 봉사에게서 깊은 인상을 받은 그는 배를 그만 타고 작가로 거듭나게 되는데,《하벨 표류기》란 작품을 써내 베스트셀러로 만들었다고 한다.

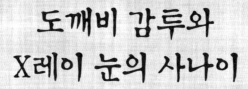

도깨비 감투와
X레이 눈의 사나이

1

"계속 이러다간 내가 죽고 말 거요."

나무꾼이 무당에게 말했다. 불과 한 달 사이 그의 외형은 무섭게 변했다. 눈은 움푹 파여 멀리서 보면 해골 같았고 살집도 다 빠져 뼈다귀만 남았다. 불안한 눈은 쉴 새 없이 좌우로 굴렀는데 뭐가 있는 것처럼 수시로 등 뒤를 돌아보았다. 무당은 그가 무섭기도 하고 궁금하기도 해 사연을 들어주기로 했다.

"그러니까 한 달 전이었지요……."

나무꾼이 신비한 경험을 회상하기 시작했다.

2

 그날, 길 잃고 첩첩산중을 헤매던 나무꾼 앞에 집 한 채가 나타났다. 벼락을 동반한 비가 내리는 밤이었다. 세찬 비는 넘어진 사람을 짓밟듯 기울어진 나뭇가지를 더 눌렀고, 벼락은 물고문 당하는 숲을 번쩍 보여주다가 다시 어둠 속으로 돌아갔다.

 이상한 집이었다.

 방안에서 촛불 빛이 새어나왔는데 그보다 밝은 빛이 집 자체에서 뿜어져 나왔다. 두 개의 채광창은 침입자를 지켜보는 눈 같았다. 지붕을 둘러싼 허연 기운은 안개가 집을 감싼 건지 굴뚝이 안개를 토해낸 건지 알 수 없었다.

 "아무도 없소?"

 나무꾼이 소리쳤다. 거세지는 빗소리만이 대답을 대신했고 벼락이 가끔 끼어들었다.

 "비 좀 피하고 봅시다!"

 흠뻑 젖었기에 나무꾼은 무작정 사립문 안으로 들어간 뒤 방문을 열었다. 안에는 아무도 없었다. 산속 오두막치고 내부가 깔끔했다. 세상을 등진 선비의 은둔지 같았다. 나무꾼에게도 그 정도의 분별력은 있었다. 벽에는 어떤 선비의 초상화가 걸려 있었다. 통영갓에 보라색 두루마기는 높은 지위를 암시했지만, 귀까지 찢어진 입에 하나밖에 없는 애꾸눈은 사악한 빛이 감돌았다. 짙은 눈썹도 수염도 이 같은 성격의 강조에 한몫했다. 자신의 지엄한 위치를 드러낸 초상화라기보다는 그만한 몸값이 걸린 현상수배자의 용모파기에 가까웠다.

서안에는 화선지가 놓여 있었는데 쓰다 만 것 같은 글귀가 있었다.

"그자들은 검은 갑옷에 검은 투구, 나는 걸음에 입을 움직이지 않는 말하기로 저세상의 위풍을 떨치며 목숨을 취하는 위세를 드러내나, 그럼에도……."

글은 중간에서 끊어졌다. 쓰다가 어딜 나간 건지 다른 사정이 있는지 알 수 없었다. 서안 주위로 술병들이 길게 놓여 있었다.

"마시면서 쓰다가 취해서 나간 건가?"

병도 그 안의 빛깔도 이상했다. 한 모금 마시고픈 생각이 간절했으나 남의 물건에 함부로 손댈 수는 없었다. 그 밖에 가재도구라고는 책뿐이었다. 서가가 사면 벽을 차지했는데 온통 책이 가득했다. 은둔 선비의 집이 틀림없었다.

"아무도 안 계십니까?"

나무꾼이 다시 한 번 불렀다. 대답은 없었다. 온종일 산을 헤맸기에 배가 고팠다. 그는 바랑에서 개암나무 열매 하나를 입에 넣고 씹었다. 딱! 소리를 내며 열매가 씹혔다. 비는 더욱 거세지고 천둥이 하늘을 길게 찢었다. 그는 서가에 꽂힌 책을 둘러보 았지만 지식이 짧아 알아낼 수 있는 게 없었다.

서가 한 곳은 책이 없는 대신 도자기가 얹혀 있었다. 요강처 럼 손잡이 꼭지의 뚜껑이 있는 도자기였다. 재물에 욕심이 생긴 마음이 도자기에 손을 대게 했다. 꼭지가 단추처럼 눌리면서 덜 커덩하는 소리가 났다. 방안의 구조물이 움직였다. 서가가 반으 로 접히면서 천장에 입구 하나가 생겨났다. 나무꾼은 소스라치 게 놀랐다. 서가가 다락으로 통하는 계단으로 변한 것이다. 거꾸 로 되어도 도자기는 떨어지지 않았다. 접착물로 붙여진 가짜였 다. 다락으로 올라가는 비밀통로의 위장용 물건인 셈이었다.

"누군지 보통 놈이 아니로구나."

다락에는 보물이나 무기가 있을지도 몰랐다. 그는 이 집이 산 적들의 곳간이거나, 사람의 눈을 피해 사는 위험분자의 은신처 라고 생각했다. 어찌해야 좋을지 망설일 때 바깥에서 여러 사람 이 다가오는 기척이 있었다.

"낭패다! 산적 떼로구나!"

지금 나간다면 붙잡힐 터였다. 그들이 비밀통로를 안다면 다 락으로 올라가도 마찬가지였다. 불현듯 나무꾼은 이리로 오는 자들이 이 장소를 모를 수도 있다고 판단했다. 아마 산적들이 이 집 주인을 처치해 파묻고 돌아오는 것일 수도 있었다. 쓰다 가 중단한 글씨가 그런 암시를 주고 있잖은가.

나무꾼은 급히 나무 계단을 올라 도자기 뚜껑의 꼭지를 눌렀다. 예상대로 다락 통로가 다시 병풍처럼 접히면서 서가로 변했다. 입구가 감춰진 다락 안은 캄캄했다. 높이가 낮아 앉을 수도 없었다. 그는 엎드린 채 바닥에 난 틈으로 아래를 내려다보았다.

발소리도 없이 어떤 사람들이 방으로 들어왔다. 모두 다섯 명이었는데 똑같이 검은 갑옷, 검은 투구에 검은 가죽신을 신었다. 상복을 연상시키는, 재수 없는 복장이었다. 이런 갑옷을 입고 다니는 무관은 없었다. 나무꾼은 시체처럼 새하얀 그들의 얼굴을 보았는데 눈썹과 수염이 없었다. 연지를 칠한 듯 새빨간 입술에 눈이 쭉 찢어져 귀신처럼 보였다.

"이놈들 남사당패로구나. 어디 장터에서 곡예판이라도 벌이다가 여기로 들어온 모양이다."

문득 나무꾼은 서안에 있던 글귀를 떠올렸다.

"검은 갑옷에 검은 투구, 나는 걸음에 입을 움직이지 않는 말하기로 저세상의 위풍을 떨치며 목숨을 취하는 위세를 가진 이들은 바로 이 다섯 명이 아닐까?"

그들은 촛불을 가운데 두고 원을 그리며 앉았다.

그들은 이상한 방식으로 의사소통을 나누었다. 한 사람이 다른 사람을 쳐다보면 공간이 파동을 일으켰다. 나무꾼은 그들의 입과 입 사이의 텅 빈 공간이 접히고 뭉뚱그려지는 해괴한 광경을 보았다. 흐르는 시냇물 속을 들여다보는 보는 것 같았다. 그

파동을 볼 때마다 번개로 직격당하는 듯한 두통이 밀려들었다. 그들 다섯이 술병을 보며 미소 지을 때 동시에 일으킨 파동이 나무꾼의 코에서 피를 흘리게 했다.

그들은 소리를 내지 않고도 떠들썩한 분위기로 술을 마시기 시작했다. 잔도 없이 병째 벌컥벌컥 들이켰다. 허연 얼굴은 변함없었으나 공간을 접고 구기는 그들의 파동은 더 심해졌으며 사물에 기분 나쁜 영향력을 행사했다.

나무꾼은 머리가 조여지고, 시공간의 감각이 왜곡되는 기분에 싸였다. 혀가 목구멍 안으로 저절로 말렸다. 그들이 내는 파동은 인간에겐 치명적이었다. 그 힘에 죽을 수도 있었다. 혀가 더 이상 말리면 숨을 쉴 수 없을 것이란 생각에 나무꾼은 개암 열매를 꺼내 입에 갖다댔다. 혀가 음식물을 알아보고 본능의 기능을 조금 회복했다. 이번엔 입이 저절로 벌어져 닫히질 않았다. 나무꾼은 양손을 이용해 위아래 턱을 아래로 밀었다. 마침 술을 마시느라 다섯 명의 파동이 끝나는 순간이었다. 엄청난 턱 힘에 깨물린 개암은 딱! 소리와 함께 폭탄처럼 박살났고 이빨이 부서질 정도의 충격을 가져왔다.

그들이 다락으로 쳐들어올까봐 나무꾼은 긴장했다. 그러나 그들은 범인 색출보다 도망이 급선무였다. 더 이상의 의사소통을 그만둔 그들은 일제히 집 바깥으로 뛰쳐나갔는데 발을 움직이지 않고도 움직였다. 마치 그들을 알아본 사람을 처치하는 것

보다 모습을 숨겨야 하는 게 목적인 것처럼.

나무꾼의 신체 기능이 정상으로 돌아왔다. 그는 다섯 사람이 도망가는 광경을 놓치지 않았다. 마지막 사람이 사라질 때 품속에서 뭔가가 떨어졌다. 하지만 도망에 바빠 떨어트린 사실조차 모르는 모양이었다. 그들이 자취를 감추자 파동도 사라지고 머리가 다시 맑아졌다. 나무꾼이 다락의 출입구를 힘껏 아래로 밀었다. 거꾸로 붙은 도자기 사이로 텅 빈 방 안이 보였다. 그들이 마시다 만 술이 고스란히 남았다. 나무꾼은 내려와 병을 들고 냄새를 맡았다. 두 번 다시 맡기 싫은 쓴 냄새가 풍겼다.

나무꾼은 다섯 번째 선비가 떨어트린 물건을 바라보았다.

"뭐야, 이거? 감투잖아?"

그것은 묘하게 생긴 의관이었다. 망사처럼 투명했는데 머리에 꼭 맞도록 납작했다. 전혀 갓처럼 생기지 않아 위엄이 서려 보이지 않았다. 노인이 쓰면 어울릴 물건이었다. 그러나 재질이 여느 감투와 달랐는데 손에 닿을 때 나무꾼은 폐허가 된 세상의 높은 옥좌와 그 아래를 비척비척 걷는 귀신들을 본 환상에 빠졌다. 그는 감투를 이리저리 돌려 보다가 벽에 붙은 초상화에 시선을 던졌다. 기괴함이란 면에서 애꾸눈 선비는 그 다섯 명에게 뒤지지 않았다. 이 사람은 대체 누구일까? 그는 감투를 방 한구석으로 집어던졌다.

"어쨌든 도망부터 쳐야겠다."

비는 그쳐 있었다. 비바람의 원인조차 그 재수 없는 다섯 갑옷이 아닐까 하는 상상이 들 정도였다. 밖으로 나가려 할 때 발에 감투가 채였다. 감투에 발이 있어 따라온 것처럼. 그는 잠시 고민하다가 감투를 손에 쥐고 밖으로 나섰다.

비가 그친 산은 평소와 같았다. 젖은 대자연은 특유의 녹색을 밤기운에 내어줘 숲은 짙은 쑥색이 되었다. 이파리는 고개를 까닥거리며 물방울을 떨어트렸다. 폭우에 잠이 깬 노루 한 마리와 삵 한 마리가 숲을 걸어 다녔다. 다섯 명은 안보였다.

나무꾼은 아무 생각 없이 감투를 머리에 썼다. 그러자 한 번도 겪어보지 못한 충격이 몰려왔다.

감투를 쓴 나무꾼의 눈에 숲은 평상시와 똑같았다. 그러나 노루와 삵은 달랐다. 감투를 쓰자마자 노랑, 회색 털을 자랑하며 걷던 두 마리는 사라졌다. 대신 겉가죽이 사라진 해골 두 마리가 뼈다귀 다리로 척척 걸어가는 광경이 나타났다. 기겁을 한 나무꾼이 감투를 벗었다. 삵과 노루가 본래의 모습으로 돌아왔다. 다시 나무꾼이 감투를 썼다. 뼈다귀만 남은 두 짐승이 (먼 미래의 엑스레이 화면처럼) 움직였다. 나무꾼이 헉 하고 소리를 내자 노루와 삵의 해골이 멈춰 서서 그를 바라보았다.

머리에 긴 뿔이 붙은 해골이 목뼈를 늘이며 그에게 고개를 들이밀었다. 나무꾼이 다시 감투를 벗자 누런 털빛의 노루가 목을 뒤로 뺐다.

"세상에!"

다시 감투를 썼다. 그 사이 삵이 노루에게 덤벼들었다. 나무꾼은 큰 해골 짐승이 등에 업힌 작은 해골 짐승을 뿔로 날려버리는 광경을 보았다. 감투를 벗으니 날아간 삵이 나무에 부딪친 후 일어나 내빼는 광경이 보였다. 그는 삵의 도주를 보며 감투를 썼다 벗기를 반복했다. 멀어지는 삵에게서 털 있는 모습과 해골만 남은 모습이 교차했다.

"아이고머니나!"

나무꾼은 감투를 쓴 채로 걸음아 날 살려라 뛰었다. 다섯 명을 만날까봐 겁이 났지만 그대로 있을 수는 없었다. 그가 달려오는 걸 본 나무 위의 작은 백골이 푸드득 날개 뼈를 휘저으며 날아올랐다. 땅에는 갈짓자를 그리며 기어가는 뱀의 뼈다귀도 있었다. 앙증맞은 작은 백골들과 그 앞을 막아선 커다란 개 형상의 백골은 여우 가족이었다. 모든 백골은 야광을 띤 채로 나타났기에 숲속 어디에서나 번쩍거렸다. 어둠 속에, 나무 뒤에 숨어도 다 보였다. 아무리 시력이 좋아도 보지 못할 걸 이 감투는 보게 하고 있다.

귀신에 홀렸다는 생각에 나무꾼은 멈추지 않고 달렸다. 그러다가 우뚝 멈춰 섰다. 사람 형상의 백골이 보였는데 땅 위에 있지 않고 땅속에 있었다.

"땅속까지 보이다니! 이건 시체로구나! 어떤 놈이 사람을 파묻었다!"

그는 초상화 속의 선비가 묻혀 있는 건 아닐까 생각하면서 백골을 바라보았다. 죽여서 운반해온 듯 시체는 땅속에서 몸이 심하게 꺾여 있었다. 시체의 손가락 끝에서 번쩍이는 노란 광채가 보였다. 나무꾼은 주위를 둘러보다가 돌맹이를 주워들고 땅을 팠다. 얼마 파기도 전에 노란 광채를 발하는 긴 뼈다귀가 나왔다. 감투를 벗자 여자의 팔이란 걸 알 수 있었다. 손가락의 광채는 그녀가 낀 은가락지였다. 그대로 묻은 걸 보니 절도와는 다른 목적으로 여자를 살해하고 매장한 것 같았다. 나무꾼은 잠시 고민하다가 시체를 관아에 신고하지 않기로 했다. 천한 신분으로 알려봤자 괜히 복잡한 일에 연루만 될 뿐이다. 승진을 노리는 포교한테 범인으로 몰릴 수도 있다. 대신 그는 은가락지를 가지기로 결심했다. 죽은 여자의 손가락을 잡아당겨 그는 재물을 취했다. 쌀 몇 되는 충분할 가치의 은가락지였다. 무서움에 질렸던 그의 얼굴에 계산적인 미소가 흐르기 시작했다.

'그러니까 이 감투를 쓰면 살아 있는 것의 속을 들여다볼 수 있고 쇠붙이도 볼 수 있다 이거지?'

그는 은가락지를 썩어가기 시작하는 여자의 이마에다 놓고 다시 감투를 썼다. 백골의 이마에서 노란 광채가 번졌다. 해골은 원망하는 눈길로 그를 바라보는 듯했다.

그는 고개를 끄덕였다.

"심봤다는 말은 이럴 때 해야 하지! 이 감투는 산삼보다 귀하거든!"

그는 이마에 찰싹 달라붙은 감투를 어루만졌다. 재물을 벌 수 있다는 욕심이 모든 공포를 걷어가버렸다.

3

그날 이후, 나무꾼이 사는 마을의 '백곡벌'이라는 벌판의 땅이 여기저기 파헤쳐지는 일이 잇따라 발생했다. 그곳은 예전부터 버려진 땅이었다. 땅이 파였을 뿐 못 쓰게 된 농작물도 없고 범죄 관련 희생자도 없어서 관아에서는 수사를 하지 않았다. 사람들은 멧돼지 같은 육중한 산짐승의 소행으로 여겼는데 그런 동물을 본 사람은 아무도 없었다. 아울러 시간과 노력을 들여 탐문하는 이도 없었다. 백곡벌은 저주받은 곳이라는 소문이 자자했기 때문이다. 70년 전 무자비한 전투가 벌어져 많은 사람이 죽은 벌판이었다. 명색이 전쟁터인데 전승비나 기념비 따위가 없었고 누가 누구와 싸웠는지 등 정확한 사연을 아는 이도 없었다. 모두가 잘 알지도 못하면서 오랑캐 격퇴에 관해 아는 척을 했다.

나무꾼은 신수가 훤해졌다. 그는 쌀을 풍족히 사고 좋은 집을 장만했으며 깨끗한 새 옷을 갖고 다녔다. 그러나 사람들 앞에서는 눈에 띄는 사치를 부리지 않았다. 마을 사람들은 부지런하면 하늘이 알아본다고 그를 칭찬했다. 그들은 남들보다 더 많이 나무를 베어서 그가 재산을 모은 줄 알았다. 나무꾼은 사람들이 보는 앞에선 그 어느 때보다 일에 열심이었으나 사실 이는 알리바이를 만드는 행위에 불과했다. 남들이 보지 않으면 그는 침을 뱉고 도끼를 허리춤의 끈주머니에 넣었다. 그리고 감투를 썼다.

백곡벌의 땅을 파헤친 범인은 바로 이 나무꾼이었다. 그는 감투를 써서 벌판 아래에 묻힌 백골들을 보았고 백골만큼이나 많은 광채를 보았다. 그 광채는 창, 칼, 방패 따위에서 나왔다. 아무도 모르게 발굴한 골동품 병장기를 그는 도시의 뒷골목에 내다 팔아 돈으로 만들었다. 누구도 이 사실을 몰랐다. 나무꾼 역시 백곡벌에 왜 그리 많은 병장기와 시체가 묻혀 있는지 몰랐다.

돈이 쌓여 배가 부르고 나서야 그 사실이 알고 싶었다. 정작 그가 궁금해야 할 것은 머리에 쓴 감투의 출처와 감투의 능력이 겠지만 다섯 괴인이 잃어버린 물건을 찾으러 나타나지 않자 그는 현실적인 것만 궁금해하기로 했다. 거기 왜 귀한 병장기가 묻혀 있는지, 얼마나 더 있는지, 아는 사람은 없는지 따위 말이다.

그가 특히 궁금해하는 건 백곡벌 꼭대기에 묻혀 있는 유독 커다란 해골의 주인과 그가 가지고 있는 긴 광채에 대해서였다. 보검이 틀림없는 것 같아 몇 번이나 파보려 했지만 불길한 예감이 실행을 미루게 했다.

오일장이 있는 날이었다.

나무꾼은 감투를 머리에 꽉 붙여 쓴 뒤, 그 위에 삿갓을 써 남들이 못 알아채게 했다. 삿갓은 얼굴을 가려줘 아는 사람의 시선도 차단할 수 있었다.

"으…… 끔찍하구나."

장터에 백 명이 넘는 백골들이 걸어다니고 있었다. 채소도 좌판도 그릇도 망태기도 다 정상으로 보였다. 하지만 흥정하는 사람들은 모두 백골이었다. 이고, 지고, 펼치고, 받고, 건네고, 멱살 쥐고, 남의 물건에 손대는 등 모든 행위의 주체가 백골들이었다. 나무꾼은 움직이는 뼈다귀들은 무시하고 보고 싶은 것만 보기로 했다. 얼굴 앞으로 손을 모은 채 다소곳이 걸어오는 백골은 쓰개치마를 입은 양반댁 처녀일 것이었다. 그녀가 손가락에 긴 금가락지가 노란 광채를 뿜었다. 양반들이 사는 기와집 주변에선 이런 광채를 더 볼 수 있겠지. 그는 '양반을 살' 돈을 마련할 때까지 병장기를 더 발굴하기로 마음먹었다.

그는 술 파는 아낙에게 들러 막걸리와 안주를 샀다. 해골이 시시덕거리며 거스름돈을 내주었다. 나무꾼은 인상을 찌푸리며 잔돈은 가지라고 했다. 해골이 감사하다고 절을 올렸다. 나무꾼은 장터를 가로질러 우물가에 도착해서는 목적지 싸리나무 대문 집을 발견했다.

"계십니까?"

"누구요?"

텃밭의 채소를 보던 허리 굽은 백골이 걸어왔다.

"어르신이 이 마을에서 가장 연장자인 최 씨 어르신이 맞습니까?"

"맞긴 하오만 누구요?"

"예. 저는 지역 역사를 연구하는 초보 향사입니다. 어르신이 이 마을 역사에 관해 모르는 게 없다 해서 찾아뵈었습니다. 물론 그냥 오지는 않았지요."

나무꾼은 손에 든 막걸리와 안주를 들어 보였다. 백골은 기뻐 춤이라도 출 기세였다.

'아무도 찾아줄 사람 없는 늙은이라 좋아 환장하는구먼.'

"잘 오셨소, 젊은 선달! 선달의 말이 정확하오! 이 늙은이만큼 이 고장 역사를 잘 아는 이는 없소이다!"

"그렇군요. 그럼 소피를 좀 보고 올 테니 제가 궁금해하는 걸 가르쳐주십시오."

해골이 아양조가 되어 뒷간이 어디 있는지 가르쳐주었다. 나무꾼은 빙그레 웃으며 뒷간에 가 감투를 벗었다. 소피를 보고 나왔을 때 그의 앞에는 해골이 아닌 인자하게 생긴 할아버지가 들마루에 술상을 봐놓고 있었다. 나무꾼은 그 앞에 앉아 단도직입적으로 얘기하겠다며 묻고 싶은 소재를 꺼냈다.

"백곡벌 전투에 대해 듣고 싶다고요?" 노인의 반응이 반갑지가 않았다.

"예. 제가 궁금한 건 그것입니다."

"어째서요?"

"역사 연구 중에 전쟁사가 가장 흥미롭거든요."

"음, 그곳에서 전투가 벌어진 건 사실이오……."

노인이 우물쭈물하는 기색을 보였다.

"허나 그건 별로 우리 마을에 좋은 역사가 아닌데……. 그러지 말고 해와 달이 된 오누이 얘기는 어떻소?"

"좋은 역사건 나쁜 역사건 역사는 다 엄연한 사실입니다. 후손은 전대의 진실을 알 권리가 있고요. 온고지신."

"옛것을 알아 새것을 익힌다!"

노인이 혼잣말처럼 되뇌었다. 약은 영감이로군, 시간을 질질 끌면서……. 나도 같은 방법을 써야겠다, 나무꾼은 찹쌀막걸리를 잔에 가득 따른 후 노인에게 건넬 듯하다가 자기가 쭉 마셔 버렸다. 기대하던 노인이 입맛을 쩝쩝 다셨다. 나무꾼은 다시 잔에 막걸리를 따른 후 공손히 잔을 건넸다.

"그저 이런 것도 연구하고자 할 뿐 사실을 알려준 사람 이름까지 밝히려는 게 아닙니다."

노인이 잔을 붙잡더니 오아시스를 찾은 사막 횡단자처럼 단숨에 막걸리를 들이켰다. 나무꾼이 명태포를 찢어 한층 더 공손히 건넸다. 노인은 기세도 좋게 명태포를 뜯은 후 말했다.

"그건 사실 전투라고 부르기도 민망하오. 같은 편끼리 피를 흘린 싸움이라서……."

"오랑캐 격퇴라고 들었는데요?"

"사실이 아니오. 그건 검은 역사요."

노인이 마침내 이야기를 들려주었다. 이야기 사이사이 나무 꾼은 노인에게 안주를 먹였고 술을 더 사오기도 했다. 그래서 모든 진실을 알 수 있었다.

백곡벌 한켠 고지대 아래 묻힌 키 큰 해골의 주인은 박양곤이 었다.

노인은 그 전투를 '박양곤의 화(禍)'라고 불렀다. 경북 섭주가 고향인 박양곤은 스무 살에 무과에 급제한 강인하고 무서운 인 물이었다. 머리부터 발끝까지 군인인 그는 두터운 전우애보다 불복 없는 명령체계를 중시했고, 자비보다 기강을 강조했다. 수 많은 전장터를 누빈 그는 병력의 수에 상관없이 나아감에 물러 섬이 없었고, 후퇴하는 아군은 가차없이 목을 벨 정도로 무섭게 싸웠다. 그가 가는 곳마다 시체가 산을 이루었고 피가 강이 되 어 흘렀다. 수많은 싸움에서 승전보를 올린 그는 공로를 인정받 아 함길도 병마절제사를 지냈고 북방 오랑캐를 토벌해 영토를 개척하는 데도 이름을 드날렸다. 박양곤이 온다고 하면 적들은 겁부터 집어먹어 도망치는 자가 부지기수였다.

아군 또한 그를 무서워했다. 무수한 참전 무모한 진격 명령을 받을 때마다 보검을 든 그가 뒤에 서 있었기 때문이다. 여마검(勵魔劍)이란 이름의 그 검은 스치기만 해도 살점이 잘려나가고 칼에는 피가 묻지 않는 가공할 병기였다. 앞에는 적군이라는 죽음이, 뒤에는 박양곤이라는 더 무서운 죽음이 있었기에 군졸들은 무슨 방법을 써서라도 앞을 뚫어야만 했다. 숫자가 많아도 적들의 방어선이 매번 무너진 이유가 바로 이것이었다.

전쟁이 없을 때에도 박양곤은 그들에게 공포의 대상이었다. 그는 수시로 시찰을 다니며 복무를 점검했는데, 해이해진 기강을 바로잡기보다는 징벌을 부과하기 위한 목적 쪽이 더 큰 것 같았다. 그는 사소한 군율 위반으로도 과도한 형벌을 내렸다. 고문에는 그가 직접 설계한 도구가 사용되었는데, 상반신과 하반신을 반대로 틀며 잡아끄는 의자나 생식기를 덮어서 지지는 인두 따위가 있었다. 고문을 가할 때 그는 늘 술을 마셨고 풍악을 울렸다고 하는데 마치 피를 봐야만 살 수 있고 피를 보기 위해서 사는 사람 같았다. 군졸들은 그가 무서워 차라리 전쟁이 일어나길 바랐다. 전쟁이 없을 때, '사적인 흥밋거리'를 찾는 그의 모습이 전시 때보다 더 무서웠기 때문이다.

이 같은 잔인한 고문이 그가 이동하는 군영마다 잇따라 발생하자 조정은 박양곤과 연관된 투서를 받게 되었다. 덮어서 쉬쉬하기도 한두 번이지, 사람을 재미로 죽이는 그를 처벌해달라는 투서가 끊이질 않았다.

왕과 집권세력의 대신들은 난감했다. 무섭고 이단적인 별종이긴 해도 박양곤은 싸움터에 나가면 지지 않는 용맹한 무장이었다. 반란이 일어나도 박양곤이 진압하러 온다는 소문만 내면 폭동의 불씨는 저절로 사그라들 정도였다. 권력 가진 자에게 '명령에만 복종하고 확실하게 질서를 세우는' 박양곤은 필요악의 존재였다.

하지만 평소 그를 알던 무관들은 이 기회를 놓치지 않았다. 그들은 임금 앞에 나아가 탄핵에 앞장섰다. "싸움에서는 뒤에 숨고 진급에서는 앞장서는 정치군인들을 다 죽여야 한다"고 함부로 말하고 다니는 박양곤이 선배 무신들에게는 눈엣가시였다. 그들은 박양곤을 귀양 보내라는 상소를 올리고 왕실이 그를 감싸고도는데 이의를 제기했다.

결국 박양곤은 삭탈관직을 당하고 고향인 섭주로 낙향했다. 무수한 전쟁을 겪은 그가 무수한 흉터를 얼굴에 달고 왔을 때는 52세였다. 식구들부터 시작해 온 집안 하인들이 새로운 공포에 떨었다. 그들 역시 자신의 위치가 피를 나눈 가족이 아닌 잠재적 먹잇감이란 사실을 깨달았기 때문일까. 사람들은 광기 서린 눈빛을 보고 그가 여전히 피에 목말라하고 폭력에 굶주렸으며 부당한 처우에 원한을 갖고 있다는 사실을 알았다. 모두가 빌미를 주지 않기 위해 그 앞에서 조심했다. 고개를 숙이고 일에 몰두하는 척했다. 박양곤은 우울한 마음을 사냥으로 달랬는데 운 나쁘게 그에게 사로잡힌 산짐승은 말 못 할 정도로 잔혹하게 죽고 말았다. 죽어가는 생명을 보며 미소 짓는 박양곤에게 사람들은 질려 버렸다. 말수가 줄어든 그는 핏속의 욕구를 해소할 방법을 찾지 못해 표정까지도 악독해졌다.

그가 낙향하자 군대의 기강이 해이해진 것처럼 전국 각처에는 오랑캐의 약탈이 빈번해졌다. 범죄가 들끓어 민심이 흉흉해지는가 하면, 사교가 부흥해 도탄에 빠진 백성들을 유혹하는 사건도 늘었다. 박양곤의 눈에 이 모든 것은 질서가 붕괴된 절망이었으리라. 반어적으로, 그는 이 절망감 때문에 어떤 믿음에 빠지게 되었다. 그것은 그의 성향과 아주 잘 맞는, 피와 생명을 요구하는 어떤 사악한 종교였다.

어느 날 그는 홀연히 사라져 한 달 만에 집으로 돌아왔는데 사람들은 달라진 그의 표정에 놀랐다. 득도한 사람의 미소가 얼굴에 가득했기 때문이다. 그는 하얀 옷 대신 검은 신과 검은 두루마기를 입었고 죽을 때까지 이 복식을 바꾸지 않았다.

쉬쉬하는 가운데 열 띤 소문이 사람들 입에 오르내렸다. 그중 가장 유력한 소문은 그가 '붉은 미륵불의 대법회'에 참석했다가 왔다는 말이었다. 붉은 미륵불은 혼돈에 빠진 인간 세상을 구제하기 위해 만겁(萬劫, 지극히 오랜 시간)의 시공간을 뚫고 강림했다고 자처하는 존재로, 가는 곳마다 눈을 믿기 어려운 기적을 선보여 백성들의 지지를 받았다. 붉은 미륵불이 앉은뱅이를 걷게 하고, 감로수를 뿌렸고, 공중부양을 했다는 소문이 들불처럼 번져가는 가운데, 수사망을 좁힌 포도청 종사관들이 미륵불의 추종자들에 의해 가차 없이 살해당해 만인이 보는 앞에서 불에 태워졌다. 붉은 미륵불의 설법은 사람을 제물로 바치는 인신공양을 해탈과 동일시했으며, 그의 교리는 정통 불교를 사악한 이단으로 몰아세우는 데 대부분을 할애하고 있었다. 설교의 시작과 끝은 언제나 이 나라 왕실이 이단의 불교를 지나치게 보호해 나라를 망가뜨렸다는 것이었다. 포도청 종사관까지 죽어나가자 그들의 세력은 하늘을 찌를 듯했다. 나이 지긋한 노인 중에는 정체불명의 미륵불이 고조선 시대부터 살아온 불로장생의 제사장이라 말하는 이가 있었고, 사악한 악귀가 인간의 탈을 쓰고 윤회했다고 말하는 이도 있었다.

악이 악을 알아보는 것처럼, 박양곤은 붉은 미륵불의 포교 활동에 영혼이 고양되는 기분이었던 듯하다. 고문과 살육이라는 개인적 욕망을 통해 고양된 바였겠지만 박양곤은 개의치 않았다. 그는 마약에 중독된 것처럼 붉은 미륵불에 온 정신을 장악당했다. 붉은 미륵불은 박양곤이 세상을 구제할 13 나한(羅漢)의 하나이며 곧 천지개벽의 날이 오리니 거병할 준비를 하라고 일렀다. 권력에서 쫓겨난 박양곤과 비슷한 처지인 벼슬아치 12명도 같은 명을 받았다. 반란 혹은 역성혁명으로 보이는 이 시도는 이전의 박양곤이라면 생각할 수도 없는 대역 불충이었으나, 사특한 믿음에 눈이 먼 그는 홀린 듯 보살의 설법을 받아들였다. 그가 이 일에 가담한 건 어쩌면 살생을 원하는 대로 할 수 있기 때문인지도 몰랐다. 그의 살생부에는 잔혹하게 고문해 차근차근 원수를 갚아야 할 문신·무신은 한둘이 아니었다. 검은 교리에 중독된 박양곤은 사병을 키워 무기를 나눠주어 때가 오기만을 기다렸다.

어느 날, 사랑방을 청소하는 여종 다홍은 그가 쓰다 남긴 저술을 우연히 보게 되었다. 다홍은 글을 읽을 줄 알았기에, 박양곤이 쓴 "만겁에서 사바세상으로 강림한 붉은 미륵불이 13 나한을 각지로 보냈으며 머지않아 천지개벽의 피흘림이 초래될 것이다"라는 글을 읽었다.

그녀가 걸레질도 잊고 정신없이 글을 읽고 있을 때 박양곤이 방으로 들어왔다. 크게 노한 그는 잘못했다고 싹싹 비는 여종을 마당으로 끌고 갔다. 모든 하인을 집결시킨 박양곤은 다홍을 상반신과 하반신이 반대로 도는 의자에 묶어 허리를 비틀어 죽여버렸다. 터지는 피, 튀는 살점은 입을 조심하라는 협박이었다. 마을 사람들은 극도의 공포에 시달렸고 언젠가 자기도 처형되는 신세가 될까봐 불안에서 헤어나질 못했다.

하지만 여종의 오라비인 섬돌쇠는 가족을 잃은 슬픔에 이를 갈았다. 야밤에 몰래 담을 넘은 그는 믿지 못하는 섭주 대신 인근의 안동 관아로 달려가 주인 영감이 사교의 앞잡이라고 발고 했다. 아울러 그가 이틀 뒤 백곡벌에서 군사훈련을 할 때 집을 뒤져보면 물증이 나올 것이라고 했다. 모든 관리가 미워하던 박양곤이니만큼 안동 부사는 진상을 알아보기 위해 서둘렀다. 만약 하인의 말이 사실이라면 이 일은 엄청난 공을 세울 기회였기 때문이다.

이틀 뒤, 박양곤이 사병 200명을 모아 백곡벌에서 진법을 연마하는 사이 관군이 그의 집으로 들이닥쳤다. 수색 끝에 그가 저술한 것으로 보이는 증거품들이 대거 나왔다. 토벌의 계획은 신속하게 이뤄졌지만 미륵불은 그를 도와주러 오지 않았다. 박양곤을 처치하고 싶어 했던 무관들이 앞다투어 군사를 이끌고 섭주 백곡벌을 기습했다. 그중에는 그를 탄핵하는 데 앞장섰던 도원수 정순겸의 조카 정익성도 있었다. 검은 두루마기의 박양곤은 200의 군사만으로 정익성의 훈련받은 관군을 고전에 처하게 했다. 여마검을 휘두를 때마다 관군은 사지가 떨어져 나갔고 병장기는 반토막이 났다. 관군은 전설의 박양곤이란 이름에 벌벌 떨었고 그가 입은 옷에 더욱 겁을 먹어 진격을 꺼렸다.

정익성은 후퇴하는 병사를 칼로 베어 박양곤의 전법을 역으로 이용했다. 살기 위한 공포와 죽음을 불사한 용맹함이 동격이 되자, 관군들은 박양곤에게 반 실성 상태로 달려들었다. 1000명이 넘는 관군에게 200명 사병은 중과부적이었다. 부하들이 하나둘 떨어져 나가고 홀로 남은 박양곤은 최후의 순간까지 적을 베고 찌르다가 정익성의 칼을 받고 말았다. 숨이 끊어지기 직전 박양곤은 정익성의 얼굴에 한 모금 피를 내뿜어 붉은 미륵불의 저주를 내렸지만, 정익성은 자신의 칼을 놔둔 채 박양곤의 여마검을 뺏아 목을 찔러 검의 주인에게 최후의 수모를 안겨주었다. 아울러 전투가 끝나자 묘비도 없이 백곡벌 아래에 200의 적도들을 그대로 묻어 그들의 혼백마저 저주 속에 내버려두었다. 여마검도 주인과 함께 묻혔다.

이 일은 매우 은밀히 진행되었는데, 백성들은 관군이 역적들의 시신을 수습해간 줄로 알았다. 또한 박양곤이 죽은 후로 백곡벌에 밤이면 귀신의 울음이 들리고, 붉은 빛깔의 여우나 멧돼지가 출몰한다는 소문이 나 아무도 그 땅에 다가가려 하지 않았다(나무꾼에게 이야기를 들려준 노인조차도 관군이 몽땅 시체를 거두어가 그 땅 밑에는 아무것도 없다고 자신 있게 말했다).

13 나한으로 지칭받은 퇴직 관료들도 하나하나 붙잡혀 역모의 시도는 불발됐으며, 붉은 미륵불은 세상에서 자취를 감추었다. 누군가의 반란 시도는 좌절되고, 누군가의 살인 욕망은 중단당한 것이다. 정(正)이 사(邪)를 이겼다고 사람들은 기뻐했다.

이야기를 겨우 마친 노인은 술기운이 올라 드러누워 코를 골았다. 나무꾼은 감투를 어루만지며 씨익 웃었다. 전설 같은 박양곤의 이야기는 흥미로웠다. 백곡벌 꼭대기 땅 아래의 팔 척장신 해골은 분명 박양곤이며, 그 옆에 빛나는 긴 광채는 여마검일 것이었기에.

어떤 무서운 예감 때문에 보검을 발굴하는 일을 미뤄왔지만 이제는 해야겠다는 결심이 섰다. 세상 어딘가에는 분명 그 검을 손에 넣고 싶어 하는 장군이나 취미가가 있을 것이다. 어떤 값을 부르든 간에 지불할 만한 이가.

아울러 나무꾼은 꼬리가 밟힐지도 모를 이 도굴의 마지막을 여마검으로 장식하리라 맹세했다.

'여마검과 함께 이 섭주를 떠나자. 아무도 모르는 곳에 가서 양반 신분을 산 뒤, 과거와 결별하는 거다.'

4

이런 계획을 부지런히 짜는 동시에 나무꾼은 자신의 부정한 돈벌이가 들통나지 않도록 나무 하는 일에도 열심이었다. 물론 남들이 보는 앞에서만.

나라에서 열녀문을 하사받아 유명한 이 씨 부인 댁으로부터 나무를 갖다달라는 주문을 받은 것도 이 무렵이었다. 여러 나무꾼이 채택되었는데 감투 쓴 나무꾼도 그중에 끼었다. 이 씨 부인 댁 하인들은 모두 장례 치를 일에 대기 중이어서 나무하러 갈 여력이 없었다. 나무꾼은 내키지 않았지만 무턱대고 거절하면 의심받을까봐 일을 수락했다. 감투를 쓰고 그 과붓집에 얼마나 많은 재물이 있는지도 투시해볼 생각이었다.

그런데 그 집에는 요상한 소문이 돌고 있었다.

이 씨 부인 시아버지가 분명 죽었는데 죽은 것 같지가 않다는 해괴망측한 소문이었다. 철골 대감이란 별명으로 불렸던 그 68세 노인은 어영청에서 공직을 맡다가 퇴임한 무관 출신의 고관이었다. 최근 말을 타다 낙마한 그는 피를 한 되나 쏟았고 의식 불명 상태로 지내왔다. 그러다 단 한 번의 오진도 없는 명의 황 의원으로부터 "오늘 밤을 넘기지 못할 것"이라는 말을 들었다. 자손들은 상여를 준비했고, 산소를 파놨으며, 빈소까지 미리 갖추었다. 황 의원이 말한 대로 그날 밤 대감은 숨을 거두었다. 더 이상 맥박이 뛰지 않고 숨결이 없음을 황 의원과 대감의 자손들이 확인했다. "아이고! 아버지!", "아이고! 대감마님!" 곡이 크게 울려 퍼지는 가운데 차남이 대감의 얼굴에 손을 댔다. 그 순간 꽉 다문 노인의 입에서 말이 새어나왔다.

「나는 아직……. 떠나지 않았다…….」

그것은 혀와 입을 움직이지 않은 발성이었기에 사람들은 깜짝 놀랐다. 바깥으로 퍼져나가던 울음이 뚝 그쳤다. 차남이 기겁해 물었다.

"아버님! 사, 살아 계시옵니까?"

「나는…… 죽었다…….」

"예?"

「나는 죽었다……. 그런데 저승사자가 오지 않았어…….」

"그게 무슨 소립니까?"

「혼백이 아직……. 내 육신 안에 있다……. 저승사자가 와야 나는 떠날 수 있다…….」

말 그대로였다. 철골대감의 육신은 죽었다. 그러나 정신은 아직 죽지 않았다.

대감 댁 가문은 이 뜻하지 않은 사태에 완전 공황상태에 빠져버렸다. 노인은 분명 죽었는데 말을 했다. 모든 신체기능을 잃었지만 입을 안 움직이고도 말을 했다. 시신을 수습하려 하자 노인이 화난 음성으로 말했다.

「저승사자가 오지 않았다……. 내 몸에 손을 대면…… 너희에게 좋지 않은 일이 일어난다……. 저승사자를 어서 데려오너라…….」

모두가 망연자실한 가운데 아무런 조치도 취할 수 없었다. 하루, 이틀이 지났다. 허옇게 변한 시신은 숨도 없고 맥도 없이 싸늘하게 식었다. 다만 부패하지는 않았고 냄새를 풍기지도 않았다. 먹지도 싸지도 않으면서 말을 계속 했다. 시간이 지날수록 노인의 음성은 다급했고 분위기도 무섭게 변했다.

「아직도…… 그들이 안 왔다…….」

「제발…… 나를 데려가줘…….」

「나는 여기 있어서는 안 돼…….」

「당장 저승사자를 데려와……!」

가족들의 난감함은 갈수록 커져 머리가 돌 지경이었다. 황 의원도 이런 일은 처음이라며 두 손을 들었다. 며느리의 권고로 무당이 불려왔다. 무당은 어서 빨리 저승사자를 모셔 와야 된다며 대감의 말을 앵무새처럼 반복하더니 사자를 부르는 굿을 하겠다고 했다. 움직이지 않는 대감의 육체 안에서 쥐어짜는 목소리가 새어나왔다.

「저 계집을 내게 못 오게 해……. 저승사자를 어서 데려와……. 너무 답답해…….」

무당은 흥 하고 콧방귀를 뀌더니 전물상을 차리고 굿판을 벌였다. 굿을 시작하자마자 그녀는 상 위에 넘어져 음식물을 박살냈는데 혀가 꼬이고 눈알이 뒤집히고 팔다리가 마비되어 한동안 움직이지 못했다. 그녀는 아이고 잘못했습니다 하면서 거듭 머리를 조아렸다.

이 씨 부인과 차남이 다급하게 물었다.

"이보오, 보살! 왜 그러는 게요?"

"사자들 일에 내가 감히 끼어들어 이 꼴이 된 거예요!"

"그럼 저승사자가 오긴 했단 거요?"

"사자는 안 왔어요. 하지만 멀리서 희미하게 보였어요!"

"왜 오라고 부르질 않았소?"

"모르겠어요. 그들에게 말 못 할 사정이 있는 것 같았어요."

"말 못 할 사정?"

"네. 부르려고 했는데 그들이 말을 못하게 혀를 꼬고 움직이지 못하게 팔다리를 꼬고 보지 못하게 눈알을 뒤집었어요!"

"왜 그랬을까? 한점 부끄럼 없는 우리 아버님이 하늘에 무슨 죄를 지었기로서니 그들이 직무를 유기한단 말이오? 왜 내 아버님이 저렇게 되어도 하늘로 데려가지 않고 방관만 한단 말이오!"

"나도 모르겠어요. 그들이 뭔가…… 실수를 인정하기 싫어 내게 겁을 준 거 같아요."

"실수?"

"그런 거 같아요. 그게 뭔진 모르겠지만요."

"아까 저승사자들이라고 했잖소? 사자는 한 명이 아니란 말이오?"

"다섯 명이에요."

　일주일이 지나도 대감은 그대로였다. 허예지고 뻣뻣해진 채 부패는 진행되지 않았다. 그 상태로 대감은 저승사자를 데려오라는 말만 되풀이했다. 그 음성이 차츰 무서운 기운을 띠게 되어 아무도 대감이 누워있는 방에 가려고 하지 않았다. 이 세상의 음성이 아닌, 얼음 같은 한기를 몰고 오는 기괴한 음성이었다. 듣기만 해도 귀가 떨어져 나갈 듯했고 팔등에 닭살이 돋았다. 모두가 말을 안 해도 대감이 어서 가주길 원했다. 마가 낀 집안 흉사는 외부에 새나가도 좋은 일이 아니었다.

　매장 준비는 다 되어 있었다. 매장만 하면 대감도 비밀도 한꺼번에 묻힐 터였다. 후손들은 어서 빨리 그렇게 되길 바랐다. 남종들은 상여 맬 준비로 어깨를 두드렸고, 여종들은 곡비 노릇을 위해 눈물 흘리는 연습을 했다. 그래서 나무 하는 일이나 음식 하는 일 등은 바깥사람을 쓸 수밖에 없었다.

◈◈◈

나무꾼은 이 씨 부인 집에 도착하자마자 기이한 분위기를 눈치챘다. 걸어다니는 시체가 나올 듯한 흉가의 분위기였다. 사람들은 서로의 눈치를 살폈고 목소리를 죽였다. 죽은 사람이 죽지 않았다는 현실 앞에서 당연한 반응이었다. 입막음을 시켰지만 그 사실을 모르는 이는 없었다.

까마귀들이 하늘을 날았고 대감이 누워있는 방은 굳게 닫혀 있었다. 가족들만이 이 방을 출입할 수 있었다. 패랭이 안에 감투를 쓰고 온 나무꾼은 모든 게 해골로 보였기에 이 상황이 더욱 기분 나빴다. 까마귀 떼마저 해골로 보였다.

"나무 갖고 왔나?"

여기저기 뼈가 굽은 백골 하나가 다가왔다. 대감 댁 행랑아범 목소리였다. 나무꾼은 서둘러 지게를 내려놓았다.

"예, 여기 있소."

"요새 일을 게을리 하나? 나무가 가볍고 젖고 못 쓰는 것 투성이잖아?"

백골이 지게를 보고 뭐라 그랬다. 나무꾼의 관심사는 다른 데 있었다.

"철골대감마님이 아직 안 죽었다던데 정말이우?"

"떼, 이놈! 일이나 열심히 할 것이지 무식한 나무꾼 주제에 뭐가 그리 궁금해?"

　나보다 나을 것도 없는 노비 주제에……. 나무꾼은 차마 그 말을 하지 못하고 투과해볼 수 있는 신통력으로 대감이 있는 방을 알아보았다. 감투에서 서서히 빛이 나고 있는 줄 그는 모르고 있었다. 나무꾼의 눈에 비친 사랑방 안에는 대감으로 추정되는 백골이 누워있고 그 주위를 여러 백골이 둘러싸고 있었다. 문득 어떤 기운이 그 방에서 솟아올라 나무꾼의 머리를 자극했다. 감투에서 열이 나면서 머리털이 간지러웠다.

　나무꾼은 저도 모르게 사랑방 쪽으로 한 걸음 움직였다. 방 안에서 자손 백골들이 놀라 움직거리는 광경이 보였다. 그 순간 나무꾼은 이부자리에 누워 있는 죽은 육신의 백골이 천천히 일어나 앉는 걸 목격했다. 문에 가로막혀 있었지만 그 백골이 고개 돌려 바라보는 건 분명 이쪽이었다. 소름 끼치는 고함이 이미 죽은 그 백골에게서 터져 나왔다. 그건 산 사람의 음성이 아니었고 이 세상의 음성이 아니었다.

　「사자다! 저승사자가 왔다!」

　그러자 방 안으로부터 휘황찬란한 광채가 솟구쳐 나무꾼에게로 몰려들었다. 나무꾼의 눈에만 보인 그것은 에너지라 부를 수도, 영(靈)이라 부를 수도 있는 어떤 빛이었다. 폭포수를 맞는 것처럼 빛이 감투 안으로 흡수되어 들어왔다. 다른 사람 눈에는 빛이 안 보이는지 하인들 모두가 큰소리가 들려온 사랑방 쪽으로 몰려가기 급급했다. 갑자기 엄청난 악취가 코로 밀려들었다. 차남의 고함이 그를 일깨웠다.

"형수님! 아버님이 돌아가신 것 같소! 아버님이…… 우우웁!"

차남이 소리 지르다가 올라오는 토사물을 견디지 못하고 우웩거렸다. 이 씨 부인도 아버님 하고 소리치면서 들어가자마자 실신해버렸다. 그녀는 정신을 잃기 직전에 보았다. 허옇게 되었을 뿐이지 멀쩡했던 시신에게 그동안의 부패가 한꺼번에 진행된 것을. 혼백이 빠져나간 대감은 부패의 절차를 건너뛰고, 단숨에 구더기투성이의 점액질로 변해버렸다.

나무꾼은 넘어지고 기어가면서 대감댁에서 도망쳤다.

5

정신없이 달린 그는 마을을 벗어나 평소 나무하던 산의 벌목지로 올랐다. 낭떠러지 앞까지 와서야 숨을 돌렸다. 그곳은 숲이 울창해 몸을 숨기기도 좋고 산 아래가 한눈에 보이는 전망대 같은 곳이었다. 그는 겁에 질린 눈으로 대감 댁을 바라보았다. 감투와 연결된 벼락같은 빛 한 줄기가 아직도 그 집 지붕 위로 치솟고 있었다. 빛줄기는 뱀처럼 곡선을 만들며 창공에 선을 그렸다.

나무꾼이 감투를 벗었다. 그러자 어지럽고 혼란스런 기운은 사라지고 감투와 대감 댁 지붕으로 연결된 빛도 사라졌다. 남은 것은 아련하게 들려오는 곡소리뿐이었다.

"뭐지? 내가 본 게 대체 뭐지?"

그는 흥분이 가시지 않은 채 손에 쥔 감투를 한참이나 바라보았다. 낭떠러지 아래로 던질까 생각도 해보았다. 그때 누가 나무꾼을 불렀다.

"이보시오."

"누구요!"

나무꾼은 급히 감투를 뒤로 감추고 도끼 찬 허리춤에 손을 올렸다. 상대방이 멈칫거렸다. 초라한 행색의 승려였지만 건장했고 인상이 험상궂었다.

"무슨 일이시우, 스님?"

"잠깐 나 좀 봅시다. 젊은 양반."

승려가 다가오더니 뒤로 감춘 나무꾼의 손을 낚아채려 했다. 나무꾼은 손을 더 뒤로 감추었다. 승려가 소리쳤다.

"이놈! 당장 그 감투를 내놔라!"

"뭐라고? 이 중이 미쳤나?"

승려가 팔을 잡아당기자 허리춤에 숨겨놓은 감투가 드러났다. 나무꾼은 도끼 잡은 손에 힘을 주었으나 그는 천성적으로 사람을 해치지 못하는 이였다. 승려가 감투를 뺏으려고 했다.

"그건 죽음이 개입하는 저세상의 감투다. 사람이 갖고 있어선 안 돼."

"당신 누구야?"

문득 나무꾼은 그를 어디서 봤다는 생각이 들었다. 그는 누군가와 닮았는데 그 누군가가 좀처럼 생각이 나지 않았다. 승려가 팔에 힘을 주자 나무꾼은 뒤로 밀려났다. 낭떠러지가 있어 두 사람의 드잡이질은 위태로웠다. 승려가 소리쳤다.

"이놈! 네 것이 아니지 않느냐! 오두막집에서 그걸 훔쳤지?"

"아! 이제 보니 당신은 초상화 속의 그 선비로구나! 그런데 애꾸눈이 아닌데……."

"그 선비는 우리 아버님이다. 당장 그 감투를 내놔라!"

키 큰 나무꾼이 감투를 하늘 높이 쳐들자 승려의 팔은 닿지 않았다. 승려가 소리쳤다.

"숨겨, 이 바보야! 저승사자들이 알아본단 말이다!"

승려는 무릎에 손을 올린 뒤 숨을 몰아쉬었다.

"그건 저승사자의 감투다. 죽은 사람을 유명계(幽冥界, 저승)로 인도하는 물건이야."

"그랬었구나! 그래서 조금 전에 저 대감 댁에서 감투로 빛이 들어온 거요?"

"무식한 나무꾼인 줄 알았더니 똑똑한 구석도 있구나. 어서 그 팔을 내리라니까!"

나무꾼은 승려의 고함에 팔을 내렸지만 감투를 안 뺏기려는 듯 꼭 끌어안았다. 버리려던 물건도 타인의 등장이면 애착의 물건으로 종종 바뀐다.

"난 그냥 해골하고 쇠붙이만 보이는 줄 알았는데……."

"쇠붙이는 사자들이 저승 갈 노잣돈을 밝히기 때문에 보이는 것이다. 명심해라. 이제 너는 두 번 다시 그걸 쓰면 안 된다. 내가 대감 댁으로 간 것도 니 감투의 빛을 알아보았기 때문이야. 내 눈에도 보이는데 사자들 눈에야 오죽할려구. 사바세계에 있어선 안 될 물건이니까 어서 그걸 나에게 넘겨라."

나무꾼은 실제로 갈등했다. 대감 댁에서 죽지 않던 시체가 그를 보자마자 사자가 왔다며 죽어나간 광경을 '감투 쓴 머리'로 느꼈으니까. 죽음이 그를 따라붙을 것 같았고 죽음이 그를 놓아주지 않을 것 같았다.

"혹시 다섯 명의 갑옷 입은 이가 사자요?"

"너도 그걸 봤구나! 그렇다! 그들이 저승사자다! 그걸 갖고 있으면 사자들이 너를 해친다."

나무꾼은 감투를 갖고 있긴 싫었으나 남 주기는 아까웠다. 그러다가 잊고 있던 박양곤의 보검이 생각났다.

"이봐요 스님. 난 이걸로 사람 목숨을 장난친 적이 없소. 난 쇠붙이만 관심이 있단 말이오. 지금까지 땅을 파서 쇠붙이를 여럿 파냈지만 한 번도 위험한 일이 일어난 적이 없었소."

"지금까지는 그랬겠지. 조금 전에 이 씨 부인네 대감이 죽고 그 혼백이 천상으로 솟았어. 그걸 잃어버린 다섯 저승사자는 이제 그게 어디 있는지 안다는 말이다. 네가 그걸 쓰면 그들에게 위치를 알려주는 거나 마찬가지다."

"스님 아버지란 분은 대체 누구요?"

"춘강 선생이라고 사후세계를 심도 있게 학문하신 분이야. 우리나라에서 아무도 안 해본 학문을 하셨지만 이단으로 몰렸지. 저세상의 물건으로 이 세상을 바꿔보려는 야심을 가진 분이셨어."

"언제 돌아가셨소?"

"그런 게 뭐 중요하나? 이미 오래전이야."

"내가 이걸 스님한테 주면 스님은 이걸 갖고 어쩌게?"

"저승사자에게 다시 돌려줘야 해. 그건 이 세상에 있으면 안 돼. 다시 돌려줘야 세상이 복잡해지지 않아."

"어떻게 돌려준단 말요?"

"그 오두막집에 술병을 본 적 있지?"

"다섯 명이 마시던 술병 말이오? 봤지요."

"불사약(不死藥)의 풀로 빚은 술이야. 저승사자를 꾀어낼 수 있는 술이지. 사자들은 술이라면 환장을 하는데 아무 술이나 꺼내놓는다고 오질 않아. 불사약주를 준비해서 다시 한 번 사자들을 불러들여야 해. 그 감투만 찾으면 그들은 만족하고 더 이상 분란을 일으키지 않아."

"이걸 건네면 나도 안전하다 그 말이우?"

"당연하지!"

승려가 히죽 웃었다. 나무꾼은 그 얼굴을 유심히 살폈다.

"스님 아버님은 왜 죽었소?"

승려의 입가에서 웃음기가 사라졌다.

"오두막집에서 저승사자를 부르는 건 성공했는데 쫓아오는 자들의 습격을 받았지. 그분은 비용이 많이 드는 학문에 심취하신 만큼 빚이 많았다. 미처 다락방으로 올라갈 여지도 없이 산을 내려가 도망치다가 빚쟁이들한테 변을 당한 거야."

"그건 당신 얘기가 아니오?"

승려의 안색이 굳어졌다. 나무꾼이 승려의 얼굴에 눈을 바짝 들이댔다.

"내가 방금 뭘 발견한 줄 아슈?"

"뭘?"

"스님 오른쪽 눈에 너구리 멍처럼 허연 애꾸눈 자국이오."

승려가 흠칫 놀랐다. 나무꾼은 승려의 머리를 보았다.

"머리도 여기저기 파인 게 급하게 깎은 것 같은데. 아버지 좋아하네. 당신이 그 초상화의 주인공이잖아!"

"아니야!"

"진짜 스님 맞소?"

"이놈! 어디서 말장난을 하고 있느냐!"

승려의 얼굴이 험악하게 변했다.

"스님이라면 불경을 외워보슈! 천수경 외워봐!"

"이놈이 보통 나무꾼이 아니구나! 고양이 새낀 줄 알았는데 호랑이 새끼야!"

"외워보라니까! 나도 아니까! 나무아미타불!"

"니기미타불이다!"

승려가 몸을 날려 감투를 뺏으려고 했다.

"내 물건을 내놔라, 이놈!"

나무꾼이 슬쩍 몸을 틀며 피하자 돌진하던 승려가 낭떠러지 끝에서 허우적거렸다. 나무꾼이 어, 어 하며 승려의 소매를 잡았으나 늦었다. 그는 옷이 찢어지면서 낭떠러지 아래로 떨어졌다.

"아아아아아악!"

나무꾼의 표정에 당혹감이 서렸다. 사람이 죽었다!

저 사람은 초상화의 주인이야! 어쩌면 이 감투의 임자일지도 모르는데……. 저승사자를 못 오게 할 방법을 알지도 모르는데…….

'어쩌지? 이걸 써야 하나, 말아야 하나? 저승사자가 알아본댔잖아!'

6

밤이 찾아온 백곡벌판에 나무꾼이 우뚝 섰다. 그는 마을을 떠나지 않았다. 감투도 손에 있었다. 낭떠러지 아래에 시체가 발견되었다는 소식은 없었다. 감투를 쓰면 그가 죽었는지 살았는지 알 수 있을지도 몰랐다. 그러나 그는 감투를 쓰지 않았다.

그의 목적은 오직 하나였다. 그 목적이 순조롭게 이뤄지기만을 바랄 뿐이었다.

지대가 높은 벌판 꼭대기에 당도한 나무꾼은 도끼를 꺼냈다. 나무 베는 일 말고도 도끼로 과일을 깎을 수 있었고, 삽질도 가능했다.

'팔자를 풀어줄 보검이야. 이거 하나만 파고 버리자고.'

품에서 감투를 꺼냈다. 검은 망사 같은 감투는 살아 숨 쉬는 것처럼 보였다. 바라보고 있으니 빨리 쓰라고 독촉하는 듯했다.

'만약 사자들이 나타난대도 벗어버리면 안 보일 거야. 난 안전해.'

그는 침을 꿀꺽 삼키고 나서 감투를 머리에 썼다. 전과 다르지 않았다. 그의 눈에 비친 산천초목은 그대로였다. 밤 짐승들의 해골이 야광으로 드문드문 드러났다. 디디고 선 땅 아래에서 광채가 서서히 살아났다. 마법의 감투가 긴 광채를 품에 지닌 팔척장신의 해골을 보게 한 것이다. 나무꾼이 도끼로 땅을 파기 시작했다. 나무 하는 실력만큼이나 땅파기 실력도 놀라웠다. 금세 땅이 파이고 구덩이가 생겼다. 한 도끼 한 도끼 파는 사이 그는 두리번거렸으나 귀신 같은 것은 나타나지 않았다. 나무 위에서 밤새들이 울어댔다. 해골 형상의 새에 나무꾼은 처음으로 공포심을 느꼈다. 구덩이가 깊게 파이고 박양곤의 뼈가 형상을 드러내기 시작했을 때 광채는 그 어느 때보다 눈이 부셨다. 노란 광채 사이로 세 글자의 한자가 보였다. 여 자와 마 자는 읽지 못했지만 검 자는 읽을 수 있었다. 땅을 더 파자 해골이 전신을 드러냈다. 긴 세월에 그가 입던 검은 두루마기는 누더기가 되어 있었다. 건드리자마자 먼지처럼 삭아 흩날렸다. 대지를 이부자리 삼아 누워있는 해골은 웃는 것처럼 보였다. 나무꾼이 보검에 손을 댔을 때 먼 곳으로부터 파동이 느껴졌다. 공간이 구겨지고 시간이 왜곡되는 오두막에서의 감각이 살아났다. 감투가 머리를 조이기 시작했다.

"아악! 이게 뭐야? 난 손오공이 아니야!"

대감댁에서 보았던 굽은 광채가 북쪽으로부터 나타나 밤하늘을 수놓았다. 나무꾼이 잡아당겼지만 머리를 조이는 감투는 벗겨지지 않았다. 어지러운 광채가 한 곳으로 뭉쳐 불길처럼 타오르는 형상을 띠더니 이내 사라지고 언덕에 맨 상투 차림의 그림자를 하나 남겨놓았다.

"저건 뭐야?"

달이 이동하여 그림자를 비춰 주었다. 노인이었다. 정상적인 죽음을 맞지 못했던 노인, 이씨 부인 댁의 대감이었다. 허연 얼굴에 눈가가 시퍼런 대감은 나무꾼을 보고 천천히 입을 열었다.

"왜 나를 데려가지 않는 게냐?"

"당신이…… 누구신데요……?"

"네가 감히 나를 몰라?"

"알긴 한데…… 왜 야심한 시각에 이 미천한 놈을 찾아온 겁니까요?"

"저승사자가 저세상으로 데려갈 사람을 팽개치지 않았느냐?"

"난 저승사자가 아니오."

"넌 저승사자다. 내가 봤다."

"뭘요?"

"네 머리에 씌인 저승사자의 감투를."

"오해가 있으신 모양인데 그건 소인 것이 아닙니다요."

"나를 데려가."

"거기 있어요! 가까이 오지 마슈!"

"어서 나를 저승으로 데려가!"

손을 앞으로 뻗친 대감이 무덤 냄새를 풍기며 나무꾼에게 걸어왔다. 나무꾼은 도망치려다 통증에 꿈틀거렸다. 감투가 머리를 더 조여오고 하늘 끝에선 번개가 쳤다. 그건 사바세계의 벼락이 아니었다.

"가까이 오지 말라니까!"

"나를 데려가!"

나무꾼은 꿇어앉아 박양곤의 보검을 잡아당겼다. 그러나 해골이 꽉 끌어안은 검은 빠지지 않았다. 악독한 고집은 해골이 되어서도 꺾을 수가 없었다. 대감의 발이 허공에 둥실 떴다. 나무꾼의 눈이 휘둥그레졌다. 풀도 나무도 대감을 막지 못했다. 대감이 발도 움직이지 않고 나무꾼에게로 날아왔다.

"나를 데려가!"

"오지 마! 이 영감탱이야!"

나무꾼이 있는 힘껏 보검을 잡아당겼다. 해골은 그래도 칼을 놓지 않았다. 대감의 몸집이 코앞까지 커지자 나무꾼은 보검을 포기하고 일어나 허리춤의 도끼를 꺼냈다.

"나를 데려가!"

"이거나 먹어!"

나무꾼이 도끼를 휘둘렀다. 감투를 쓰고 있어서인지 이승의 도끼는 중간계의 귀신에게 제대로 작렬했다. 어떤 굵은 고목도 이 나무꾼의 도끼질을 당할 수 없었다. 그 나무의 반의 반도 되지 않는 대감의 오른쪽 다리가 한 번에 싹둑 잘렸다. 대감의 다리는 허공으로 치솟다가 빙글빙글 원을 그리며 풀숲으로 떨어졌다. 그 숲에서 노란 광채가 지글거렸다. 광채가 다시 다리를 허공으로 튕겨 보냈다. 나무꾼은 피하려 했지만 등짝에 철썩 달라붙는 다리를 피할 수 없었다. 아무리 흔들어도 대감의 다리는 떨어지지 않았다.

"다리만 데려가겠다고?"

대감은 한쪽만 남은 다리로 위태롭게 섰지만 결코 넘어지진 않았다. 나무꾼은 도끼로 때려가며 등의 다리를 떼어내려 했지만 감투와 마찬가지로 다리도 떨어지지 않았다. 그는 천천히 뒷걸음질쳤다.

"가까이 오지 마! 난 저승사자가 아니야!"

대감이 춤을 추는 것처럼 제자리에서 콩콩 뛰었다. 그의 허연 눈은 죽은 후에 받는 대접이 시원찮은 데 대한 분노로 이글거렸다. 최고급으로 수의를 준비하고, 가장 좋은 나무로 관을 만들고, 팔도 각처에 부고를 알린 것에 비하면 개 같은 푸대접이었다. 콩콩거리는 뜀뛰기가 전력질주를 하려는 무과 응시생처럼 거세졌다. 도끼를 쥔 나무꾼의 심장도 노인의 뜀뛰기에 맞춰 쿵쿵거렸다. 감투는 떨어지지 않았고 다리도 보검도 떨어지지 않았다. 노인이 한쪽 다리로 달려오기 시작했다.

"내 다리 내놔!"

그 기세는 호랑이보다 사나웠다. 나무꾼은 외다리 귀신의 모습에 식겁해 등을 돌려 달아나기 시작했다.

"내 다리 내놔!"

산속에서 기묘한 추격전이 벌어졌다. 등에 다리를 붙인 채 전력질주하는 나무꾼이 있고 외발로 콩콩거리며 추격하는 노인이 있었다. 나무꾼이 사냥꾼인 줄 착각한 고라니 한 마리가 자다가 깨서 달아났다. 나무꾼은 고라니가 자기가 두려워 달아나는지, 아니면 대감이 두려워 달아나는지 몰랐다. 멀리서 보면 노인이 젊은이를 쫓고 젊은이는 고라니를 쫓는 줄 착각할 추격전이었다. 정신이 없어 어디가 어딘지도 몰랐다. 온통 숲이고 나무였다. 나무를 쪼던 딱따구리가 깜짝 놀라 날아올랐다.

"내 다리 내놔!"

대감이 펄쩍펄쩍 뛰면서 따라왔다. 지치지도 않았다. 대감은 혼수상태였던 생의 마지막과, 죽어서도 갇혀 있던 혼백의 신세를 보상받기 위해 미친 듯이 달려왔다.

나무꾼은 똥줄이 타게 달렸다. 달리는 사이, 감투가 뜨거워지면서 노란 광채가 솟았다. 광채는 한 줄기 선을 그리며 멀리 뻗어갔다. 그것은 갓 죽어 혼백이 저승으로 가야 할 사람이 저승사자의 감투와 가까운 거리에 있었기에 가능한 일이었다. 감투의 광채를 받은 시체에서 혼백이 솟아올랐다. 마침 대감이 한 발로 뛰며 지나가던 참이라 그 혼백은 대감과 동행을 이루었다.

"이놈! 그 감투를 내놔라!"

"엇! 당신은 니기미타불!"

"내 다리 내놔!"

"주고 싶은데 등짝에서 안 떨어져!"

나무꾼은 도망치면서 소리쳤다. 대감은 이를 악물고 더 멀리 콩콩 뛰었다. 낭떠러지에서 떨어져 목이 부러진 승려는 팔을 휘저으며 달려왔다.

"이 도둑놈아! 내 감투를 내놔라!"

"당신 감투 아니라면서!"

더 이상의 대꾸는 불필요했다. 대감은 이를 악물고 껑충껑충 뛰었는데 매번 뛸 때마다 더 높이 뛰어올랐다. 승려는 낙하 때 부딪친 충격으로 얼굴이 거꾸로 돌아가 있었다. 뒤로 달렸음에도 그 속도는 대감에게 뒤지지 않았다. 절정의 공포를 맛본 나무꾼은 숨이 턱에 차오르고 심장이 입 밖으로 튀어나올 지경이었다. 딱따구리가 나무를 쪼다가 달려오는 그를 발견하고 푸드득 날아올랐다.

"뭐야? 이거 같은 길 아냐?"

숲이, 나무가 그에게로 밀어닥쳤다. 같은 길일지언정 공포의 추격자들을 돌아보면 멈출 수 없는 상황이었다. 감투가 머리를 조였다. 광채가 여러 가닥으로 솟구쳐 컴컴한 하늘에 회오리를 일으켰다.

"내 다리 내놔!"

"내 감투 내놔!"

하늘의 빛이 그들의 얼굴을 번쩍번쩍 밝혔다. 회오리치는 빛 무리에서 빛의 알이 여러 개 분산되어 땅에 떨어졌다. 폭발음과 함께 빛이 어지럽게 흩어졌다. 발걸음 소리가 늘어났다.

"내 다리 내놔!"

"내 감투 내놔!"

하욱하욱 숨을 몰아쉬며 나무꾼은 달렸다. 딱따구리가 나무를 쪼다가 날아올랐다.

"제발, 그만해! 계속 같은 길, 같은 고함이잖아!"

나무꾼은 지치지도 않고 추격해오는 두 혼백을 돌아보았다. 그 순간 감투에선가, 머릿속에선가 지지지직 번갯불이 일었다. 추격자들이 일곱 명으로 늘어나 있었다. 외발 노인과 머리가 꺾인 승려 말고도 검은 갑옷의 무장 다섯 명이 합류했던 것이다. 그들과 눈이 마주치자마자 공간 이곳저곳에서 파동이 일어났고 감투가 움직거렸다.

"아이고 잘못했습니다! 이거 그냥 드릴게요. 근데 벗겨지질 않는다구요!"

그는 울부짖으며 달렸다. 한 덩어리가 된 일곱 명은 무감정한 얼굴로 달려오기만 했다.

"그렇게 따라오면 내가 멈출 수가 없잖아요!"

나무꾼은 파동이 등을 때려오는 가운데 앞으로 내달렸다. 딱따구리가 또다시 날아올랐다.

"에라! 모르겠다!"

그는 도망치던 길에서 방향을 바꿔 옆으로 몸을 날렸다. 내리

막길인지 몸이 아래로 데굴데굴 굴렀다. 그래도 감투는 벗겨지지 않았다. 구르는 사이, 산이 굴렀고 나무가 뒤집혔으며 세상이 거꾸로 흘렀다. 그는 깊은 곳에 몸이 빠지고서야 멈추었다. 그곳은 조금 전까지 땅을 파던 구덩이였다. 백골 박양곤이 칼을 끌어안은 채 하늘을 노려보고 있었다. 일곱 명이 다가오는 파동이 느껴졌다. 어딜 가도 이제 나무꾼은 도망칠 수 없는 처지였다. 승려, 아니 죽음의 학자 춘강 선생의 경고는 사실이었다. 이 감투를 쓴 이상 죽음을 관할하는 자들한테서 벗어날 수는 없었다.

나무꾼이 절망적으로 숨을 몰아쉴 때 일곱 명이 앞을 가로막고 섰다. 이 세상의 존재가 아닌, 귀신도 사람도 아닌 모습이었다. 다섯 명은 팔짱을 낀 채 근엄한 표정으로 자신의 업무에 끼어든 불손한 존재를 응시했지만, 하나는 머리가 돌아간 채 몸을 비척거렸고, 또 하나는 나이에 걸맞지 않게 제자리 뛰기를 하고 있었다. 그제서야 나무꾼의 등에서 노인의 다리가 떨어졌다. 다리는 힘차게 나무꾼의 사타구니를 걷어찬 후 주인에게로 돌아갔다. 노인은 다시 다리를 붙여 뜀뛰기를 하지 않아도 되었고, 죽음에 어울리지 않는 경박함에서 벗어날 수 있었다. 춘강이 목이 돌아간 채로 말했다.

"내가 일생 동안 이루고자 했던 대업을 네놈이 다 망쳐버리는구나!"

팔짱을 낀 다섯 사자가 소리도 없이 다가왔다. 그들의 허연 얼굴에 자비심이라고는 없었다.

"가까이 오지 마! 감투를 준다잖아!"

나무꾼이 도끼를 꺼내들었다. 다섯 사자가 파동으로 의미를 전달했다. 개암으로 속여 물건을 훔쳐간 놈에겐 그 어떤 자비도 없다는 최후통첩이었다. 나무꾼의 숨결이 거칠어졌다.

"그래, 도망갈 방법이 없단 말이지?"

나무꾼이 비장하게 말했다. 그가 도끼를 번쩍 쳐들 때도 죽음의 존재들은 겁먹지 않고 다가오기만 했다. 그러나 나무꾼이 도끼로 친 것은 적이 아니라 자신의 머리였다. 동요가 없던 다섯 사자의 눈이 커다래졌다. 머리와 도끼 끝에서 동시에 광채가 솟구쳤다. 갑자기 머리가 시원해지며 도끼도 감투도 하늘 높이 날아갔다. 포위해오던 귀신들이 사라졌다. 도끼와 감투가 땅에 떨어지는 소리가 났다.

빛이 사라지고 파동이 사라졌다.

모든 기현상이 사라지고 현실만이 남았다.

나무꾼은 이게 꿈인가 생신가 싶어 가쁜 숨을 몰아쉬었다. 보검도 필요 없었다. 그따위 감투도 두 번 다시 필요 없었다. 서둘러 여기서 벗어나고 싶을 뿐이었다. 그가 땅을 짚고 일어섰을 때 구덩이 안에서 어떤 목소리가 들려왔다.

"금도끼가 네 도끼냐?"

소름이 오싹 끼치는 그 음성에는 수십 년 세월을 건너온 옛것의 위압이 있었다. 나무꾼은 답하지 않았다.

"아니면 은도끼가 네 도끼냐?"

조금 전의 목소리가 땅속에서 들려왔다면 이제는 땅 위에서 들려왔다. 나무꾼은 등을 돌리고 있었는데, 발밑으로 팔척장신의 건장한 남자 그림자가 일어서는 광경을 보았다.

"그도 아니면 이 썩은 도끼가 네 도끼냐?"

남자가 도끼를 집어던졌다. 다급히 몸을 날려 나무꾼은 일격을 피할 수 있었다. 간발의 차로 머리가 박살날 위기를 벗어났다. 고개를 돌리니 검은색 두루마기에 검은색 갓을 쓴 전설의 살인마 박양곤이 대지를 밟고 서 있었다. 해골이었던 그의 얼굴은 피부를 회복했는데 사람의 얼굴이 해골보다 더 무서웠다. 그의 갓 위에는 조금 전까지 나무꾼의 것이었던 감투가 이중으로 씌여 있었다.

"오랜만에 피 맛을 보게 되는구나!"

박양곤이 여마검을 빼들었다. 나무꾼은 물러서다가 나무에 막혀 도망갈 수 없게 되었다. 그는 추격전에 체력을 소진했고 더 이상은 힘이 남아나지 않았다.

"왜 하필 감투가 구덩이로 떨어졌지……."

"잘 가거라. 이 촌놈아!"

박양곤이 검을 치켜들다가 갑자기 뒤로 눈길을 돌렸다.

"뭐야? 네놈들은?"

산적처럼 생긴 네 명의 남자가 서 있었다. 그들이 놀란 목소리로 저희끼리 대화를 나누었다.

"이것 봐라, 정말 그 감투가 있잖아."

"저걸 대가리에 쓰니 해골바가지가 살아났어."

"춘강의 말이 거짓이 아니었어. 저게 바로 저승사자의 감투인가 봐."

"불사약초를 얻으려고 거짓말을 한 줄 알았는데."

나무꾼은 그들의 대화로 모든 걸 이해했다. 목이 부러진 승려는 오두막의 초상화 선비 춘강이었다. 일생 동안 사후세계를 연구했던 해괴한 선비. 그는 저세상의 물건을 이 세상으로 불러들이는 법을 알아냈고 그걸로 자신의 야심을 이루려고 했다(누굴 죽이든가 아니면 누군가의 죽음을 늦추든가). 저승사자의 감투를 뺏으려고 했고, 감투의 임자를 소환하기 위해 귀신 부르는 불사초를 썼다. 불사초는 나라에서 금하는 유해한 약초여서 범죄자들한테 돈을 주고 구매한 것이리라. 외상으로.

범죄자들은 빚을 받기 위해 산속 오두막까지 찾아왔고 위기를 느낀 춘강은 산을 내려가 도망쳤다. 그들을 따돌리고 다시 돌아온 춘강은 불사주가 비어 있는 걸 보고 저승사자를 불러내는 데 성공했음을 알았다. 그러다가 섭주 마을에 철골대감이 '죽지 않은 시체'로 누워 있다는 소식을 듣고는 용도를 모르는 누가 감투를 주워서 갖고 있을 거라고 확신했다. 그래서 승려로 위장해 대감 댁 주변에 숨어 있었던 것이다. 운 없게도 춘강은 초현실적인 기적을 전 조선에서 홀로 성공시켜 놓고도 현실적인 위험 때문에 도망칠 수밖에 없었는데, 그사이 비를 피해 오두막으로 들어간 나무꾼이 '불로소득'을 얻게 된 것이다.

범죄자들은 박양곤과 감투를 번갈아 바라보았다.

"정말 저게 저승사자의 감투인가?"

"피 맛을 볼 놈들이 네 놈이나 늘었구나! 별로 나쁘지 않은걸!"

박양곤이 껄껄 웃었다. 네 범죄자 중 하나가 말했다.

"어이, 애꾸눈 춘강은 어딨어? 우린 그놈한테 받아야 할 게 있거든. 네가 대납을 좀 해줘야겠다. 머리에 쓴 감투 그거 이리 내."

"파리를 보고도 인사할 줄 모르는 구더기들아! 어디 실력으로 빼앗아보거라."

박양곤이 지옥의 미소를 흘렸다. 네 명은 눈으로 신호를 보낸 뒤 죽여서 빼앗기로 합의했다. 그러나 먼저 검을 휘두른 건 박양곤이었다. 그는 눈에 보이지 않게 몸을 이동해 검풍을 일으켰는데 한 번 움직일 때마다 네 사람의 팔 다리 머리가 하늘을 붕붕 날았다. 갓 잡은 돼지고기를 해체하는 작업 같았다. 이 틈에 나무꾼은 일어나 걸음아 날 살려라 도망쳤다. 달리는 사이 빛이 하늘을 수놓고 형체 없는 웃음소리가 여기저기서 울렸다. 그는 결코 멈추지 않았다. 서서히 날이 밝아왔다. 그래도 그는 멈추지 않았다.

해가 중천에 뜰 때에야 그의 달리기도 끝났다. 그는 두 번 다시 백곡벌이 있는 섭주를 찾지 않았다.

타향에서도 나무꾼은 거듭된 악몽에 시달렸다. 꿈은 두 가지 종류로 되풀이되었다. 하나는 냇가에서 나무를 베는데 어떤 선녀가 등을 돌린 채 목욕을 해서 그녀의 옷을 훔치는 꿈, 또 하나는 개울가에서 커다란 우렁이를 주워 집으로 돌아오는 꿈이었다.

꿈은 항상 악몽으로 변했다. 옷을 빼앗긴 여자는 돌아서면 박양곤의 모습으로 변해 칼로 나무꾼을 베었다. 한 번 칼을 휘두를 때마다 나무꾼의 팔과 다리가 하늘 높이 날아갔다. 우렁이 꿈은 이보다는 덜했다. 우렁이는 나무꾼이 집을 비우면 여자 해골의 형상으로 변해 살림도구를 때려 부수고 밥상을 둘러엎는 만행을 저질렀을 뿐이다. 집에 돌아오면 우렁이 해골이 옆에 나타나 돈도 못 벌어오는 병신아 감투 찾아와! 하고 소리쳤다. 잔혹하진 않았지만 악몽이긴 마찬가지였다. 꿀 때마다 나무꾼은 식은 땀을 흘리며 깨어났다.

이러다간 죽을 것 같다는 생각에 그는 무당을 찾았다.

7

무당은 나무꾼의 이야기를 듣고 고개를 끄덕였다.

"산 사람은 절대로 끼어들지 말아야 할 선이 있는 법이야. 자네는 그 선을 넘었어. 물론 자네가 넘은 게 아니라 자네의 욕심과 호기심이 넘었을 테지만 말일세."

"난 이제 어떻게 해야 해요?"

"왜?"

"저승사자가, 박양곤이, 철골대감이, 춘강선생이, 아니 춘강대사가 날 죽일지도 모르는데요."

"나도 몰라."

"모르다뇨? 영험한 무당이 몰라요?"

"내가 얘기했잖아. 산 사람이 절대로 끼어들지 말아야 할 선이 있다고. 나도 산 사람이지 죽은 사람이 아니야. 자네가 몇 살까지 살지는 모르겠는데 오래 산다면 그들이 자네를 용서한 거라고 봐도 되겠지. 반대로 내일 당장 죽는다면 그들이 용서 안 한 게 아닐까?"

나무꾼은 무당의 말을 기억하면서 하루하루를 불안 속에서 살았다. 그는 108세까지 살았는데 매 순간이 긴장의 연속이어서 장수를 했다는 느낌도 받을 수 없었다. 주변 사람에게 해를 끼칠까봐 그는 후손도 가족도 없이 혼자 살았다. 108세가 되던

1월 1일, 그는 자연사했다. 늘 저승사자에 대한 공포를 품고 살던 그는 삶의 피곤함을 느끼고 쓰러졌다. 도와줄 사람이 없어서 홀로 눈을 감은 그는 마지막 순간이 옴을 알았다. 의식이 희미해질 즈음 노란 빛이 하늘에 번지면서 저승사자가 나타났다. 그는 검은 두루마기와 검은 신을 신은 사람으로 박양곤과 닮았다. 그러나 표정이 예전과 달리 온화했다.

"당신은 나를 데려가려고 온 사자요?"

"그렇다."

"내가 젊을 때 알던 누구하고 닮았네요."

"맞아. 내가 바로 그 사람이야. 나는 저승사자가 되었어."

"난 당신이 조선을 돌아다니며 모든 사람을 죽일 줄 알았는데요."

"그렇게 하려고 했지."

저승사자 박양곤은 허연 얼굴 붉은 입술에 히죽 미소를 드러냈다.

"하지만 염라대왕께서 나타나 감투를 빼앗았지. 내가 삶과 죽음의 질서를 어지럽힌다고 말야. 나는 다시 해골로 변할 처지였는데 염라대왕께서 나를 죽이는 대신 기회를 주셨어. 죽음을 즐기는 미친놈이 되지 말고, 사람들에게 죽음을 받아들이게 하는 저승사자 역할을 해보면 어떻겠냐고 말야. 원래 저승사자는 검은 투구 검은 갑옷 차림이었지만 내가 사자 역할을 수락한 후부터는 이렇듯 검은 두루마기를 입고 다녀. 붉은 미륵불한테는 속았지만 염라대왕은 나를 속이지 않았어. 나는 그분 덕에 새로운 교훈을 얻었지. 한 사람의 단점으로만 생각해왔던 어떤 성향도 잘 계발하고 가꾸기만 하면 장점으로 바꿀 수 있다는 사실 말이야."

"그게 살인욕망이라도 말이지요?"

"어떤 인간도 병적인 성향을 고치거나 완화할 방법이 있어. 단지 그 방법을 모르거나 방법이 맞지 않으니까 세상이 뒤죽박죽이 되어버린 거야. 시간이 흐르고 세상이 발전하면 이런 혼돈은 더할 거야."

"다섯 사자는 어떻게 됐어요?"

"모두 벌레로 환생했어. 일 안 하고 술이나 퍼마시는 그놈들은 저승사자의 자격이 없는 놈들이거든."

"날 왜 오늘까지 살게 했나요?"

"내가 어떻게 알아?"

"죽음을 관장하는 분이잖아요?"

"네가 죽고 사는 건 너한테 달렸어. 모든 사람이 다 그래. 난 죽은 이를 데려가는 역할을 할 뿐이야. 내가 안 오면 네 혼백이 떠나지 못할 뿐이라 그 말이지."

"그렇군요. 그것도 모르고 매일매일을 겁내면서 살아왔네요."

"죄지은 놈의 죄책감이지. 죄책감 없는 것들도 이 세상에 태반이니 그보다 나은 놈이다, 너는."

나무꾼은 밝은 미소를 지으며 눈을 감았다. 혼백이 육신에서 일어나 저승사자와 나란히 하늘을 날았다. 저승사자는 그가 박양곤이었을 시절의 이야기를 들려주어 동행을 지루하지 않게 했다.

이 이야기를 다 읽은 독자분은 어째서 '전설의 고향'을 비롯한 무수한 방송매체에서 저승사자가 검은 두루마기, 검은 신, 허연 얼굴의 스테레오 타입화된 모습을 보이는지 알 수 있을 것이다. 그것은 도깨비 감투를 훔쳐 쓰다 나무꾼이 알게 된 박양곤으로부터 비롯된 것이다. 믿거나 말거나!